FAN
TOTAL

A. V. GEIGER

FAN TOTAL

CROSS BOOKS

Crossbooks, 2017
www.planetadelibrosinfantilyjuvenil.com
www.planetadelibros.com
Editado por Editorial Planeta, S. A.

Título original: *Follow me back*
Publicado originalmente en los Estados Unidos por Sourcebooks, un sello de Sourcebooks, Inc. www.sourcebooks.com

Avda. Diagonal, 662-664, 08034 Barcelona
Primera edición: julio de 2017
ISBN: 978-84-08-17339-7
Depósito legal: B. 11.916-2017
Impreso en España — *Printed in Spain*

El papel utilizado para la impresión de este libro es cien por cien libre de cloro y está calificado como **papel ecológico**.

A David, por haberme recordado que necesito respirar.

EL INTERROGATORIO (FRAGMENTO 1)

31 de diciembre de 2016, 20.42 h

Caso n.º: 124.678.21-001

TRANSCRIPCIÓN OFICIAL DEL INTERROGATORIO POLICIAL

—INICIO PÁGINA 1—

INVESTIGADOR:	Siento haberlo hecho esperar tanto, señor Thorn. Querríamos hacerle unas preguntas.
THORN:	¿Dónde está Tessa?
INVESTIGADOR:	Me llamo Charles Foster y soy teniente de policía. Le presento al detective Terence Newman. Para que quede constancia, estamos a 31 de diciembre, a las 20.42 horas. Esta entrevista quedará grabada.
THORN:	¿Está aquí? ¿En este edificio?
INVESTIGADOR:	Siéntese, por favor, señor Thorn. Esto es una investigación policial.
THORN:	¡Dígame dónde está!
INVESTIGADOR:	No podemos entrar en ese tema mientras no le hayamos tomado declaración.
THORN:	Pero ¿está bien? ¡Por lo menos dígame eso!
INVESTIGADOR:	Mire, muchacho, cuanto antes coopere, antes acabaremos.
THORN:	Está bien, está bien. ¿Qué es lo que quieren saber?
INVESTIGADOR:	Gracias. Por favor, diga su nombre completo,

	fecha de nacimiento y profesión, para que conste en acta.
THORN:	Eric Taylor Thorn. Fecha de nacimiento, 18 de marzo de 1998. ¿Qué más tenía que decir?
INVESTIGADOR:	Su profesión.
THORN:	Ya no... no lo sé. Lo que usted quiera. Cantante. Compositor de canciones. Actor. Modelo de ropa interior. ¿Prostituto de los medios de comunicación? ¿Eso les vale como profesión?
INVESTIGADOR:	Está bien, señor Thorn. Tranquilícese. Terminaremos en unos minutos.
THORN:	¿Debería consultar a un abogado?
INVESTIGADOR:	Tiene derecho a llamar a un abogado cuando quiera.
THORN:	¿Estoy bajo arresto?
INVESTIGADOR:	Tan solo queremos hacerle algunas preguntas. Ya se lo he dicho, cuanto antes tengamos su declaración, antes...
THORN:	Vale. Dejémoslo. Dígame lo que quieren saber.
INVESTIGADOR:	Vamos a empezar por el principio.
THORN:	El principio. ¿Cuándo fue el principio? ¿El día que firmé con la discográfica? ¿El día que toqué la guitarra por primera vez? Tenía cuatro años.
INVESTIGADOR:	Lo que nos interesa es Tessa Hart. Dígame cómo empezó su relación con la señorita Hart.
THORN:	Por Twitter. El verano pasado. Creo que fue en agosto. Pero había empezado antes. Fue antes de que creara la cuenta... [pausa].
INVESTIGADOR:	Por favor... prosiga.
THORN:	Creo que... [pausa]. A mí me parece que si esta historia tiene que empezar en algún momento, podríamos decir que fue en junio con lo de Dorian Cromwell. El de la *boy band*, ¿sabe?
INVESTIGADOR:	¿Quiere decir que existe alguna relación entre este caso y lo que le ocurrió a Dorian Cromwell?
THORN:	No, en realidad, no. Disculpe, estoy diciendo cosas sin sentido. Tan solo quería decir que la

historia no paraba de salir en las noticias. Y entonces llevaron a juicio a aquella muchacha trastornada. Y todo porque la chica se había hecho seguidora de la cuenta de Dorian, y entonces él se hizo seguidor de la cuenta de la chica.

INVESTIGADOR: Disculpe, pero no lo entiendo. ¿Qué vínculo existe entre el caso de Dorian Cromwell y su relación con Tessa Hart?

THORN: Fue muy raro. Lo adiviné en el mismo instante de oír la noticia. Presentí lo que había sucedido. Hay quien dice que recordará toda la vida dónde estaba cuando mataron a Kennedy. O el 11-S. Para mí vino a ser lo mismo. Conducía por la autopista de Santa Mónica con la capota echada y escuchaba el Top 40 en la radio. Y entonces la canción número doce se interrumpió y tomó la palabra el locutor. Yo ni siquiera prestaba atención, pero fue raro. Me imaginé que sería una noticia importante, porque habían cortado la emisión. Aún no sabían lo que había pasado exactamente. Tardaron unos días en llegar al fondo del asunto. Lo de la chica, la fan esa. En aquel momento ni siquiera estaban seguros de que lo hubieran asesinado. Solo sabían que se trataba de Dorian Cromwell. Eso fue lo que dijeron. Esas fueron las palabras exactas. Dorian Cromwell, el cantante de Forth Dimension, había aparecido muerto aquella misma mañana en Londres, flotando boca abajo en el Támesis.

1
PROYECTANDO

12 de agosto de 2016

—No estás obsesionada. Estás proyectando.

—¿Proyectando? —Tessa elevó la mirada a través del grueso manojo de cabellos largos y castaños que no había parado de trenzarse y destrenzarse durante la última media hora. Insegura, miró a los ojos a su psicoterapeuta, la doctora Regan, que estaba sentada al otro extremo de la habitación.

—Es un mecanismo de defensa habitual —dijo esta. El tono de su voz estaba desprovisto de emociones, como siempre. Era el equivalente humano de una máquina de sonido ambiental. Pero Tessa no pudo evitar moverse, incómoda, mientras la escuchaba. La terapeuta estaba sentada en un puf de color rosa de poca altura, con las piernas cruzadas a la altura de los tobillos, y se esforzaba por mantener una actitud profesional. Por lo general solo recibía a sus pacientes en la consulta, pero en el caso de Tessa hacía una excepción.

La mirada de la chica resbaló hasta las medias de la mujer de más edad, arrugadas en torno a las rodillas, y no pudo evitar admirarla a su pesar. Se necesitaba fortaleza de ánimo para hacer frente al calor veraniego en el oeste de Texas con las piernas embutidas en nailon. La propia Tessa se había puesto tan solo un top y unos pantalones muy cortos y ligeros de algodón que a duras penas llegaban al inicio de sus esbeltos muslos.

—Proyección —decía la doctora Regan—. Utilizamos ese término para referirnos a los casos en los que un individuo atribuye a otra persona sus propios pensamientos y sentimientos. En tu caso, a una celebridad.

—Pero si no conozco de nada a Eric Thorn. Jamás he estado en uno de sus conciertos.

La doctora Regan cogió el diario en el que su paciente registraba sus pensamientos y fue al comienzo. No comentó nada de los dibujos que había sobre la cubierta: unos corazones apiñados, unas criaturas de los bosques, caras humanas sin ojos. «Olvídate de la proyección», pensó Tessa, y arrugó la nariz. Probablemente habrían tenido que hablar de que la chica no soportaba ver sus propios dibujitos.

La psicoterapeuta señaló una de las primeras entradas del diario.

—Háblame de esto. ¿Cómo es que te llamó la atención hasta el punto de escribir sobre él?

—¿Sobre Eric? —Tomó el diario encuadernado en espiral y sus ojos recorrieron la página—. Creo que estaba leyendo TMZ, la página web sobre celebridades. Lo habían pillado por Nueva York con una actriz de *Pequeñas mentirosas*. Y se imaginaron que salía con ella, por supuesto.

—Pero no fue eso lo que escribiste.

—Pues claro que no. ¿Ha visto usted TMZ? Es como una *fan fiction*, pero menos creíble.

La doctora Regan alzó una sola ceja, lo más parecido a una expresión facial que era capaz de hacer. Se ajustó las gafas de pasta sobre la nariz.

—Explícame lo que escribiste.

Tessa recogió las rodillas contra el pecho. Sintió una vaga incomodidad al recordar que las imágenes granulosas grabadas por los *paparazzi* la habían fascinado. Eric y la muchacha... No parecía que el chico saliera con ella. En absoluto. En el vídeo se veía que caminaba enérgicamente y que echaba una rápida mirada a su espalda al acelerar. Entonces la cámara se aproximaba. Sus ojos azules y penetrantes parecían mirar desde la pantalla. Y su rostro...

—No tenía aspecto de un chico que está feliz porque empieza a salir con una chica —le dijo a la terapeuta—. A mí, por lo menos, no me lo pareció.

—¿Y qué te pareció?

Ella cerró los ojos.

—Que estaba aterrorizado.

—Bien, Tessa. —La doctora. Regan asintió con la cabeza en señal de aprobación—. ¿Y qué piensas que implica eso acerca de tu propia situación?

—¿Quiere decir que me lo he imaginado? ¿Que soy yo la que está aterrorizada? —La terapeuta se inclinó hacia su paciente con interés. Se recogió detrás de la oreja un mechón de cabellos grisáceos—. Supongo que es posible —admitió con voz pausada—. Me parece que ese es uno de mis peores miedos: caminar por una acera abarrotada en una ciudad y no saber si alguien me sigue...

La doctora cogió el diario y lo cerró de golpe.

—Excelente. Continúa.

—No fue tan solo esa vez —siguió Tessa, pensando en voz alta—. Cada vez que mira a la cámara, descubro un destello de miedo.

—¿Miedo a qué?

—Como si se sintiera acosado. Acosado o... —Se interrumpió para buscar la palabra exacta. Sus ojos se deslizaron sobre la cubierta del diario y se posaron sobre uno de los cervatillos que había dibujado y que corría para salvar su vida—. ¿Perseguido, quizá? No lo sé.

—Eso es muy interesante, Tessa.

—¿De verdad? ¿Es interesante? —No pudo evitar reírse. Interesante. Debía de ser uno de esos términos psicológicos extraños para cuando el paciente está obsesionado con algo. La doctora Regan no tenía ni idea de lo que sucedía.

Cada vez que se sentaba a hacer sus ejercicios de expansión de *mindfulness,* terminaba por escribir historias protagonizadas por Eric Thorn. Tessa ya había llenado dos diarios enteros con los elaborados relatos que imaginaba.

—Esto no puede ser sano, ¿verdad?

La psicoterapeuta sacó un bloc de papel amarillo y rápidamente anotó algo en él.

—Puede que te sientas más segura al tratar tus propias ansiedades si se las atribuyes a otra persona. Lo cierto es que puede ser muy útil si sabes lo que estás haciendo. Trata de pensar en la relación entre tus teorías sobre ese famoso y lo que te ocurrió en junio.

Tessa le respondió con un ruidito ahogado y se abrazó

con mayor fuerza todavía a sus rodillas. Se había pasado el mes de junio en Nueva Orleans para tomar parte en un curso de escritura creativa de ocho semanas dirigido a adolescentes... bueno, por lo menos se suponía que tenía que durar ocho semanas. Tras abandonar el programa hacia la mitad, había huido a su hogar para refugiarse en el dormitorio de su infancia. Quedaba poco para el final del verano y aún no se sentía capaz de explicar por qué se había marchado.

—No... usted decía que no tenía por qué... mientras no estuviera preparada...

—Está bien. —La doctora Regan levantó una mano para calmarla—. Recuerda que tienes que respirar. Sí, así.

Tessa tragó saliva. La ansiedad, cada vez más opresiva, amenazaba con engullirla, pero desvió sus pensamientos hacia la distracción más segura. Eric. Eric Thorn. Recitaba el nombre interiormente y al mismo tiempo se llenaba de aire los pulmones. Se suponía que tenía que contener el aliento y contar hasta cinco, pero había creado una versión propia de aquella técnica de relajación: Eric uno... Eric Thorn... Eric tres... Vio subir y bajar lentamente su propio pecho hasta que la tensión en los hombros remitió.

—Bien —dijo la terapeuta—. Podemos continuar con Eric Thorn como tema de esta conversación, si así te sientes más cómoda.

—No entiendo por qué lo elegí a él. ¿Por qué Eric Thorn y no otra persona?

—Dímelo tú. ¿Por qué te parece que tienes esa fijación?

Sintió que el calor le subía al rostro. Se había considerado fan de Eric Thorn desde la aparición de su primer álbum, pocos años antes, pero durante los últimos tiempos su fascinación había alcanzado otros niveles. No se limitaba a las historias que contaba en su diario. Cada vez que encontraba una nueva foto suya, sentía el impulso irresistible de guardarla en el álbum del móvil. Tenía más imágenes de Eric Thorn que de cualquier persona que hubiera conocido en la vida real. Había quitado todas las otras fotos que antes adornaban las paredes de color amarillo pálido de su habitación, pero había dejado el póster del concierto de Eric Thorn en el puesto de honor, sobre la cama.

—No sé —dijo—. ¿Quizá porque está bueno? —Volvió la cabeza para echar una ojeada al póster y sus ojos se entretuvieron en la escena ya familiar: Eric actuaba sobre el escenario con una guitarra eléctrica colgada sobre los músculos esculturales de su pecho. Tenía la cabeza echada hacia atrás, los ojos cerrados, perdido en su música...

La doctora Regan miró por encima de las gafas al torso sudoroso de Eric.

—Me imagino que no es solo eso —dijo—. Pero mejor que pienses en ese tema para la próxima sesión. Bueno, ¿qué me cuentas de tus ejercicios de desensibilización? ¿Cómo te han ido esta semana?

Tessa se mordió la uña del pulgar, que ya estaba roída hasta la base. No se decidía a hablar y fue la terapeuta quien puso fin al silencio.

—La semana pasada lograste pasarte media hora sentada en la sala de estar del piso de abajo con tu madre y tu novio Scott.

—Sí —murmuró Tessa.

—Y tu objetivo para esta semana era tratar de tocar el pomo de la puerta principal de la casa.

—No he hecho eso exactamente. —Se mordió la cutícula y la arrancó con los dientes. Sabía que la había fastidiado. Había tardado más de un mes de terapia en reunir el coraje que necesitaba para poner un pie fuera del dormitorio, pero tenía la sensación de haber dado un gran paso atrás durante los últimos días—. Es que esta semana estoy muy agobiada —dijo—. Es que... ha ocurrido... algo. Pero es una estupidez.

La doctora frunció el ceño.

—¿Qué es lo que ha pasado?

—Nada. Solo una cosa que ha ocurrido en Twitter.

La terapeuta dejó de garabatear notas y levantó la mirada.

—¿Estás en Twitter?

—Lo siento mucho —se excusó Tessa. Nunca le había hablado de su cuenta en Twitter. No le había parecido relevante. En los últimos tiempos apenas si tuiteaba. Pero durante la última semana Twitter había llegado a ocupar la mayor parte de sus pensamientos en horas de vigilia—. Sé muy bien lo que me va a decir. Que tendría que desactivarlo para poder concentrarme mejor en mis ejercicios.

—No, eso no. Te aislarías aún más. —La doctora Regan tomaba notas frenéticamente al mismo tiempo que hablaba—. Toda interacción social puede tener valor terapéutico.

—¿De verdad? —Tessa echó una ojeada escéptica al móvil, que se había quedado sobre la mesilla de noche, en su funda de cuero rojo. Lo había dejado con la pantalla hacia abajo para que las notificaciones de Twitter que pudieran llegarle durante la hora de sesión no la distrajeran.

La terapeuta asintió con la cabeza.

—Nuestro objetivo es que interactúes con otras personas en el mundo real, por supuesto, pero las redes sociales pueden ser un primer paso muy positivo.

—Está bien. Vale, a eso me he dedicado durante toda la semana y...

—¿Tienes seguidores? ¿Personas con las que interactúes?

Tessa se rio. Vaya pregunta. Si alguien se la hubiera planteado unos días antes, la respuesta habría sido distinta: unos doscientos seguidores que, en su mayoría, ignoraban la existencia de la chica. Pero aquel mismo día había consultado la cuenta y el indicador andaba por los treinta mil. Aún se sentía algo aturdida al pensarlo. Treinta mil seguidores. Treinta mil pares de ojos que leían todos sus tuits. Sus emociones iban de un lado para otro como un péndulo, desde el terror al pensar en todos ellos a un deseo irracional de tener más. Los dedos se le iban hacia el teléfono. ¿Cuántos habría ganado desde el inicio de la conversación con la doctora Regan?

—Esto es muy fuerte —dijo al mismo tiempo que agarraba el teléfono y echaba una ojeada.

Tessa H @TessaAmaAEric

SEGUIDORES
30.100

Mostró la pantalla a la terapeuta. Esta se llevó el bolígrafo a los labios y reflexionó. Escribió alguna otra cosa en el bloc de notas.

—Mi cuenta ha estado a punto de estallar esta semana.

—¿Qué sucedió?

Tessa agachó la cabeza. Evitaba la mirada de su terapeuta y jugueteaba con el borde deshilachado de la colcha.

—Todo empezó con una historia que había estado escribiendo. Sobre Eric. El fin de semana pasado la colgué en internet. —Tessa tiró de un hilo suelto y vio como se deshacía toda una puntada—. La titulé «Obsesión». Era una pequeña broma a costa mía, ¿entiende?

—¿Y qué pasó después?

—Que abrí el *hashtag* #ObsesionadaConEricThorn. ¿Sabe usted lo que es un *hashtag*?

—Sí, me suena de algo. —La doctora Regan le hablaba con tono inexpresivo, pero en sus ojos brilló un destello burlón y Tessa se mordió el labio. Por lo general daba por sentado que una persona de la edad de la doctora Regan ni siquiera sabría bajarse una aplicación, pero debía de haber juzgado mal a su terapeuta. Curvó los labios en una sonrisa tímida y prosiguió.

—Quería conseguir que otras fans lo leyeran. Así que saqué una serie de tuits con fotos sexis de Eric Thorn y el enlace que llevaba a mi relato. Y... no sé cómo, explotó. Todo fue muy rápido. Primero me retuitearon desde una cuenta que pertenece a una de las fans de Eric Thorn con mayor presencia en Twitter. Y luego @Atractiva me retuiteó. Y luego me retuiteó @Ligue. Y luego... ya no me acuerdo quién más. Creo que era @PostsDeChicas. O quizá @EsUnaGranVerdad. Una de esas cuentas tan importantes que todo el mundo sigue. Y después apareció por todas partes. Creo que el miércoles fue número uno. O quizá el martes. Mire. —Tessa movió los dedos sobre la pantalla de su teléfono y volvió a enseñárselo a la doctora Regan—. ¿Lo ve? Estos son los *hashtags* que marcan tendencia en todo el mundo.

Y allí, todavía en el tercer lugar de la lista, se encontraban las palabras que Tessa había tecleado seis días antes en su teléfono, amplificadas por un número de voces que habría sido incapaz de imaginarse:

#ObsesionadaConEricThorn
21,8 m tuits

2
#OBSESIONADACONERICTHORN

Eric entró en el Twitter y abrió la lista de *trending topics*:

#ObsesionadaConEricThorn
21,8 m tuits

—Mierda —masculló en voz baja, y arrojó el teléfono sobre la cama, a su lado. Todavía estaba tercero en la lista. El maldito tema se negaba a morir. ¿Cómo era posible que aquella panda de parásitas acosadoras no encontrara nada mejor en lo que obsesionarse?

Por lo menos ya no ocupaba la primera posición.

Apoyó la espalda contra la cabecera forrada en terciopelo de la cama de hotel. Un espeso rizo de cabello de color castaño oscuro le cayó sobre los ojos, y él lo apartó con los dedos, molesto, e hizo una mueca al notar la textura acartonada de los restos de fijador. Tendría que haberse duchado por la noche antes de acostarse. El día anterior se había pasado otras dieciséis horas de entrevistas, y al llegar a la habitación de hotel ya no le quedaban energías más que para desnudarse y quedarse dormido sobre la colcha.

De todos modos, ya no tenía ningún sentido que se duchara ahora. La rutina de ejercicios gimnásticos matutinos iba a empezar al cabo de veinte minutos y el monitor le echaría bronca si llegaba tarde. Pero, por otra parte, el estilista que se encargaba de su pelo también se la echaría si se sentaba en su silla de maquillaje con una repugnante maraña de cabellos sudorosos y pringados de fijador. Quizá no fuera mala idea meterse en la ducha un seg...

Eric oyó un leve crujido al otro extremo del dormitorio. Se quedó quieto y sintió un agarrotamiento en la espalda. Había alguien en su habitación. ¿La chica de servicio? No. Sabían que no podían entrar. ¿Acaso se había olvidado de cerrar la puerta cuando llegó por la noche, antes de dormirse? Pero entonces solo podía ser...

—*¿Quién está ahí?* —Sus labios dieron forma a las palabras, pero no le quedaba aire suficiente en los pulmones para emitir el sonido. Agarró una sábana para cubrirse —no llevaba nada puesto, salvo los calzoncillos bóxer del día anterior— y sus ojos pasaron revista rápidamente a todo lo que había en la habitación. ¿Algo que pudiera emplear como arma? ¿Había lámpara en la mesilla? No. Las únicas lámparas eran apliques. No había ni ceniceros. *¡Mierda!* Quizá el jarrón de cerámica...

—¡Eh, chaval! ¿Estás visible?

Eric entrecerró los ojos al oír la voz ya familiar. Las manos soltaron la sábana. Su mánager, Maury, se paseaba tranquilamente por la habitación.

—Pero ¡tío...! —exclamó. El corazón le aleteaba como

un ave atrapada dentro del pecho—. ¿Es que ya no llamas a la puerta?

—Lo siento, chaval. ¿Te habías dormido? —Maury tenía toda la pinta de llevar varias horas despierto. Eric no recordaba la última vez que había visto a su mánager vestido con algo que no fueran elegantes zapatos Oxford *full brogue* y trajes de marca. Se merecía un reportaje fotográfico en *GQ*, y probablemente habría conseguido que se lo ofrecieran si no hubiera sido canijo, gordo y calvo.

—No, no dormía —respondió Eric—. Pero es que el problema no es ese. ¡Esto es mi dormitorio!

Maury recorrió con una mirada de aprobación aquella habitación tan bien amueblada.

—Técnicamente, es una suite de hotel pagada por la discográfica —dijo mientras pasaba una mano por encima del edredón—. ¿Qué es esto, algodón egipcio? Debe de tener ciento cincuenta hilos por centímetro cuadrado. ¿Has dormido bien? —El mánager no se molestó en decirle lo que había costado la habitación y Eric sabía que no le convenía preguntarlo.

—Entonces, ¿ni siquiera vas a fingir que todavía me queda algo de privacidad?

Maury empujó con el pie el montón de ropa sucia que había quedado tirado sobre la alfombra tejida a mano.

—Si vas a traerte a alguna chica, cuelga un calcetín en la puerta —le dijo. Sus ojos centelleaban con malicia. Eric no le respondió. Dio un puñetazo en una de las mullidas almohadas—. Eh, chico, no te pongas así, ¡era una broma!

—Sí, Maury, eres muy divertido.

—¡Cálmate! La próxima vez llamaré a la puerta. Te lo prometo.

—Gracias. ¿Te importa si me visto? —Eric se cubrió los hombros con las sábanas, pero su mánager no captó la insinuación—. ¿Qué pasa? —le preguntó—. ¿Necesitas algo?

Maury trató de coger el móvil de Eric.

—Sí, acabo de hablar con los de redes sociales. El *hashtag* #ObsesionadaConEricThorn ha bajado a la tercera posición de un día para otro y quieren que le des una buena inyección de adrenalina...

—¡No! —Eric apartó el teléfono de un manotazo antes de que su mánager pudiera tocarlo siquiera.

—Pues quieren que te pongas a hacer un pequeño *follow spree* —dijo Maury—. Que te pongas a seguir algunas cuentas de fans. Ya sabes cómo se hace.

Eric tuvo ganas de vomitar. ¿Iba en serio? ¿Maury había dicho esas palabras en serio? ¿No había nadie en la discográfica que siguiera las noticias?

Eric escondió la cara entre las manos. Había comentado el tema del asesinato todos los días y sabía que debía de sonar como un disco rayado, pero no se sentía capaz de quitarse de la cabeza aquella historia. Las palabras de su mánager habían sacado a relucir, una vez más, todos sus sórdidos detalles. Un *follow spree*... Eric gimoteó en voz baja.

Maury levantó la mirada.

—Eh, por el amor de Dios —dijo—. A ver si lo adivino. ¿Dorian Cromwell?

—¿Es que no lo entiendes, Maury? ¡Eso fue exactamente lo que le ocurrió! ¡Hizo un *follow spree*!

—Chico, ya entiendo que estés asustado, pero...

—Se puso como seguidor de una adolescente obsesionada y la chica se entusiasmó. Llegó al convencimiento de que eran almas gemelas. Un amor maldito. No sé qué gilipolleces. Y la muchacha descubrió dónde se alojaba y esperó a que saliera del hotel. ¿Y qué pasó cuando se dio cuenta de que Cromwell no compartía sus puntos de vista sobre la cuestión?

Eric echó atrás la cabeza y se pasó un dedo por la garganta.

—Escúchame, chico. —Maury se acercó al borde de la cama y le puso una mano con gesto paternal sobre el hombro—. Esa chica tenía problemas muy serios. Lo entiendes, ¿verdad? La encerraron. Las probabilidades son una entre un millón...

—Mira, ese argumento me convencería si no tuviera catorce millones de seguidoras en Twitter.

—Eric...

—Por puro cálculo matemático, tendrían que seguirme catorce asesinas psicóticas. Casi nada.

Maury se echó a reír.

—Lo mejor será que dejes de ver las noticias, amigo mío, y les demuestres un poquito de gratitud a tus seguidoras. —El mánager hizo un nuevo intento de agarrar el móvil, que se había quedado sobre el colchón—. Toma —le dijo Maury al mismo tiempo que daba unos toques en la pantalla—. Haz el *follow spree*. Puedes elegir tú mismo a las fans. Pero tienes que incluir a esta.

Eric echó una mirada a la cuenta de Twitter que Maury había abierto en pantalla.

Tessa H @TessaAmaAEric

SEGUIDORES
30.100

—¿Y por qué ella? —preguntó Eric. Recorrió con la mirada sus tuits recientes... en todos ellos había fotos del propio Eric, sin camisa, con un enlace a una página web llamada Wattpad, y el *hashtag* #ObsesionadaConEricThorn.

—Fue la que inició todo esto. Escribió una *fan fiction* sobre ti que se titulaba «Obsesión».

—Ah, estupendo —soltó Eric con un resoplido—. Suena a chica equilibrada.

Maury hizo como que no se enteraba del comentario sarcástico. No apartó los ojos de la pantalla.

—Pues para ser una *fan fiction* no está nada mal. La discográfica se está planteando publicarlo e incluirla en la próxima edición de lujo...

Eric se metió un dedo en la boca y fingió arcadas.

—Por ahora solo lo están considerando. Pero si te haces seguidor de esa chica, esta historia irá a más...

—¡Y por eso mismo no lo pienso hacer! —Eric le arrebató el teléfono de la mano—. No voy a animar a gente como esa a obsesionarse todavía más de lo que ya están.

Maury no le respondió. No hizo más que encogerse de hombros y quedarse mirando la punta de los zapatos. Eric había trabajado con él durante el tiempo suficiente para saber lo que significaba ese gesto. Podía enfurecerse cuanto quisiera, pero cuando se trataba de las órdenes de la discográfica, no tenía verdadera capacidad de decisión.

Eric se pellizcó el puente de la nariz. Sentía que la tensión estaba a punto de provocarle dolor de cabeza. Durante los últimos tiempos le había ocurrido demasiadas veces... sobre todo cuando estaba con su mánager.

—¿La discográfica ha contactado contigo para incrementar la seguridad?

—Vamos a estudiar los problemas uno a uno, ¿vale?

—¿Les has comentado el asunto? —preguntó Eric.

—Muchacho, tú eres su fuente de ingresos número uno. Te prometo que no permitirán que una asesina en serie te corte a trocitos... —Maury lo miró con una sonrisa taimada—. Siempre que las ventas de entradas para los conciertos no se desplomen.

Eric puso cara de exasperación.

—Estupendo, Maury. Cómo me gusta que te diviertas. Y ahora, por favor, ¿podrías dejar de lado los monólogos cómicos?

—¡Eh, tío, no te pongas así! —Maury levantó ambas manos en un gesto conciliador—. Yo les he preguntado. Ellos me han respondido.

—¿Y?

—Y tu enlace ha dicho que sí. Pero los de publicidad se han enterado y han dicho que no.

«Publicidad», pensó Eric. Debería habérselo imaginado. Siempre tenían que entrar en juego las sanguijuelas esas, ¿verdad que sí? A los genios de la discográfica no les preocupaba que pudiera terminar en el cementerio.

No, de hecho podía llegar a ocurrir que lo consideraran un golpe de suerte. Bastaba con ver lo que había ocurrido con Dorian Cromwell. Antes del suceso, Forth Dimension había empezado a perder fuerza. Las ventas de su último CD habían sido flojas, pero en el mismo momento en el que se hizo pública la noticia del asesinato saltaron a la primera posición. Los tíos de relaciones públicas de la discográfica de Dorian debieron de ponerse en pie y estallar en aplausos en cuanto se supo lo ocurrido. Lo más probable era que hubiesen introducido ellos mismos el *hashtag* #RIPDorian, aunque solo fuera para alargar un poco más el hambre de los carroñeros. La mala publicidad no existe, ¿verdad?

Eric apretó la mandíbula. No tenía ningún sentido que tratara de discutir. Sabía muy bien lo que dirían los publicistas, lo que también diría Maury si Eric osaba expresar una queja: que más le valía sentirse halagado. Tenía a todo el *twitterverso* obsesionado con él. Literalmente. Debería tomárselo como un cumplido.

«Sí —pensaba Eric, al tiempo que sus ojos se cruzaban con los de Maury con una mirada cargada de tristeza y rabia—. Dorian debió de sentirse superhalagado hasta que llegó la fan esa y le rajó la garganta.»

—No es más que un *follow spree* —insistió Maury en un intento por camelárselo—. Lo has hecho un millón de veces.

Eric negó con la cabeza.

—Eric, si tú no lo haces, la discográfica tomará el control sobre tu cuenta en Twitter y la pondrá en manos de un publicista. Entonces ya no la controlarás en absoluto.

—Pero eso no pueden hacerlo, ¿o sí?

—Sabes muy bien lo que dice el contrato.

Sí. El contrato. Eric se cruzó de brazos. Francamente, su mánager debía de tener la cara muy dura para sacar el tema. Eric había presionado a Maury durante varios meses en un esfuerzo por renegociar aquella porquería de contrato con la discográfica. Probablemente, el mayor error que había cometido en toda su carrera había sido firmarlo.

Maury se aclaró la garganta.

—Ya sé lo que me vas a preguntar, Eric, y la respuesta es que lo estoy intentando.

—¿Cuánto tiempo te va a llevar?

Maury no le respondió. Se volvió para arreglarse la corbata ante el espejo enmarcado en oro que colgaba frente a la cama. Por un instante, Eric pensó que no había oído la pregunta, pero entonces Maury le habló en tono de confidencia al tiempo que se ajustaba las puntas del cuello de la camisa.

—Escúchame bien, chico. Los de la discográfica no son unos pardillos.

Eric miró a los ojos de su mánager reflejados en el cristal.

—¿Qué has querido decir?

—Quiero decir que ellos ya saben que no lo llevas bien. Se dan cuenta de lo que tratas de hacer. Pero mientras tus padres figuren como cofirmantes en el contrato, te tendrán agarrado por los huevos. Podrían hacer desaparecer todos los ahorros de tu familia en un instante —Maury chasqueó los dedos para que le quedara más claro— si tratas de abandonarlos.

—Pero ¡ya no soy menor de edad! ¡Tengo dieciocho años!

—Y no falta mucho para que esto termine. —Maury levantó una mano para hacerlo callar—. Aguanta un poco más. Otros dos nuevos discos y quedarás libre. Podrás continuar como independiente. Podrás retirarte. Podrás hacer lo que quieras.

Eric se quedó con los brazos caídos, abatido.

—Como mucho, tres años —dijo Maury—. Quizá dos y medio, si nos damos prisa.

—Ah, ya, ¿me rebajarán la pena por buena conducta?

Maury se echó a reír.

—Si esto es una prisión, chaval, a mí que me encarcelen. —Sus ojos recorrieron de nuevo la suite del hotel—. Tú lo has querido, Eric. Te rompiste el culo para que te descubrieran. ¿Te acuerdas? ¿Qué ha sido de aquel muchacho con la cara llena de granos que colgaba versiones en YouTube?

—Ya lo sé, Maury —dijo Eric—. Pero es que entonces no sabía dónde me metía.

Maury se sentó en el borde de la cama y le dio un puñetazo amistoso en el brazo.

—Venga. Ponte en pie. Vete a hacer gimnasia. Luego te sentirás mejor. Y entonces podrás hacer el *follow spree*.

Eric refunfuñó al recordarlo. La gimnasia..., como si en eso también tuviera elección. Tres horas de cardio y pesas todos los días, supervisado por un entrenador personal seleccionado por la discográfica. Todo ello figuraba en el contrato. Y mira por dónde, las fotos de sus pectorales y su abdomen escultural ocupaban un lugar prominente en cada uno de los tuits de #ObsesionadaConEricThorn.

—Estupendo —masculló—. Pero déjame unos minutos para volver a ser yo mismo. ¿Puedo permitirme eso, al menos?

—Por supuesto. —Maury se puso en pie y dio unos pasos hacia la puerta—. Por cierto, hueles a animal de zoológico. ¿Te has duchado?

—La cuestión del olor corporal no figura en el contrato

—le respondió secamente Eric. Se envolvió en la sábana como si fuera una toga y acompañó a su mánager hasta la puerta principal de la suite.

Maury volvió la cabeza y le dijo:

—En realidad, sí figura. Lamento tener que darte la mala noticia.

—¿Qué? ¿Desde cuándo?

—La cláusula de higiene personal.

—Vaya idiotez. ¡Como si pudieran olerme por Twitter!

Maury no le respondió. Ya tenía el móvil en el oído y le hizo un gesto displicente con la mano mientras salía.

Eric sacó la cabeza por la puerta y echó una ojeada por el pasillo. Estaba desierto, salvo por una camarera de habitación que empujaba el carrito de la limpieza. La chica lo vio y Eric se puso tenso, porque percibió en sus ojos desorbitados que lo había reconocido. Era una fan, estaba muy claro, porque toda la cara se le quedó de color púrpura.

Eric miró hacia otro lado y rezó porque la chica no le armara un follón. No se pondría a chillar, ¿verdad? Ni —aún peor— grabaría un vídeo con el móvil para venderlo a TMZ. Pero la camarera bajó discretamente la mirada y dobló la esquina con el carrito. Eric suspiró aliviado. Por un momento se le ocurrió que podía ir tras ella. Quizá habría tenido que ofrecerle un autógrafo. En otro tiempo había disfrutado mucho con pequeñeces como esa. Bastaba con un segundo de su tiempo para que una de sus fans tuviera un día feliz...

Pero eso había sido al inicio de su carrera, en los tiempos en los que sus seguidoras en Twitter se contaban por millares, no por millones. Había llegado un momento en que no se atrevía a salir de la habitación. A la vuelta de la esquina podía esperarlo cualquiera. Publicistas... fotógrafos... chicas de catorce años enloquecidas con un cuchillo en la mano...

Eric se dio prisa en volver a colgar el cartel de «No molestar» en el pomo de la puerta. Le dio la vuelta al pesado pestillo de seguridad y probó dos veces que hubiera quedado bien cerrado. Luego regresó al baño y abrió el agua de la ducha.

—Cláusula de higiene personal —murmuró entre dientes. Mientras esperaba a que el agua saliera caliente, volvió a encender el teléfono.

Aplicación de Twitter.

Trending topics.

#ObsesionadaConEricThorn

21,9 m tuits

En la media hora que había trascurrido desde que se había levantado, otras cien mil personas habían sumado sus voces al coro.

3
EL *FOLLOW SPREE*

Eric se sentó en la taza del váter con una toalla en torno al cuello. Echó una mirada al tuit que había mandado hacía diez minutos, antes de meterse en la ducha.

Eric Thorn @EricThorn
¡Guau! Gracias por #ObsesionadaConEricThorn.
¿Hacemos un *follow spree*? ¡Retuitea!
⮂ 18,7m ♥ 20,1m

Se puso de inmediato como seguidor de las veinte primeras fans que respondieron, pero los retuits y respuestas se contaban por millares. Regresó a la lista de tendencias. Oh, Dios mío, ya estaba en el número dos. No le cabía ninguna duda de que #ObsesionadaConEricThorn estaría al cabo de poco tiempo en el primer lugar en todo el mundo.

La discográfica quedaría satisfecha y no le importaría que Eric no siguiese a aquella fan, Tessa H., la más obsesionada, la que había logrado arrastrar a las demás a este último frenesí. No, no pensaba seguirla, que se jodieran.

Se helaría el infierno antes de que accediera a seguirla.

—Basta —murmuró Eric para sí—. Deja el teléfono.

—Sabía que no debía leer las respuestas. Solo conseguiría deprimirse todavía más... Todas aquellas fans que le mandaban tuits para decirle lo enamoradas que estaban de él. No era como antes, cuando lo alababan por su música o por su voz. Aún agradecía los tuits de ese tipo, pero eran pocos e infrecuentes. La mayoría de ellas no habían ido siquiera a uno de sus conciertos. Pocos meses antes, al salir su último álbum, le habían dejado muy claro qué era lo que apreciaban en él. Había hecho un pequeño experimento.

En primer lugar había tuiteado un enlace para comprar el correspondiente sencillo en iTunes:

🔁 4,1m ♥ 10,2m

Luego tuiteó una *selfie* del vídeo en la que aparecía con el torso desnudo:

🔁 42,6m ♥ 86,3m

Los números no hacían más que confirmar lo que en realidad ya sabía. Sus presuntas fans estaban mucho más interesadas en quedarse mirando fotos de su cuerpo que en comprar las canciones que se molestaba en grabar.

Desde aquel día no había vuelto a colgar un solo tuit, salvo cuando se lo ordenaban sus jefes. Su aplicación de Twitter podía pasarse varias semanas sin abrir y sin activarse.

«Era el momento de volver a cerrarla», se dijo a sí mismo. Había cumplido con su deber. Ya podía pasar a lo siguiente.

Eric exhaló un suspiro de fatiga. Tenía que proseguir con la rutina diaria, pero solo con pensar en el rato de gimnasia que lo aguardaba se quedaba clavado en el baño. «Tan solo unos minutos más», se decía. No le iban a echar la bronca por llegar un poco tarde, ¿cierto? Todo el mundo tiene que sentarse en el váter cada cierto tiempo. Incluso los chicos guapos estrellas del pop.

Pasó a las notificaciones y puso cara de asco al leer la primera:

Enamorada de Eric Thorn @EricAmor982
TE KIEROOOO ERIC PORFA SÍGUEME K LLOROOOOOOO!!!!!!!!!

¿Lo quería? Se habría apostado un buen fajo de billetes a que apenas escuchaba su música. ¿De dónde iba a sacar el tiempo si tenía que escribir tuits sobre todas sus fotos en calzoncillos? Pero lo amaba. Claro que sí. Si llegase a saber lo que pensaba Eric...

Qué fuerte era la tentación de decírselo... Se imaginaba muy bien cómo sería ese tuit:

@EricAmor982 Tú no me quieres. Ni siquiera me conoces.

«¡Sí! —pensó—. ¿Verdad que se habría quedado muy sorprendida si Eric sacaba lo que llevaba dentro? Pero ¿por qué solo esta chica, si había millones iguales que ella?»

Eric pulsó el teclado y esbozó el mensaje, corrigiéndolo y adornándolo a medida que lo escribía:

Atención fans. No me queréis. Ni me conocéis. Y yo no os voy a querer. Así que soltad el móvil, salid a la calle, y vivid la vida de verdad.

No estaba nada mal para 140 caracteres. Habría podido continuar, por supuesto, pero había alcanzado la máxima extensión.

Eric se preguntó qué ocurriría si lo enviaba. ¿Qué harían todas sus fans? ¿Lo de #ObsesionadaConEricThorn se frenaría de golpe y porrazo? Cerró los ojos y se lo imaginó, y sus labios se curvaron en una sonrisa perversa.

Pura fantasía, por supuesto. Si el dedo se le escapaba y pulsaba el botón de Tuitear, lo pagaría muy caro. Los publicistas le arrancarían la piel a tiras... aunque ese habría sido el menor de sus problemas.

Eric se agitaba, incómodo, sobre la superficie fría y dura del inodoro. No podía correr el riesgo. No podía ganarse la enemistad de sus fans. Habría bastado para que una sola de ellas se volviera loca y fuera en su busca armada con un cuchillo de carnicero. ¿Cuántas estaban al borde de la locura? ¿Cuántas estaban esperando un último empujón para enloquecer del todo?

Echó la cabeza hacia atrás y se pasó la mano arriba y abajo por el cuello, rasposo por la falta de afeitado. «¿Dorian se enteró de lo que estaba a punto de sucederle? —se preguntó Eric—. ¿O la chica lo sorprendió por la espalda?»

No, no podría decirles jamás a sus seguidoras lo que pensaba de ellas. Era demasiado peligroso. En realidad, lo más probable era que le conviniese tuitear lo contrario, para alejar esa posibilidad. Hacer algo para apaciguar la decepción y la rabia de las chicas a las que no había contestado.

Se apresuró a escribir un nuevo mensaje y pulsó el botón de Enviar.

Tessa cerró la puerta de su habitación en el mismo instante en el que la doctora Regan hubo traspuesto el umbral. Se echó sobre la cama y se arrastró hasta la mesilla de noche del otro lado para coger el móvil. Las notificaciones de Twitter se habían disparado como fuegos artificiales durante los últimos diez minutos; Tessa lo había visto por el rabillo del ojo, impotente, a la espera de que la sesión de terapia terminase para poder leerlas.

Entonces miró a la pantalla, ansiosa, y vio el motivo de la conmoción: un nuevo tuit de Eric Thorn.

—¡No! —exclamó mientras leía. ¿Un *follow spree*? ¿Ahora? Pero ¡si había dejado de hacerlos! Durante los últimos tiempos apenas tuiteaba. Todo el mundo decía que estaba demasiado ocupado con su ajetreado calendario de promoción, pero Tessa no se lo creía. Un tuit se enviaba en un momento. Últimamente había cambiado algo, aunque parecía que fuese ella la única que se daba cuenta. Veía ese cambio pintado en su rostro en las imágenes de la reciente campaña de publicidad de ropa interior. Había tratado de exhibir sus ojos ardientes de siempre, mirando de frente a la cámara mientras se paseaba por la bolera sin más ropa que unos calzoncillos bóxer. Pero en sus ojos tan solo había una mezcla de rabia y de tristeza... y de miedo.

Tessa se estaba proyectando. Lo único que hacía era

proyectar. Probablemente la doctora Regan sabía de qué hablaba. Tessa no había quedado convencida del todo durante la sesión de terapia, pero en aquel momento se dio cuenta de que debía de ser verdad. Eric Thorn no evitaba Twitter a propósito. No lo hacía como consecuencia de una lucha interior que le llegaba hasta lo más hondo. Debía de estar ocupado, como decía todo el mundo. Al fin y al cabo, había hecho un *follow spree.*

Y Tessa se lo había perdido.

Leyó el registro de tiempo en el tuit de Eric y sintió una punzada de decepción. Habían pasado once minutos... y en Twitter eso era una eternidad. No le cabía ninguna duda de que las fans de las que se había hecho seguidor debían de haberle contestado durante los treinta primeros segundos.

No podía creer en su mala suerte. Se pasaba las veinticuatro horas de los siete días de la semana encerrada en su celda carcelaria autoimpuesta sin nada que hacer, aparte de consultar el teléfono... y Eric había tenido que elegir precisamente su *única* hora de terapia para llevar a cabo el *follow spree.* Probablemente pasarían días, si no semanas, hasta que Eric Thorn volviera a tener tiempo para tuitear.

Gimoteó y, sin ningún entusiasmo, empezó a escribir una respuesta:

> @EricThorn ¡SÍGUEME! ¡TE QUIERO! ¡Qué rabia haberme perdido esto! Grrrr :(

Acercó el dedo al botón de Enviar, pero entonces una nueva notificación apareció en la pantalla:

Nuevo tuit de Eric Thorn (@EricThorn)

Follow spree terminado. No tengas rabia de que no te incluyera. Os quiero a todas y cada una de vosotras más de lo que os podéis imaginar.

No pudo evitar una sonrisa al leer estas palabras, que la consolaron en su decepción como... como un bálsamo reparador sobre una fea quemadura tras haberse quedado dormida al sol...

Soltó una risilla. Estaba obsesionada con él, ¿verdad? La metáfora que acababa de formular procedía de su último single, por supuesto. Se titulaba *Áloe Vera*.

Cúrame, nena, la quemadura
que me ha hecho el sol.
Su luz me ha engañado
con un dulce calor.

En teoría, lo había escrito mientras estaba de vacaciones en Cozumel, en un fabuloso resort playero. Y había repetido una y otra vez la misma broma a costa de sí mismo en las entrevistas de los programas de noche: «Sí, Jimmy, escribí una canción sobre mi régimen de cuidados para la piel. Ahora mismo estoy escribiendo otra sobre mi *aftershave*. No te creas que estoy obsesionado con mi imagen...».

Tessa se había preocupado un poco por él al escuchar la canción. Por mucho que Eric bromeara, sabía que la canción no hablaba de un día en la playa. Hablaba de quemarse.

Encendió la lámpara de la mesilla de noche. Si con un poco más de luz hubiera podido librarse de sus lúgubres pensamientos... Era evidente que se empeñaba en ver mucho más de lo que existía en la realidad. No había nada raro en el estado mental de Eric Thorn. Aquel tuit no era propio de una persona con problemas de depresión y ansiedad. No, aquellas palabras provenían de un chico sensible. Reflexivo. Que se preocupaba de verdad por los sentimientos de sus fans. La mayoría de las celebridades ni se habrían molestado.

Se imaginaba a Eric Thorn tecleando el mensaje, y luego el momento en que el teléfono se iluminaba con las respuestas. Todas las palabras de amor que le respondían. No le cabía ninguna duda de que tendría pintada en la cara una mueca y se bañaría en aquel mar de adoración. Se lo merecía. Se merecía todas aquellas palabras.

Tessa se preguntó dónde estaría en aquel momento. Quizá recostado en el asiento posterior de una limusina, un asiento mullido, forrado en cuero. ¿Y si en ese mismo instante miraba el teléfono? Solo con pensarlo le subió el color a las mejillas. Borró el tuit que había estado escribiendo y empezó uno nuevo:

@EricThorn Hola, dulce amor. ¡SI LEES ESTO SONRÍE! #ObsesionadaConEricThorn

Después, Tessa abrió la aplicación de música y se puso los auriculares. No quería que la imagen mental se desvaneciera. Cerró los ojos, satisfecha, al oír la voz de Eric que entonaba el pegajoso estribillo de *Áloe Vera*.

Cúrame, nena, la quemadura
que me ha hecho el sol...

Casi como si lo viera... contemplando el teléfono justo en el momento en el que aparecía la respuesta. La sonrisa en el rostro de Eric se iluminaba todavía más al leerla.

Eric contemplaba con el ceño fruncido el tuit que acababa de enviar. ¿Se creían realmente las almibaradas declaraciones de cariño que escribía a sus fans? A juzgar por la pestaña de notificaciones parecía que sí. Se encendía con millares de respuestas.

Su entrecejo fruncido se arrugó aún más cuando les pasó revista.

Pensó, con amargura, que podría escribir una canción sobre ellas. Una canción cursi y estúpida sobre lo mucho que quería a sus fans. Podría llamarla... algo como «copos de nieve». Sí, era un buen título. *Mis copos de nieve tan especiales.*

Veo caer los copos de nieve
y no los podría contar.
Pero son todos hermosos,
cada uno es singular.

Dios mío, qué horror. Pero a los de la discográfica les iba a encantar. Podrían sacarlo a tiempo para Navidades y las fans se lanzarían a por él. Siempre que quedara alguien que todavía escuchase su música... y que tuviera capacidad mental suficiente para descifrar una metáfora sencilla.

Resopló. No se lo creía ni él mismo. Además, una canción de ese estilo tan solo serviría para espolear a sus fans. Igual que el tuit que acababa de enviar. Lo leyó una vez más con un deje de arrepentimiento.

«Os quiero a todas y cada una de vosotras...»

¿Por qué había mandado aquel mensaje? Lo único que haría sería incitarlas más.

Pero no tuvo más remedio que hacerlo. Había llegado un momento en el que era una cuestión de supervivencia. A saber qué especie de tendencias homicidas podían cundir entre sus fans. Tenía que seguir engatusándolas, decirles lo que querían oír... aunque todo fuese mentira.

4
VIEJAS COSTUMBRES

La canción finalizó y la voz de Eric se desvaneció de los oídos de Tessa. Suspiró y alargó el dedo para ponerla otra vez.

Durante los últimos tiempos había desarrollado el hábito de escuchar la misma canción tres o cuatro veces seguidas. Qué distinto era de la manera como lo había hecho en el pasado... Hasta el verano de aquel año, todas sus listas de reproducción contenían cientos de canciones de artistas diversos y las escuchaba en orden aleatorio. No había caído en esa nueva forma de escuchar música hasta que se marchó de Nueva Orleans y regresó a su hogar. Escuchaba y volvía a escuchar la misma canción una y otra vez. Entraba en una especie de trance. Así podía dejar de pensar sobre su propia vida e imaginarse que Eric Thorn cantaba tan solo para sus oídos unas palabras que ya conocía muy bien.

Estaba echada en la cama con la cabeza en el lado de los pies y contemplaba el póster del concierto. Se imaginaba a sí misma con el cuerpo pegado al borde del escenario, asistiendo al espectáculo en directo. Algún día, se juró a sí misma, algún día encontraría la manera de asistir de verdad a un concierto de Eric Thorn...

Tessa cerró los ojos y canturreó al ritmo de su voz clara y tersa de tenor. Estaba totalmente inmóvil, salvo por el suave ritmo de sus talones contra el colchón. El top se le subió y dejó el vientre al descubierto, y ella no se molestó en ponérselo bien. No oyó el crujido de la puerta que se abría a su espalda ni las suaves pisadas que se acercaban con sigilo a su cama. No tenía ni idea de que hubiera otra presencia en la habitación hasta que una sombra se le dibujó sobre el hombro y una mano surgió de la nada para agarrarla por la rodilla.

Tessa abrió súbitamente los ojos. Levantó la cabeza con tanta energía que se mordió la lengua. Dejó de fantasear con Eric y en lugar de sus ensoñaciones sintió tan solo el sonido de su propio pulso que le martilleaba en los oídos. Dio un respingo y se arrancó los auriculares.

Scott, su novio desde el segundo año de secundaria, estaba en pie frente a ella.

—¡Eh, guapísima! ¿Qué estás haciendo?

Tessa lo miró con ojos inexpresivos. La mano del chico le pesaba sobre la pierna y sus ojos estaban clavados en la parte de su estómago que quedaba al descubierto. Tessa volvió a colocarse en su sitio el top.

«Scott —se dijo a sí misma, obligándose a respirar hondo—. No es más que Scott.»

Servía de bien poco que durante los últimos tiempos hubiera cambiado mucho su aspecto. Ya no era el adolescente de cara aniñada que Tessa había conocido y amado. Se había cortado la mata de rizos castaños y había optado por ir casi rapado, con una barba incipiente que le sombreaba el mentón. Tessa sabía que él buscaba una imagen más madura para encajar en la graduación de secundaria, pero el cambio no acababa de gustarle. Su rostro tenía un aspecto más masculino, pero también menos familiar. No podía evitar que el desconocido que tenía enfrente le resultara vagamente siniestro.

Scott sonreía satisfecho, sin darse cuenta de la incomodidad de la chica. Sus ojos resbalaron de un extremo a otro de las piernas de Tessa.

—No estás disponible, ¿eh? No me digas que se me han vuelto a pasar las horas de visita.

—¡Me has asustado! —Tessa dobló las piernas bajo su cuerpo. Cerró un puño y se lo apretó contra el pecho—. ¿Tienes alguna idea de lo que me ocurre cuando me asusto?

—Lo siento. He llamado. No estaba seguro de si estabas aquí.

Frunció el ceño. ¿No tenía claro si estaba allí? ¿Lo decía en broma? ¿Y cuántas veces tenía que repetirle que no se acercara a ella por detrás? Cada vez que lo hacía, sufría pesadillas durante varios días.

—Tan solo escuchaba música —dijo Tessa. Con las manos aún temblorosas, cerró la aplicación. No quería que Scott viese de quién era la canción que había estado escuchando.

Él asintió. En aquel momento sus ojos rondaban sin descanso por la angosta habitación. Habló con una voz que parecía despreocupada.

—Te lo digo en serio, Tessa, no entiendo cómo puedes pasarte el día entero encerrada aquí. Yo me volvería loco, te lo aseguro.

Tessa se quedó con la boca abierta. ¿Le había dicho de verdad aquellas palabras? ¿Ni siquiera trataba de entender lo mucho que sufría? No era extraño que se pasara todo el día inmersa en fantasías en torno a una celebridad. Eric Thorn ni siquiera tenía noticia de la existencia de Tessa, pero demostraba más consideración por sus sentimientos que el tío que se suponía que la amaba.

«Guau, Scott —habría querido decir—. Y el premio al novio más insensible del mundo es para...»

Pero se tragó las palabras. No podía pelearse con Scott. Él, por lo menos, aún la visitaba. No podía permitirse el lujo de pelearse con él... con una de las tres personas en todo el universo a quienes permitía la entrada en su habitación. Aparte de su madre y la terapeuta, Scott era la única persona con la que Tessa había hablado desde el pasado junio.

Sabía que él tampoco lo estaba pasando bien. Su novia padecía una agorafobia muy grave. Tessa se quedaba encerrada en su habitación mientras la vida del chico seguía adelante. Estaba a punto de empezar su primer año en la universidad y encontraría nuevos amigos a los que Tessa, probablemente, no conocería. Sabía que entre ellos habría chicas. Algunas serían guapas. Scott podía abandonarla. Pero al menos hasta el momento la había acompañado en sus dificultades. Tenía que recordarlo.

Scott le sonrió y se quitó los zapatos. Tessa se obligó a sí misma a devolverle la sonrisa. El chico se sentó en la cama a su lado. Ella volvió a dejar el teléfono sobre la mesilla de noche con la pantalla hacia abajo. Así su novio no vería las notificaciones que llegaran a @TessaAmaAEric. Luego apoyó la cabeza sobre el hombro de Scott y le rodeó la cintura con los brazos.

Él le estrechó amistosamente los hombros.

—Te lo digo en serio, Tess. Aquí dentro debes de estar a cien grados. Déjame abrir la ventana...

—¡No! —Tessa sintió que el cuerpo de Scott empezaba a moverse y lo agarró por la muñeca para detenerlo—. No —balbució—. No abras nada. Me gusta más así.

El chico se volvió hacia la ventana doble que había en la pared, al lado de la estantería. En otro tiempo, Tessa la dejaba abierta todos los días de verano para que entrara brisa fresca. No solía bajar la persiana ni siquiera en invierno. La ventana daba a un terreno sin edificar, cubierto de matorrales, con unos pocos sicomoros muy separados entre sí a lo largo de un polvoriento camino de grava. La siguiente casa, que se encontraba en la carretera, se veía como poco más que una manchita. Probablemente se habría necesitado un telescopio para alcanzar a ver a alguno de los vecinos.

Su novio frunció los labios ante las feas rendijas horizontales, bien cerradas para que no dejaran pasar el sol de finales de verano. Ambos sabían que Tessa no había abierto las ventanas desde hacía semanas. Scott se pasó la mano por la frente para quitarse las perlas de sudor, pero de todos modos cambió de tema.

—Como tú quieras, cariño. ¿Qué vas a hacer hoy? ¿Tienes algo interesante en perspectiva?

—En realidad, no. —Tessa le soltó la muñeca, recogió las piernas y se abrazó las rodillas—. Comer. Dormir. Ejercicios de terapia. Quizá escuche música.

—¿Y eso es todo? ¿Durante todo el día?

—Luego puede que escriba.

Scott enarcó las cejas unos pocos milímetros.

—¿De verdad? ¿Qué estás escribiendo?

Tessa arrugó la nariz y se dio un imaginario palmetazo en la frente. No había tenido confianza suficiente para hablarle de su cuenta en una web para compartir relatos. No podía contarle a su novio que se había pasado aquellos días explicando sus sueños en *fan fictions* sobre Eric Thorn.

—Nada —dijo—. Quería decir que escribo en el diario donde voy tomando nota de mis pensamientos. Ya sabes, lo utilizo en mi terapia.

—¿Puedo leerlo?

Tessa negó bruscamente con la cabeza y Scott se apartó de ella. Se levantó de la cama y volvió a meter los pies en las gastadas zapatillas deportivas de lona.

¿Se marchaba? ¿Ya?

—¡Lo siento, Scott! Es como si me pidieses que te dejara leer un diario íntimo. Solo se lo enseño a la terapeuta.

—¿Te está sirviendo de algo, Tessa? Me refiero a la terapia.

—¡Pues claro que sí! La doctora Regan está muy satisfecha con mis progresos. —Tessa se incorporó sobre las rodillas y fue al borde de la cama, acercándose a Scott. Pensaba en lo que podía decirle para que se le pasara el enfado..., algún detalle alentador sobre la sesión de terapia, aun cuando tuviera que tomarse algunas libertades con la verdad—. Piensa que tal vez esté lista para salir de casa dentro de poco.

—¿De verdad? Eso es fantástico. —Scott se sentó de nuevo a su lado y Tessa le puso la mano sobre el brazo para que no volviera a apartarse.

—Lo sé. Estoy emocionada. —Lo miró con una leve sonrisa—. Tengo muchas ganas de que llegue el momento en el que pueda ir a verte a la residencia de estudiantes. Entonces podremos estar solos. Allí no tendremos que estar siempre con miedo de que mi madre nos sorprenda.

Scott se le acercó un poquito más y le devolvió la sonrisa con una mirada juguetona.

—Ahora tu madre no está.

—Volverá en cualquier instante.

Era una mentira descarada. Faltaban horas para que su madre regresara del trabajo. ¿Por qué lo hacía? ¿Por qué sentía aquel destello de ansiedad cada vez que Scott le insinuaba la posibilidad de contacto físico?

Scott debía de darse cuenta de que mentía, pero no insistió. En cambio, se volvió y se sacó el teléfono del bolsillo.

—De todos modos tengo que marcharme enseguida —murmuró distraído mientras leía un mensaje de texto.

—¿Qué? ¿Por qué? Acabas de llegar. Scott, por favor, quédate un poco más...

Tessa no terminó la frase. No parecía que el chico le prestara atención. Estaba concentrado en el teléfono. Se oyó el tintineo de otro mensaje entrante y le temblaron las comisuras de los labios mientras lo leía.

—Un segundo, cariño —dijo sin levantar la mirada del móvil.

Tessa miraba con anhelo su propio móvil con el rabillo del ojo. Si Scott leía los mensajes que le llegaban, ¿por qué no podía ella hacer lo mismo? ¿Y si se perdía algo importante? Con la mala suerte que tenía, sería un *follow spree*. Seguro.

No osaba mirar. En presencia de Scott, no. De todas maneras, el tiempo que pasaba con él era mucho más importante que Twitter. Era la vida real. Su novio. Tenía que haber alguna forma de salvar aquella visita tan patética.

—No te marches todavía, Scott —le pidió—. ¿Qué hora es? ¿Has desayunado? Si quieres, han quedado salchichas en la nevera...

—No, ya he quedado para almorzar. —Volvió a meterse el teléfono en el bolsillo y la miró, vacilante—. Escúchame, Tessa. Hoy he venido a pedirte algo. ¿Es verdad que pronto vas a salir de casa?

—¡Sí! Muy muy pronto.

—Perfecto. —Asintió con entusiasmo, y Tessa sintió que se le hacía un nudo en la garganta. ¿Qué le iba a pedir? Quizá no habría tenido que hablarle con tanto optimismo...

—Porque dentro de un par de semanas me gustaría que me acompañaras. La fraternidad de estudiantes Kappa Sigma ha organizado una recepción para sus nuevos miembros. Hay que ir con pareja. Y había pensado que tal vez pudieras...

Tessa lo interrumpió con un súbito respingo.

—¿De qué me estás hablando, Scott?

—Ya te lo he dicho. Voy a ingresar en una fraternidad estudiantil.

—¿Y quieres que yo te acompañe?

—Bueno, les he dicho a esos tíos que tengo novia. No quiero que piensen que me lo invento. —Los ojos del chico se apartaron de los suyos y se fueron hacia el top ceñido—. En cualquier caso, quiero impresionarlos. Pensaba que podría llevarte para presumir de novia guapa.

Tessa le devolvió la mirada. Se había quedado sin habla.

—Venga, Tessa. Necesito que lo hagas. Y acabas de decirme que ya estás prácticamente a punto.

—¡He dicho que lo estaré muy pronto! Pero ¡no dentro de dos semanas!

—¿Pues qué quiere decir «muy pronto»? ¿Dentro de dos meses? ¿Dos años? —El rostro de Scott se ensombreció y Tessa se cruzó los brazos sobre el pecho para protegerse. Sabía lo que iba a suceder. No había bebé que pudiera competir con las rabietas de Scott. No tardaría en ponerse rojo cual tomate demasiado maduro.

—Scott, no te creas que lo hago a propósito —dijo, todavía con la esperanza de frenar la pataleta antes de que se desencadenara—. Padezco un trastorno. ¿Verdad que lo entiendes?

—Ya lo sé, ya lo sé. Y he tenido una paciencia extrema con todo este asunto. No puedes reprocharme que no haya tenido paciencia, Tessa. —Enarcó expresivamente las cejas. Ambos sabían que Scott no hablaba tan solo de salir de la casa. En todo el verano no había ocurrido nada entre los dos, aparte de unos besitos castos en los labios—. Solo quiero que te presentes en público para que sepan que existes. Eso es todo. ¿Es mucho lo que te pido?

Tessa negó con la cabeza.

—Lo siento, Scott. Ojalá pudiera.

Él la miró con el ceño fruncido y se puso en pie bruscamente. Tessa sintió la sacudida en el colchón.

—¿No se supone que una relación consiste precisamente en eso? He venido por ti. Estoy sentado con el culo empapado de sudor en esta habitación que más bien parece una olla puesta a fuego lento... ¡y se supone que tú también tendrías que apoyarme a mí! ¿Verdad? ¿O es que ahora no funciona así?

—¡Espera, Scott! —le gritó antes de que saliera—. No seas así. Me estoy esforzando. Hago progresos. La doctora Regan dice que...

—Me da igual, Tessa. —Hizo un gesto con la mano para imponerle silencio—. Olvídalo. Olvídate de todo lo que te he dicho.

—Scott...

—Nos vemos luego. Tengo que salir a respirar. —Se dirigió a la puerta.

Tessa quiso correr tras él, pero al ponerse en pie se tambaleó. La pierna se le había quedado dormida después de tantas horas de inactividad—. Vas a volver, ¿verdad?

—Claro que voy a volver —le replicó el muchacho—. ¡Siempre vuelvo!

—¡Espera! —Tendió una mano hacia él y avanzó dando traspiés—. Ven aquí. ¿No podrías abrazarme por lo menos?

Pero Scott no hizo más que detenerse en el umbral y sacar el teléfono para consultar los mensajes. Tessa sintió una punzada de irritación mezclada con alivio. Sabía que él la ignoraba, pero prefería aquello antes que las interminables discusiones de siempre.

—Luego —murmuró volviendo la cabeza, y siguió tecleando en el teléfono mientras se marchaba—. Nos vemos luego. Tengo que irme.

5
PIZARRA EN BLANCO

Eric dejó el teléfono a un lado de la pila de mármol negro del baño y se puso en pie para frotarse el pelo con la toalla. Solo con pensar en el ajetreado día que lo aguardaba sentía una tensión creciente en la base del cráneo. Empezaría por la gimnasia... y un publicista había tenido la brillante idea de programarle una entrevista en la radio cuando terminase con la cinta de correr, para que todo fuera más divertido. Después tendría que marcharse a toda prisa a que lo peinasen y maquillaran, y se pasaría toda la tarde en una granja de pollos para grabar un anuncio de *nuggets*. A nadie le importaba que Eric fuese vegetariano estricto... y todavía menos que su profesión fuera la música. Los representantes de la discográfica veían con buenos ojos la posibilidad de dejar a un lado aquel detalle. En todo el día que tenía por delante, no iba a a rasgar ni una cuerda de guitarra.

El teléfono zumbó sobre la encimera. Acababa de recibir un nuevo mensaje de texto.

Maury: Llegas tarde, muchachote. ¿Dónde estás?

Eric cerró los ojos. No podía soportarlo. Habría dado lo que fuese por escapar del machaqueo constante en el que se había convertido su vida. Tan solo por un día. Aunque no fuera ni un día. Tan solo unas miserables horas sin tener que trabajar.

Agarró el teléfono y escribió la respuesta:

Eric: ¡Se me ha ocurrido una canción! Una canción navideña. Te va a encantar. Necesito una hora para desarrollarla.

Aguardó unos instantes. Contenía el aliento a la espera de la respuesta de su mánager. «Por favor, Maury —le susurró al teléfono—. Una hora. Por favor.»

El teléfono zumbó de nuevo.

Maury: Te doy 30 minutos.

Eric agitó el puño en el aire en señal de victoria. ¿Media hora de libertad? Bienvenida.

La única pregunta era cómo aprovecharla. Ya trabajaría en la canción en otro momento. ¿Y si volvía a meterse bajo las sábanas y dormía unos minutos más?

El teléfono se iluminó de nuevo y Eric echó una mirada ansiosa a la pantalla. No era un mensaje de texto, gracias a Dios. Las notificaciones de Twitter no dejaban de llegar. Se preguntó si lo de #ObsesionadaConEricThorn habría llegado ya al número uno y volvió a coger el teléfono para comprobarlo. Sí. Ya estaba. Al ver su nombre en primera posición en la lista de *trending topics* emitió un gruñido sordo desde lo más hondo de su garganta.

Nada de dormir. Tenía que actuar. Le quedaba media hora para detener aquello.

¿Y si enviaba otro tuit? No podía pasarse de odioso. El objetivo no era lograr que se enfadaran las fans... el objetivo era quitarles la calentura. Conseguir que dejaran de interesarse por él y buscaran otra víctima para sus emojis de lengua babeante.

Tenía que conseguir que #ObsesionadaConEricThorn generara reacciones negativas. Esa era la clave. En el pasado había visto como ocurría lo mismo con otras personas. A tíos que habían subido demasiado, con demasiada rapidez. Al final siempre los etiquetaban del mismo modo. Creídos. Prepotentes. Narcisistas. Ególatras. Había visto a más de un tío que, de un día para otro, pasaba de *sex symbol* internacional a hazmerreír universal.

Entonces las chicas se distanciarían en masa. Nadie retuitea a un chiste con patas. A decir verdad, era lo mejor que podía ocurrirle. Las ventas de álbumes caerían en picado. Quizá la discográfica prescindiría de él.

Eric sintió un rayo de esperanza. Podía seguir una estrategia más sutil. Darle un toque de exageración a su propio ego hasta conseguir que se rieran de él. Tal vez le bastara con menos, ¡qué diablos! Si hasta era posible que la reacción negativa ya se estuviera gestando. Quizá los *haters* hubieran salido al ruedo y estuvieran tuiteando lo imbécil que era.

Abrió la barra de búsqueda y tecleó un nuevo *hashtag*:

#EricThornEsUnImbecil

0 tuits

Bueno, era demasiado complicado. Segundo intento.

#EricThornImbecil
0 tuits

¡Maldita sea! ¿Por qué costaba tanto?

Eric respiró hondo y cerró los ojos. Vale. Piensa. Piensa como pensaría un *hater*.

#EricThornEsUnaMierda
24 tuits

«¡Eso es!» Una sonrisa iluminó su rostro por primera vez desde que se había levantado de la cama aquella mañana. Veinticuatro tuits. No era mucho en comparación con los millones de #ObsesionadaConEricThorn, pero por algo se empieza. Recorrió la lista con los ojos.

@EricThorn ERES FEO Y NO TIENES TALENTO #EricThornEsUnaMierda

Ya. No era un argumento muy persuasivo. El siguiente.

¿Sabéis de alguien que escuche la música de Eric Thorn? ¿No? No me sorprende. #EricThornEsUnaMierda

Aj. Ese lo había fastidiado más.

Por supuesto que no era verdad. Eric sabía que tenía talento musical. Su cara bonita no le habría bastado para llegar tan lejos. Había cosechado un éxito tras otro con las canciones de los dos primeros álbumes y sabía que las canciones eran buenas. Merecían salir en la radio.

Pero en los últimos tiempos había empezado a preguntarse: ¿Importaba, en realidad? ¿Acaso alguien se habría dado cuenta si sacaba un puñado de temas patéticos, escritos para él por autores anónimos? ¿Llegaría igual al Billboard Hot 100 con cualquier mierda sobreproducida solo con que se quedara en calzoncillos en el vídeo musical?

Eric le echó una mirada asesina al teléfono. Se dijo a sí mismo que, en realidad, no importaba. Si su carrera tocaba a su fin, no importaría. Volvió a la tarea que tenía entre manos: #EricThornEsUnaMierda. El siguiente tuit.

> @EricThorn HE OÍDO PEDOS DE MORSA MÁS MELODIOSOS QUE LA PUTA MIERDA QUE TOCAS CON EL CULO #EricThornEsUnaMierda

Eric no pudo evitar la carcajada al leerlo. ¿Pedos de morsa? No estaba nada mal. Quizá sirviera como título del siguiente álbum... Todavía mejor, de la selección de grandes éxitos. ¿Qué pasaría si pulsaba Responder y se lo decía? ¿Cuántos millares de retuits conseguiría?

Era muy tentador, pero no podía. Quizá las fans se divirtieran, pero la discográfica no. Todo lo que saliera de su cuenta de Twitter tenían que ser palabras puras e impolutas.

Entonces se le ocurrió: tal vez fuera esa la clave. Eric se quedó como helado cuando le vino a la cabeza aquella nueva idea. ¡Por supuesto! ¿Cómo era posible que no se le hubiera ocurrido antes? La discográfica no llegaría ni a enterarse...

@EricThorn no podía utilizar Twitter para sabotear su propia carrera, pero otra persona sí podría.

Se puso a teclear con energías renovadas.

Crear nueva cuenta.

Nombre completo: **Taylor**
Usuario: **@EricThornEsUnaMierda**
Contraseña: **%5L$Rsw**

Estaba a punto de pulsar el botón de Crear Cuenta, pero entonces se detuvo. ¿Había alguna posibilidad de que lo descubrieran? Había utilizado su segundo nombre, Taylor...; era bastante habitual y no llamaría la atención de nadie. Pero ¿y la contraseña? Sin pensarlo, había puesto la misma serie de caracteres al azar que empleaba en su cuenta de verdad. ¿Y si aquello le costaba un buen disgusto?

Más valía prevenir que curar. De todos modos, no tenía que preocuparse por la ciberseguridad. Nadie se habría molestado en *hackear* una cuenta de red social como aquella.

Volvió a rellenar el formulario.

Nombre completo: **Taylor**
Usuario: **@EricThornEsUnaMierda**
Contraseña: **contraseña**

Sus ojos recorrieron el nuevo perfil que acababa de crear.

TUITS	CUENTAS SEGUIDAS	SEGUIDORES
0	**0**	**0**

Una pizarra en blanco. Se sintió como si le hubieran quitado un peso de encima. Podría tuitear lo que quisiera desde allí. Libertad total. Podría decirles a sus fans lo que pensaba de ellas, sin ambigüedades. Y podría guiarlas a todas hasta la conclusión de que no merecía la pena que malgastaran su tiempo con Eric Thorn.

Tenía que empezar por ganarse su atención. Cero seguidores. Eso tenía que cambiar. ¿Qué podía hacer para que se dieran cuenta de su presencia? Su primer tuit tenía que ser muy llamativo... todavía más subido de tono que el de los pedos de morsa. Que mostrara con toda evidencia que Eric Thorn era un niño de cara bonita creído, cretino, prepotente y ególatra. Y lo más importante era que tenía que ser algo gracioso para que lograra catorce millones de retuits.

—Vamos, Eric —murmuró para sí—. Piensa.

«Piensa en creído. Piensa en narcisista.»

Apartó la mirada del teléfono y descubrió sus propios ojos en el espejo del baño. Acababa de tener una idea y empezó a mover la cabeza poco a poco, de un lado para otro, mientras pensaba en cómo sacarle partido. ¿Se saldría con la suya? ¿Funcionaría? Quizá. Solo podía decir quizá...

Con un movimiento muy estudiado, se sacó la camisa por la cabeza y preparó el teléfono para hacerse una *selfie*.

Cómo se iba a divertir...

Tessa estaba sentada en la cama y contemplaba la cubierta de la libreta en espiral que tenía sobre el regazo. Seguramente habría tenido que abrirla, buscar la primera página en blanco y escribir la anotación del día. Por Dios que los pensamientos que se agolpaban dentro de su cabeza habrían bastado para llenar una o dos páginas.

¿Por dónde podía empezar? Probablemente habría tenido que escribir sobre Scott. Tessa hizo una mueca y recordó la manera en que su novio había puesto fin a la visita. ¿Cómo podía ser tan estúpido? Aun cuando Tessa hubiera estado preparada para salir de casa... ¿contaba con llevarla a una fiesta de fraternidad abarrotada de gente? Quería... ¿qué había dicho exactamente? Quería «presumir de novia guapa».

Así que no se trataba tan solo de una fiesta... habría acabado en una sala repleta de desconocidos que la observarían. «Una idea estupenda, Scott.» Eh, y quizá la semana siguiente habría podido ir a recitar poemas en bragas y sostenes en «America's Got Talent».

Tessa resopló. ¿Qué le ocurría a Scott? Ella no le había contado los acontecimientos exactos que habían desencadenado sus fobias, pero su novio tendría que haber pillado lo esencial. A decir verdad, el egoísta e irrazonable era Scott, no ella. No se puede tratar así a una persona a la que queremos. A una persona a la que amamos. ¿Cuánto hacía de la última vez que le había dicho «te quiero»? Ni siquiera se acordaba. Solo recordaba que otra persona se lo había dicho aquella misma mañana.

«*Follow spree* terminado. No tengas rabia de que no te incluyera. Os quiero a todas y cada una de vosotras más de lo que os podéis imaginar.»

Tessa cerró de golpe el diario. Al diablo con Scott. ¿Y por qué no había de pasarse el día enviando tuits sobre Eric

Thorn si así se sentía mejor? Agarró el teléfono y echó una mirada a la pantalla para ver lo que se había perdido. Sus ojos se posaron en una nueva notificación de Twitter, pero que no procedía de Eric Thorn. Ni de nadie a quien conociera. Entrecerró los ojos al leer el desconocido nombre de usuario:

Eric @ElVerdaderoEricT
@TessaAmaAEric Me sigues por favor?

Solo con verlo, Tessa sintió sequedad en la boca. Era una de aquellas extrañas cuentas de suplantadores de Eric que aparecían cada cierto tiempo.

@ErricThorn... @ErickThorne... @EricThornOficial...

Tessa había llegado a pensar que era la única que lo encontraba inquietante... Cuentas de fans que se hacían pasar por el propio Eric Thorn. Algunas de las más crédulas caían en la trampa. «Puede que Eric tenga una segunda cuenta», se decían la una a la otra. «Puede que se pase todo el tiempo tuiteando con nosotras en secreto.» Cada vez que @ErickThorne retuiteaba a una de ellas, las chicas se encendían, y Tessa nunca tenía del todo claro si bromeaban.

Eric (@ElVerdaderoEricT) era un pelma de tomo y lomo. Acababa de tuitearle dos veces más.

Eric @ElVerdaderoEricT
@TessaAmaAEric Me sigues o no me sigues?

Eric @ElVerdaderoEricT
@TessaAmaAEric Por qué no me respondes? Te lo pido amablemente...

¿Por qué aquella cuenta no dejaba de molestarla? ¿Podía ser de algún conocido? Era imposible que Scott la espiara, ¿no? ¿O incluso la doctora Regan? Aquella misma mañana le había hablado a la terapeuta de su cuenta en Twitter. Pero ella no habría sido capaz de... Tessa negó con la cabeza y descartó la idea. Estaba claro que había visto demasiadas veces «Catfish: Mentiras en la red» en la MTV. Lo más probable era que fuese una segunda cuenta de un amigo en Twitter, alguna fan de Eric Thorn a quien ya seguía. Mejor no hacerse ideas preconcebidas. No pulsó el botón de Seguir, pero sí tuiteó en respuesta:

Tessa H @TessaAmaAEric
¿Te conozco @ElVerdaderoEricT? ¿Quién eres?

La respuesta que recibió aún la puso más nerviosa:

Eric @ElVerdaderoEricT
@TessaAmaAEric ¿Tú quién crees, tonta? ¡Soy Eric! Y me estoy cabreando porque no me sigues.

¿Cabreando? La palabra le sentó a Tessa igual que un bofetón. No provenía de un amigo. ¿Cómo es que Twitter siempre sacaba lo peor de algunas personas? Eso era lo que conseguía al abrirse a desconocidos. No era de extrañar que sufriera un trastorno de ansiedad.

«Ignóralo», se ordenó Tessa a sí misma. Se le había hecho un nudo en el estómago. Respiró hondo, poco a poco, y retuvo el aire en lo más profundo de los pulmones. Al mismo tiempo recitaba en silencio el mantra habitual.

«Eric uno... Eric Thorn... Eric tres... Eric cuatro... Eric cinco...»

Mejor. ¿Verdad que sí? No ocurría nada malo. Tessa abrió la opción de silenciar. No consentiría que un tarado la acosara en Twitter. Si aquella cuenta le mandaba otro tuit, no tendría que ver ni una sola letra.

El dedo de Tessa tembló levemente al introducir un último tuit.

Tessa H @TessaAmaAEric

@ElVerdaderoEricT No me gusta tu tono. Vete a molestar a otra, porfa. Adiós.

Después, Tessa arrojó el teléfono encima de la colcha. Se había acabado la interacción social. Tampoco tenía ganas de escribir sobre ello en su diario. En aquel momento necesitaba una ocupación con actividad cerebral cero para distraerse de la tensión nerviosa que le burbujeaba en el pecho.

Sus ojos se desplazaron hasta el pequeño televisor que tenía en el tocador. Quizá las tertulias de la mañana le servirían. Se reclinó sobre los cojines y cogió el control remoto. Entonces, una nueva notificación iluminó la pantalla del móvil:

@EricAmor333, @ThornAdicta98 y otros 173 han retuiteado una foto

Tessa volvió a enderezarse. ¿Ciento setenta y cinco retuiteos? Debía de tratarse de algo nuevo. Por lo general, lo único que se podía difundir tan rápido entre los usuarios que Tessa seguía era un tuit del propio Eric. Pero no podía provenir de él. Tenía preparada la cuenta para que la avisara cada vez que Eric tuiteaba. ¿Qué podía ser, entonces?

Pasó un pulgar ansioso por la pantalla. No era un mensaje de Eric, sino de la mayor de sus fans: la Sra. de Eric Thorn.

Claro, solo podía ser @SradeEricThorn, o SET, que era como la llamaban en el mundillo de las fans de Eric. Era una chica que jamás dormía y que siempre se enteraba cinco minutos antes que el resto de cualquier chisme relacionado con Eric Thorn. Había empezado a seguir a Eric cuando este solo era una estrella en YouTube y había preservado desde entonces su estatus de abeja reina del *fandom*. En aquellos momentos, su número de seguidores sobrepasaba los 500.000. Nadie sabía apenas nada sobre ella, ni siquiera su nombre de verdad, pero eso no impidió que corrieran rumores por las cuentas del resto de fans: tenía que sacar la información de algún lado. Tal vez del propio Eric. Él la había seguido durante un tiempo y, en ocasiones, SET insinuó haber intercambiado en secreto mensajes con él, pero a continuación siempre añadía un emoji que guiñaba el ojo.

Tessa no sabía qué pensar. Eso explicaría que ella supiera tanto, desde luego. La noche anterior las había bombardeado con tuits sobre un intento de encontrarse con Eric en su hotel. ¿Lo habría logrado? ¿Habría tuiteado una foto con su marido del Twitter agarrados del brazo?

SET @SraDeEricThorn

COMOOOO PUEDE ESTARRR TANN BUENNOOO????
@ObsesionadaConEricThorn

Y a continuación la foto... Tessa no la había visto jamás. No habría olvidado una imagen como aquella.

Pulsó Retuit por pura rutina y luego pasó a la *timeline* para leer lo que decían las otras fans. Todas estaban conectadas y comentaban sin parar... lo que no era para nada sorprendente. Primero el *follow spree*. Luego el segundo tuit. Y ahora la foto que emergía de la nada como un regalo caído del cielo. Pero ¿de dónde había salido? Parecía que estaban todas demasiado concentradas en enviar nuevos tuits #ObsesionadaConEricThorn como para hacerse preguntas.

Tessa volvió a la cuenta de SET y sus labios se curvaron de satisfacción al leer el encabezamiento:

SET (@SraDeEricThorn) TE SIGUE

Aún sentía un ramalazo de orgullo al verlo. Habían pasado cinco días desde que SET había empezado a seguirla y, como resultado, el número de seguidores de Tessa se había disparado hacia el cielo. Todo el mundo sabía que SET tan solo seguía las cuentas que pintaban algo.

Pero que la siguiera @SraDeEricThorn era algo más que un voto de confianza. También le daba acceso al preciado botoncito que se hallaba junto al nombre de SET… el que le permitía enviar un mensaje directo privado.

Tessa envió el privado y exhaló un leve suspiro de placer cuando, al cabo de unos segundos, apareció la respuesta.

Tessa H: ¿¿De dónde sale esa foto??

SET: Una cuenta nueva la ha tuiteado antes. Esto se hará viral. GUAUUU!

Tessa arrugó la frente. ¿Qué motivo había tenido SET para no retuitearla si procedía de la cuenta de otra persona? Mandó una respuesta al instante.

Tessa H: ¿Por qué? ¿Puedes decírmelo?
SET: Una cuenta huevo que quiere follón. ¡Buen intento, trol! LOL
Tessa H: ¿Nombre de usuario?
SET: @EricThornEsUnaMierda

¿Una cuenta huevo? Tessa buscó la cuenta y la abrió en la pantalla: sí, era una cuenta huevo, como había dicho la otra chica, con la anónima silueta de huevo que Twitter ofrecía como imagen por defecto para el perfil. La persona que había abierto la cuenta tampoco se había preocupado por decir nada sobre sí misma. Tan solo figuraban Taylor como nombre de pila y un único tuit:

Taylor @EricThornEsUnaMierda
Eres un niño de cara bonita creído cretino prepotente y narcisista. Vuelve a la realidad @EricThorn #EricThornEsUnaMierda

pic.twitter.com/Z4GGn0HZpj

El enlace la llevó una vez más hasta la foto. SET debía de habérsela descargado y había compuesto su propio tuit con mínimas modificaciones en el titular. Tessa se guardó la foto en su galería del móvil y prescindió de las otras mil fotos de Eric Thorn que ya tenía acumuladas. Aquella tenía un valor añadido como objeto de babeo. Quería conservarla. Mientras sus ojos se abrevaban en la imagen, sintió un calorcillo que le subía por la nuca: Eric Thorn, con una toalla blanca en torno a la cintura... lanzando un beso a su propio reflejo en el espejo empañado del baño.

6
IRREAL

Eric tarareaba en silencio la letra de la cancioncilla sobre los *nuggets* de pollo. Su equipo de estilistas trataba de esculpir una apariencia de orden en sus cabellos revueltos. Estaba sentado en un taburete alto, frente al mismo espejo que había utilizado para la *selfie* de primera hora de la mañana. «El escenario del crimen», pensó. Tamborileaba levemente con las manos sobre los muslos.

No le servía de nada. No lograba concentrarse. Volvía a pensar una y otra vez en la misma cuestión. ¿Hasta dónde habría llegado el recorrido de la foto durante la hora que había pasado después de colgarla? ¿Cuántos memes habría engendrado, cuántas burlas por su egolatría? ¿Habría incendiado internet, como la famosa foto del culo desnudo y descomunal de Kim Kardashian?

Una vez pulsado el botón de Tuitear, apenas si le había quedado tiempo para ponerse la ropa de deporte antes de que Maury volviera a llamarlo. Y ahora, una vez terminados los ejercicios gimnásticos, se moría de ganas por ver el número de retuits. Pero no se atrevía. No, porque los ojos rapaces de los estilistas lo rodeaban por todos lados.

Eric sintió un reguero frío que le bajaba por la nuca. ¿Sudor o fijador que se había escurrido de su cabello? No estaba muy seguro. No recordaba la última vez que se había dejado arrastrar así por un impulso. ¿Y si había cometido una gran equivocación? Si alguien en la discográfica descubría de dónde había salido la foto...

Una voz desagradable sonó a su espalda y las manos de Eric dejaron de tamborilear quedándose suspendidas en el aire cuando se vio de pronto el teléfono móvil de su mánager pegado a la cara.

—Eh, chaval, ¿vas a decirme qué coño es esto?

Eric había esperado ver el espejo del baño, pero no. Pensó que el radar de relaciones públicas aún no debía de haber detectado la foto. En cambio, tenía ante sus ojos una entrada de blog de *Hollywood Life*. La había olvidado. Era una foto que le habían sacado hacía un par de semanas en Los Ángeles. El cámara debía de haber disfrutado vendiéndola al mejor postor.

—Ese capullo se lo estaba buscando —murmuró Eric.

Maury lo miró con rabia.

—¿Qué hizo? ¿Se encaró contigo?

—No, no se encaró conmigo, Maury. ¡Me estuvo pisando los talones durante tres horas seguidas!

—¿Tan solo un fotógrafo que te perseguía? ¿Eso es todo?

Una de las peluqueras colocó un dedo bajo la mandíbula de Eric. El chico lo apartó, molesto.

—¡Era mi primer día libre en todo un mes! No es nada fácil relajarse con un gilipollas que te apunta todo el día con el teleobjetivo.

Eric frunció el ceño aun antes de haber terminado de decir estas palabras. Sabía muy bien que Maury tenía su parte de razón. Había perdido la calma con aquel fotógrafo, y sin motivo alguno. La tensión que había padecido desde que se dio a conocer el asesinato de Cromwell no era poca, sobre todo cuando se hallaba en lugares públicos. No podía negar que se sentía amenazado. Maury le decía que eran paranoias suyas, pero ¿cómo podía evitarlo? Lo seguían a todas partes. Si por unos maravillosos instantes lograba escapar de sus fans, comparecían los fotógrafos. No gozaba de un momento de reposo. Desde que había firmado su primer contrato con la discográfica a los quince años, el clic casi inaudible de los obturadores de las cámaras lo acompañaba constantemente.

Maury le dio una fuerte palmada en el hombro. Su rostro era severo.

—Eric, no puedes ir por la vida haciéndoles la peineta a los reporteros.

—¿Reporteros? —Eric resopló—. ¡Ese gilipollas me estaba acosando, Maury!

—Si sigues así, te labrarás una mala fama. Si no te andas con cuidado, esos tíos pueden destruir tu carrera en menos de lo que se tarda en decir «patata».

Eric despegó los labios para replicarle, pero se olvidó de lo que iba a decir. Al oír esta última observación se había puesto en guardia.

—Un momento... ¿Tú crees que esto va a provocar una reacción negativa?

Maury le dio un cachecito amistoso.

—No. Los de publicidad están haciendo correr la noticia de que el otro te provocó. Pero solo podrán sacarte del fregado una vez...

—¡Es que sí me provocó! —Eric se puso bruscamente en pie. Los maquilladores podían terminar más tarde su trabajo. No podía soportar ni un minuto más todas aquellas manos toqueteándole la cara.

Maury hizo girar un dedo en el aire para indicarles a los estilistas que recogieran sus cosas. Se marcharon en tropel y Eric se dispuso a salir tras ellos, pero Maury se cruzó en su camino.

—Céntrate un poco, chaval. —Le dio un toque en el pecho—. Hace días que algo te carcome por dentro y no sé lo que es, pero ya basta. Tenemos demasiado trabajo que hacer.

Maury le echó una última mirada de advertencia y se alejó arrastrando los pies. Eric lo miró mientras se iba, pero su mal humor se desvaneció al cabo de un instante. Estaba solo, por fin, y tenía que atender a cuestiones más urgentes. Sacó el teléfono del bolsillo y dio un toquecito para abrir el Twitter. Todavía estaba puesto su nuevo nombre de usuario:

@EricThornEsUnaMierda

Contuvo el aliento y examinó la lista de notificaciones. Por lo general se la encontraba a veintitantos —el máximo posible—, pero en aquella cuenta...

Nada.

Silencio total.

¿De verdad? ¿No le habían retuiteado ni una sola vez? Eric apoyó todo el cuerpo en la encimera del baño. ¿Podía ser que nadie hubiera visto la foto todavía? Quizá habría tenido que dirigirla @ alguna de las cuentas de sus fans. Cerró los ojos y trató de imaginar alguna que le pudiera ser útil. Se acordó de varias: @E7ricThornFan... @EricThornAmor... @Sra.DeEricThorn... @EricThornificada... @EricThornMePone... @EricThornPorno...

¿Por dónde podía empezar? Estaba esa que Maury quería que siguiera. La que había iniciado toda la tendencia de la obsesión. La había pasado por alto deliberadamente durante el *follow spree*, pero tal vez fuera la persona ideal para llevar a cabo sus propósitos. Introdujo el nombre de usuario de la chica, @TessaAmaAEric, y estuvo a punto de atragantarse con lo que vio.

La encontró al inicio de los tuits recientes. Un retuit, pero no desde la cuenta de Eric. De algún modo, había retuiteado la misma foto desde la cuenta de otra fan.

SET @SraDeEricThorn
COMOOOO PUEDE ESTARRR TANN BUENNOOO????
@ObsesionadaConEricThorn
751 ♥ 1327

Pero ¿qué diablos...?

¿Cómo podían embobarse con aquella foto? Debía de haber sacado veinte versiones distintas hasta que encontró la pose adecuada. Había estudiado el ángulo para que el reflejo del teléfono no quedara a la vista. Entonces frunció los labios y cerró los ojos con falsa pasión, subiendo los brazos para marcar pectorales bien definidos. A decir verdad, era perfecta..., la caricatura definitiva de la vanidad y de la egolatría. ¿Cómo era posible que no lo hubieran entendido?

—Esto es surrealista —murmuró con voz ronca. Cerró los puños. Debería haberlo previsto. Había leído sus *fanfics* subidas de tono. Las fans, antes que nada, eran predecibles. Había un único tema, solo uno, en sus mentes: #ObsesionadaConEricThorn.

Los ojos de Eric se tiñeron con un acceso de ira. Estaban enfermas. Todas ellas. Alguien tenía que intervenir. Hacer que se avergonzaran de sí mismas. Decirles que vivieran una vida propia.

Aquella, la tal @TessaAmaAEric, parecía un buen comienzo.

Acercó el dedo a la pantalla. Ya estaba componiendo mentalmente una feroz diatriba.

Pero su dedo descendió sobre... nada. Espacio en blanco.

¿Dónde estaba el botón para mensajes privados directos?

Se quedó contemplando la pantalla durante treinta segundos de reloj hasta que por fin lo comprendió.

Durante unos minutos se había olvidado de quién era. Hacía años que no se daba el caso de que quisiera mandarle un mensaje a otra persona y el otro no le respondiera. Pero eso se aplicaba tan solo a su cuenta de verdad. En aquellos momentos era @EricThornEsUnaMierda, sin historial y cero seguidores. No era nadie. No podía mandar privados a nadie.

Contempló con rabia el perfil que tenía frente a sus ojos.

Tessa H @TessaAmaAEric

SIGUIENDO SEGUIDORES
170 **30,1m**

Podía tratar de ridiculizarla con sus tuits públicos, pero tal vez ni siquiera se enterara. Con los 30.000 seguidores que tenía, seguro que no. No, si quería entablar contacto de verdad con ella, tenía que hacerlo por medio de un privado. Y para eso tenía que conseguir que la chica lo siguiera a él.

Aquello iba a ser más complicado de lo que se había imaginado.

Tessa apartó los ojos de mala gana de su nueva foto favorita de Eric Thorn. Le había dado la idea perfecta para una *fanfic*: una variación sobre el tema del Dr. Jekyll y Mr. Hyde, en la que aparecería un joven y sensible compositor de canciones llamado Eric y un doble suyo, un chico malo estrella del rock llamado Thorn. «¿Hermanos gemelos?», se preguntó, mientras se toqueteaba la barbilla. O quizá un solo personaje con trastorno de personalidad múltiple...

Cogió el diario para esbozar el relato (así, al menos, no todas las historias que se le ocurrieran podrían considerarse «proyecciones»), pero entonces vio el teléfono y se distrajo. La cuenta que había sido la primera en enviar la foto aún aparecía en la pantalla:

Taylor @EricThornEsUnaMierda

Tessa echó una mirada al perfil vacío. No sabía quién sería esa chica llamada Taylor, pero estaba claro que quería perjudicar la imagen de Eric con aquella foto. No era una fan. Indudablemente se trataba de alguien que le tenía ojeriza. ¿Quizá una fan a la que había pasado por alto en el *follow spree* de la mañana? Al parecer, Tessa no era la única a quien le picaba la curiosidad. Le llegó otro privado de @ SraDeEricThorn.

SET: ¿Tú conoces a una tal Taylor? ¿Hay una fan que no conozco y se llama Taylor?

Tessa se estrujó el seso para utilizar algún chisme con el que pudiera impresionar a la otra chica.

Tessa H: No la conozco. Esta mañana me ha escrito otra cuenta rara. @ElVerdaderoEricT. No eras tú, ¿verdad?
SET: Eh, ¿por qué piensas eso?
Tessa H: No lo sé. Da igual... Eh, oye, ¿y si @EricThorn-EsUnaMierda ni siquiera es fan? ¡Será una ex suya o vete tú a saber!

Tessa empezó a pensar en las diferentes posibilidades. Estaba muy intrigada. En todo el tiempo en que lo había seguido, Eric no había tenido ninguna relación estable. Siempre que los entrevistadores le preguntaban por su vida amorosa, respondía que no le quedaba tiempo para salir con chicas. Pero esas respuestas no bastaban para frenar los rumores. Un tío tan guapo no podía estar inactivo. ¿Y si era una chica famosa? Se llamaba Taylor...

Tessa H: Oye, ¿y si fuera Taylor Swift?

SET: Ja ja ja ANDA YA! ESTAS DE BROMA NO?!

Tessa H: Nunca se sabe.

SET: Yo no me creo que esa domine tanto el Photoshop.

Tessa H: ¿Tú piensas que esto es Photoshop?

SET: Pues claro. No puede ser de verdad. Fake fake fake. Pero ¡¡de todos modos está de muerte!!

Tessa se levantó de la cama y anduvo por la habitación. Soltó una risilla. Estaba a punto de responder a la Sra. de Eric Thorn cuando la distrajo una nueva notificación.

A Taylor (@EricThornEsUnaMierda)
le gusta tu retuit

Hablando del rey de Roma. ¿Qué motivos podía tener la tal Taylor para estar pendiente de su cuenta?

Una nueva mención apareció en pantalla y Tessa se hundió pesadamente en el sillón tipo puf.

—Otra vez no —susurró. ¿Por qué tenía que convertirse siempre en objetivo de todos los tarados que circulaban por Twitter?

Taylor @EricThornEsUnaMierda

¡Oye! ¿Cómo puedes obsesionarte con esa foto @TessaAmaAEric? ¡Si ese tío está LITERALMENTE enamorado de sí mismo!

Tessa observó el tuit con suspicacia. Sabía que tenía que ignorarlo. La tal Taylor podía ser cualquiera. Abrió el menú principal de la cuenta y su dedo se acercó una vez más a la primera opción:

Ignorar @EricThornEsUnaMierda

Estaba a punto de seleccionarlo cuando hubo algo que la detuvo. Era casi como si oyera las palabras que la doctora Regan le había dicho aquella misma mañana, como si resonaran en el interior de su cabeza: «Toda interacción social puede tener valor terapéutico.»

¿Y si ignorarlo era un error? Tal vez solamente fuera un mecanismo de defensa, igual que esconderse en la habitación. ¿No era eso lo que le habría dicho la terapeuta? Que se abriera. Que hiciese un esfuerzo para interactuar. «Tengo que esforzarme más», se dijo a sí misma.

En realidad, ¿qué había hecho aquella cuenta de @ EricThornEsUnaMierda aparte de tratar de iniciar una conversación? Tessa y su terapeuta se habían pasado semanas repasando guiones con los roles de prácticamente cualquier interacción social imaginable, tanto si era amistosa como si no. Tenía herramientas. Podía hacerlo. Estaba preparada.

En cualquier caso, no podía negar su propia curiosidad. ¿Quién era aquella chica, Taylor? ¿Y de dónde había sacado la foto? ¿La habría creado ella misma con Photoshop? Quizá tuviera más.

—Está bien —dijo Tessa en voz alta haciendo acopio de valor—. ¿Quieres hablar conmigo, Taylor? Pues vamos a hablar.

Salió de la opción de ignorar y escribió un tuit:

Tessa H @TessaAmaAEric
@EricThornEsUnaMierda ¿Quién eres?

La respuesta apareció de inmediato y se inició una serie de tuits en rápida sucesión:

Taylor @EricThornEsUnaMierda
@TessaAmaAEric Nadie en especial.

Tessa H @TessaAmaAEric
@EricThornEsUnaMierda ¿Eres fan o *hater*?

Taylor @EricThornEsUnaMierda
@TessaAmaAEric Lo digo como lo veo. No me digas que esa foto no es ridícula.

Tessa H @TessaAmaAEric
@EricThornEsUnaMierda Es un *fake,* ¿eh?

Taylor @EricThornEsUnaMierda
@TessaAmaAEric ¿Quién lo dice?

Tessa H @TessaAmaAEric
@EricThornEsUnaMierda Lo dice mi detector mágico de Photoshop.

Taylor @EricThornEsUnaMierda
@TessaAmaAEric Y UNA MIERDA. Créeme, es de verdad.

Tessa H @TessaAmaAEric
@TessaAmaAEric Y tú la tienes. ¿Cómo es eso?

Una nueva notificación apareció en la pantalla de Tessa momentos antes de que se pudiera leer la respuesta siguiente:

> Taylor (@EricThornEsUnaMierda) te sigue

Taylor @EricThornEsUnaMierda
@TessaAmaAEric Te lo diré por privado. Sígueme tú también.

EL INTERROGATORIO (FRAGMENTO 2)

31 de diciembre de 2016, 21.17 h

Caso n.º: 124.678.21-001

TRANSCRIPCIÓN OFICIAL DEL INTERROGATORIO POLICIAL

—INICIO PÁGINA 1—

INVESTIGADOR: Me llamo Charles Foster, señorita Hart, y soy teniente de policía. Me acompaña el detective Terence Newman. Para que quede constancia, estamos a 31 de diciembre, a las 21.17 horas. Esta entrevista quedará grabada.

HART: Necesito que venga mi terapeuta. La doctora Laura Regan. ¿Está aquí? Tenía que venir a verme a la comisaría.

INVESTIGADOR: Terry, ¿puedes ir a ver si está? [pausa] Bueno, señorita Hart... ¿puedo llamarte Tessa?

HART: Necesito de verdad que venga la terapeuta. Hoy es el primer día que salgo de casa desde... bueno... desde hace una eternidad.

INVESTIGADOR: Lo entiendo. Estamos tratando de localizar a la doctora Regan. Mientras tanto, Tessa, por favor, ¿podrías decirme tu nombre completo, fecha de nacimiento y profesión?

HART: Tessa Lynn Hart, 3 de abril de 1998. Tengo dieciocho años.

INVESTIGADOR: ¿Profesión?

HART: Hum... no sé. Tenía que empezar la universidad en otoño, pero... n-no pude. Tuve que retrasarlo.

INVESTIGADOR: ¿Podemos decir desocupada?

HART: Eso es. Desocupada.

INVESTIGADOR: Bien. Ahora, por favor, ¿serías capaz de identificar esto que tenemos aquí?

HART: Es mi móvil. ¡Ay, Dios mío, pensaba que lo había perdido! ¿Dónde lo han encontrado?

INVESTIGADOR: ¿Cómo lo perdiste, Tessa? ¿Te lo quitaron?

HART: Puede ser. No... no quiero hablar de eso. Creo que tendría que ir al hospital o si no...

INVESTIGADOR: Tessa, por favor, no te levantes. Ahora mismo estamos buscando a tu terapeuta.

HART: ¿No podrían darme el teléfono? Quizá podría mandarle un mensaje de texto.

INVESTIGADOR: Antes tendrás que aclararme algunas cuestiones. Esto que tengo aquí es tu cuenta de Twitter. Por favor, ¿podrías decirme cuándo la abriste?

HART: Cuando estudiaba secundaria. Tendría unos dieciséis años. Pero luego cambié el nombre de usuario este verano, a finales de junio.

INVESTIGADOR: ¿Junio de 2016?

HART: Exacto. Porque... por lo que ocurrió. Entonces también borré un montón de tuits antiguos.

INVESTIGADOR: Si no te importa, querríamos echar una ojeada a los privados que mandaste con esa cuenta. ¿Nos das permiso para leerlos?

HART: Háganlo. Me da lo mismo.

INVESTIGADOR: El primer mensaje tiene fecha de 12 de agosto de 2016. ¿Correcto?

HART: Creo que sí. Agosto. Recuerdo que Scott vino a verme aquella mañana. Iba a una sesión de orientación para los nuevos estudiantes de la universidad. Sí, es verdad. Agosto.

INVESTIGADOR: ¿Scott?

HART: Mi exnovio.

INVESTIGADOR: Entiendo. Acabemos de comentar tus actividades en Twitter y luego hablaremos de Scott. ¿Recuerdas si tuviste alguna otra correspondencia con esta persona antes del primer mensaje privado del día 12 de agosto?

HART: Tan solo unos pocos tuits entre los dos. Él me siguió primero. Entonces yo lo seguí a él. Traté de socializar. Como terapia. Tengo agorafobia. Se suponía que tenía que esforzarme por interactuar con personas distintas. Pero yo no entendía quién... quién era. Tendría que haberlo bloqueado. Tendría que haber desactivado la cuenta. Tendría que haberla desactivado en cuanto me marché de Nueva Orleans. Soy tan imbécil [ininteligible].

INVESTIGADOR: ¿Tessa?

HART: Eric... Eric Thorn...

INVESTIGADOR: ¿Estás bien, Tessa?

HART: No lo entiende. Necesito a mi terapeuta. Tengo que irme a casa.

7
BATALLA

Eric salió del baño del hotel con el teléfono entre las dos manos. Ojalá que la tal Tessa se hiciera enseguida seguidora. Faltaban unos pocos minutos para que Maury se presentara en la recepción, y entonces tendría que soportar la compañía de su mánager durante la hora entera de viaje hasta la granja de pollos. Eric no sabía si sería capaz de aguantarlo. No sabía si podría llegar allí sin descargar antes su abrumadora frustración... una rabia acumulada que se medía en catorce millones de seguidoras.

Deseó en silencio que la notificación de Twitter apareciera, y soltó un gruñido de satisfacción al verla.

> Tessa H (@TessaAmaAEric) te ha seguido.

Eric pulsó con tanta fuerza el botón de Mensaje Directo que estuvo a punto de hacer una grieta en la pantalla.

Taylor: Hola Tessa. Gracias por seguirme.
Tessa H: Hola.
Taylor: ¿Puedo hacerte una pregunta?
Tessa H: Hum... vale.

Eric torció los labios mientras introducía el mensaje siguiente. Sabía exactamente cómo debía jugar. Había estado con suficientes fans como para saber su forma de hablar.

Taylor: ¡Test de personalidad! Si fueras un animal, ¿qué tipo de animal serías?
Tessa H: No sé. Quizá una gacela. ¿Por qué?
Taylor: ¿Sabes qué tipo de animal vería Eric Thorn si se diera cuenta de que existes?
Tessa H: Hummm. No sé. Una gacela, ¿no? ¿Quizá un pollo? :P

Eric ni siquiera leyó la respuesta. Siguió adelante, escribiendo como un poseso, introduciendo mensajes a la máxima velocidad que le permitían los dedos. Ni siquiera pensaba las palabras.

Taylor: Una sanguijuela.
Tessa H: ¿Disculpa?
Taylor: Eso es. Una sanguijuela asquerosa sedienta de sangre. Sin nada que hacer en tu porquería de vida sin sentido aparte de chupar.
Taylor: Y cuando te viera ahí chupando se estremecería de asco.
Taylor: Y te mandaría a tomar por culo.

Taylor: ¿Y sabes qué haría entonces, Tessa? Se olvidaría de que existes y volvería a sus cosas.

Tessa se quedó boquiabierta al ver las palabras que llenaban la pantalla. Hasta entonces había estado sentada en el puf, pero se puso en pie y empezó a caminar arriba y abajo por el estrecho dormitorio. Se le retorcía el estómago. No podía ser cierto. La primera vez que daba el paso e iniciaba una interacción social tenía que encontrarse con un desagradable *troll*. No debería haberlo intentado. Había interpretado mal las señales. Test de personalidad...

¿Una sanguijuela?

No era verdad. Por supuesto que no. Como si la persona que se hacía llamar Taylor pudiera saber mejor que ella lo que había dentro de la cabeza de Eric Thorn. Qué idiotez.

Sin embargo, aquellos privados la golpeaban como un puñetazo en el estómago. La dejaban sin aliento, y Taylor logró mandarle toda una serie de mensajes antes de que Tessa, por fin, sacara fuerzas de flaqueza para responder.

Tessa H: Guau. Gracias por iluminarme con tu inteligencia. Y esto me lo manda... ¿quién, exactamente? Ah, ya veo. Un huevo.

Taylor: Sí, soy un huevo. ¿Y sabes por qué soy un huevo? Porque tengo una vida de verdad. En el mundo real. Tú también podrías probarlo.

Tessa H: ¡Tú no sabes nada de mí!

Taylor: ¿Por qué no te buscas una persona de verdad y te obsesionas con ella en vez de quedarte colgada por un famoso que es patético?

Tessa H: Tengo novio, para que te enteres.

Taylor: ¿Ah, sí? ¿Y qué piensa tu novio de tu cuenta de Twitter?

Tessa se estremeció. Ya se sentía culpable frente a Scott... como si, en cierto sentido, le fuera infiel cada vez que mandaba un tuit sobre Eric Thorn. Pero todo aquello no eran más que paranoias. Muchísimas personas se abrían cuentas de fan. Se enamoraban de las celebridades. Y no parecía que Scott se interesara mucho por lo que Tessa hiciera en Twitter.

Aunque no había hecho más que dar unos pocos pasos por el cuarto ya se sentía las piernas como después de correr una maratón. Se dejó caer pesadamente sobre el borde de la cama.

Tessa tomaba aliento y volvía a expulsarlo con una respiración rápida y entrecortada. Pensó que la doctora Regan se había equivocado. No todas las interacciones sociales tenían valor terapéutico. Lo más probable es que aquella la hiciera retroceder varios meses en su proceso de curación.

Taylor: Y... silencio. ¿Acaso no es interesante?

Tessa H: Esta conversación ha terminado. Adiós.

Taylor: ¿A que lo adivino?: el novio ese no existe.

Tessa abrió el menú. En esta ocasión, su dedo no se detuvo en Ignorar. Echó una ojeada al resto de opciones. ¿Bloquear, quizá? ¿O mejor pulsaba Denunciar e informaba de que la persona llamada Taylor había empleado un lenguaje insultante?

Taylor: Pero si existe, lo siento por él, porque eres una mierda de novia.

Tessa volvió los ojos hacia el hilo de mensajes y los últimos restos de oxígeno abandonaron sus pulmones. A duras penas lograba tener un pensamiento coherente. «¿De verdad? ¿Quiero decir que... es verdad? No, qué va. De ninguna manera.» El botón de Denunciar no era suficiente para aquel cretino. Tessa tuvo un subidón de adrenalina, se puso en pie de un salto y empezó a teclear la respuesta.

Tessa H: ¡Tú no tienes ni idea de quién soy ni de lo que estoy pasando!
Taylor: ¡Ah, a que lo adivino! ¿Los guais de la clase se meten contigo? Buaaaaa.
Tessa H: Para que te enteres, me paso muchas horas en Twitter porque tengo una enfermedad que se llama

Se detuvo a media frase. No tenía por qué contárselo a aquel imbécil. Tessa borró enseguida las palabras de la barra de mensajes y escribió una frase distinta.

Tessa H: ¿Sabes qué? No tengo por qué darte explicaciones. El que tiene el problema eres tú. Quizá tendrías que mirarte bien en el espejo.
Taylor: Hmmm ¿Igual que Eric? A él le encaaaaaaanta mirarse y mirarse en el espejo. LOL

El pecho de Tessa subía cada vez que inspiraba con fuerza. Estaba en modo de «pelea o huye» y tecleaba demasiado rápido como para que Taylor pudiera meter baza.

Tessa H: Así que según tú, Eric da asco. Y yo doy asco. Y seguro que piensas que todo el mundo da asco menos tú. ¿Verdad que tengo razón?
Tessa H: ¿Sabes que hay una palabra para eso? Se llama proyección.
Tessa H: Un día tendrías que mirarlo.
Tessa H: O es que estás superocupada metiéndote al azar con desconocidos.

Se detuvo después de este último mensaje y se agarró el pecho con la mano abierta mientras luchaba por recobrar el aliento. Toda la conversación le había traído a la memoria una cita de Tumblr que había visto en una ocasión. A veces Tessa se las guardaba en la galería del móvil... citas y dichos a los que podía volver y recitarlos para sí misma cuando los niveles de ansiedad empezaban a subir. Sabía cuál era la que quería y navegó por el mar sin fin de las fotografías de Eric Thorn para encontrarla:

Tessa añadió la imagen a la barra de mensajes, con el dedo a punto para enviarla en cuanto Taylor le respondiera. Estaba inmóvil, a punto para saltar, como el francotirador que aguarda a que su presa entre en el punto de mira. Los segundos iban pasando y ella estaba a punto.

Silencio.

¿Todo había terminado? ¿Era ella la que había ganado? Se quedó con la clara impresión de que Taylor había abandonado la conversación. Tal vez para buscar una nueva víctima.

La cita de Tumblr seguía allí y Tessa pulsó Enviar antes de apagar el teléfono: un signo de puntuación al final de su victoria.

8
MUÉSTRATE GENTIL. SIEMPRE

Tessa estaba echada en la cama, a oscuras, con los ojos clavados en el techo. Eran cerca de las doce, pero sabía que aquella noche apenas podría dormir. Su rutina para acostarse había quedado desarticulada por completo. Era uno de los maravillosos efectos secundarios de pasarse veinticuatro horas al día encerrada. Habían transcurrido semanas desde la última vez que había visto el sol.

Pero los ritmos circadianos eran el menor de sus problemas. Había tomado una dosis del medicamento contra la ansiedad, pero aún sentía sobre sus hombros todo el peso del pánico que a duras penas lograba reprimir. Veía aquellos feos mensajes cada vez que cerraba los ojos, como si se le hubieran quedado impresos en el interior de los párpados.

Taylor: ¿Sabes qué tipo de animal vería Eric Thorn si se diera cuenta de que existes?

«Eric. Eric Thorn. Eric uno... Eric Thorn... Eric tres...»

No le servía de nada. Los ejercicios de respiración tenían sus límites. Tessa se revolvió sobre la cama y alargó el brazo para alcanzar el teléfono. Sabía que no tenía que volver a mirar los privados, pero, a decir verdad, ¿qué importaba? No podía dejar de pensar en ello. Lo más probable era que se pasara todo un mes analizándolos palabra por palabra.

¿Acaso no tenía que estar orgullosa de sí misma? Había manejado bien aquella situación. La habían atacado y ella se había defendido. Había luchado contra la atacante. No había dado media vuelta ni había huido. No como en junio...

Tessa se frotó la cara con una mano para espantar ese recuerdo. No quería enfrentarse a él. Todavía no. Probablemente no lo haría jamás. Le salía más a cuenta obsesionarse con aquella conversación en Twitter, por horrible que fuera.

Bajó los ojos a la cita de Tumblr con la que finalizaba el diálogo. Había algo que la inquietaba. Quizá fueran las tres palabras del final.

«Muéstrate gentil. Siempre.»

No: «Muéstrate gentil. A veces».

Ni: «Muéstrate gentil. Aunque la otra persona sea mezquina desde el principio».

Se dio cuenta de que eso era lo que más la molestaba. No que la hubiesen atacado, sino que ella misma hubiera contraatacado. Había estado tan concentrada en defenderse que ni siquiera se había parado a pensar por qué la otra chica había ido a por ella. «Todas las personas con las que te encuentres estarán librando una batalla...» ¿Qué clase de batalla podía estar librando Taylor para actuar de aquel modo? Quizá también padeciera problemas de salud mental. Quizá no se los habían diagnosticado, no se había sometido a tratamiento. Quizá tan solo necesitaba hablar con alguien.

Tessa cerró los ojos un instante y el pánico y la tensión que había sentido en el pecho desaparecieron. Había llegado al fondo de la cuestión. Sabía lo que tenía que hacer.

El hilo de privados seguía abierto en su teléfono. Tessa asintió con resolución e introdujo un nuevo mensaje.

Eric se repantigó en el asiento de atrás de la limusina y se frotó los ojos legañosos. El recorrido en coche desde la granja de pollos hasta el hotel iba a llevarle poco más de una hora. Probablemente habría tenido que echar una cabezada, pero presentía que no le resultaría fácil dormirse. No después de aquel día infernal.

Se había pasado la jornada entera con los nervios de punta, a la espera de que los publicitarios descubriesen su escapada de aquella mañana en Twitter. Por algún milagro, la *selfie* les había pasado inadvertida. Debían de haber pensado que se trataba de un Photoshop perverso de alguna fan, en la misma línea que las porquerías que escribían sobre él a todas horas.

Eric trató de suscitar dentro de sí mismo un poquito de justa indignación, pero sabía que no le iba a servir de nada. No podía culpar a nadie, salvo a sí mismo, por el malestar que sentía en el estómago.

Contempló por la ventana de la limusina el paisaje oscurecido que iban dejando atrás, pero su mente seguía clavada en la cuestión que había ocupado sus pensamientos durante todo el día. Recordaba una y otra vez retazos del intercambio de mensajes privados que había sostenido. No podía sacudirse el recuerdo, ni la sensación, cada vez más profunda, de que había actuado mal.

Eric se frotó la cara con la mano y trató de obligarse a reconducir sus pensamientos por un camino menos lúgubre. Se le ocurrió que tal vez debiera llamar a alguien. ¿Quizá a sus padres? No había hablado con ellos desde hacía una semana. Quizá le iría bien oír voces familiares.

Pero, de todos modos, en el fondo no podía contarles cómo se sentía. Cuando la conversación derivaba hacia pensamientos más tristes, cambiaban de tema. Ellos solo veían las luces del concierto, el glamur y el relumbrón... y el dinero que entraba en el banco. Sabía lo que iban a decirle si trataba de hablar con ellos: «Problemas de niño rico», proclamaría la voz de su padre preñada de risas. Y entonces su madre le recordaría que ocho horas seguidas de sueño lo solucionaban todo.

Eric suspiró. Sus padres no lo entendían. Maury no lo entendía. Nadie lo entendía. Eric habría podido hablar hasta quedarse sin saliva, pero nadie escucharía ni una sola palabra de lo que dijera.

Unas lágrimas de rabia le afloraron a los ojos y Eric se las enjugó rabiosamente con el dorso de la mano. Por un instante fugaz, su mirada se encontró con la del conductor de la limusina, que lo espiaba por el retrovisor. Algo le dio mala espina. Al mismo tiempo que buscaba el teléfono dentro del bolsillo, pulsó el botón para que se elevara la pantalla opaca que le garantizaba privacidad.

Repasó la lista de contactos, pero no llamó a nadie. En

cambio, sí que abrió la cuenta de Twitter, y dio un respingo al ver el nombre de usuario:

@EricThornEsUnaMierda

Aquella mañana, al cerrar bruscamente la aplicación, no se había preocupado de regresar a su verdadera cuenta. No había llegado a leer las últimas palabras de su fan: una de esas frasecitas pretenciosas que se encuentran por Tumblr.

Eric soltó un gemido mientras lo leía. No porque fuera una chorrada moralizante... aunque lo era, una chorrada moralizante muy chorra, sino porque no podía imaginarse una frase más adecuada para hacer que se odiara a sí mismo. «Librando una batalla...» La chica, a juzgar por sus propias palabras, también libraba una batalla. Y no le había dicho en qué consistía. Podía ser cualquier cosa. Tal vez padeciera un cáncer terminal.

Y Eric había cargado contra ella.

¿Qué le pasaba? Lo consumía el miedo a que una desconocida fuera a por él... y no se le ocurría nada más que hacerle lo mismo a otra persona. ¡Con qué facilidad había pasado al modo de ataque! Después de todo, lo había hecho en Twitter. Solo palabras. No era real.

Pero al otro lado había una persona que sí era real, ¿o no? Una persona real que, obviamente, no era tan estúpida como Eric se había imaginado. A decir verdad, parecía que tuviera medio cerebro. «Proyección», había dicho. «Un día tendrías que mirarlo.»

Se le ocurrió que sí, que debería mirarlo. Quizá ese fuera su castigo. Buscaría la palabra «proyección», tal como le había dicho la chica, y así tal vez no se sintiera tan terriblemente mal consigo mismo.

Introdujo la palabra en el móvil y abrió una página de Wikipedia.

«Proyección: Fenómeno psicológico descrito inicialmente por Sigmund Freud, en el que el individuo niega sus propias cualidades negativas al mismo tiempo que las atribuye a otras personas.»

Eric sintió que los ojos se le quedaban vidriosos tras leer la primera frase. Nunca había tenido mucha paciencia para hacer los deberes. Ni siquiera se molestó en terminar la secundaria. En cuanto firmó con la discográfica, le pareció que ya no tenía mucho sentido.

Fue bajando por la página.

«Algunos ejemplos son: Culpar a la víctima... Justificar las infidelidades... *Bullying*...»

Cuando sus ojos llegaron a esta última palabra —*bullying*—, sintió como una opresión en el pecho. Se obligó a sí mismo a hacer clic para ir a la explicación detallada.

«*Bullying*: El clásico abusador se aprovecha de la debilidad de los demás para proyectar sus propias inseguridades y debilidades.»

Eric se estremeció. Lo estaba leyendo en Wikipedia... la definición de lo que él mismo había hecho. Hacía semanas que se sentía vulnerable. Desde que habían empezado a conocerse los detalles del caso Cromwell. Y la reacción de la discográfica —más bien la falta de reacción— se había sumado a su sentimiento general de indefensión. No tenía control de ningún tipo sobre su propia vida. Era eso lo que lo había enfurecido tanto durante toda la mañana. Y se había desahogado con la chica. «El clásico abusador.» No podía negar que esa era la etiqueta que le correspondía. Parecía un caso de libro.

Eric cerró con fuerza los párpados durante un momento que se le hizo muy largo. Sabía lo que tenía que hacer.

Para empezar, no podía enviar más tuits insultantes. Tenía que desactivar la cuenta falsa y encontrar una manera más sana de enfrentarse a sus propios demonios. Quizá pudiera hablar con alguien. Alguien que lo escuchara y que tratara de entenderlo. No sería Maury. Ni sus padres. Ni el entrenador personal, ni el estilista, ni el conductor de la limusina. Todos ellos trabajaban para la discográfica. Ni tampoco sus amigos de antes. La relación que aún pudiera tener con ellos estaba contaminada por los celos. Tenía que quedar alguien en todo el planeta que no se le acercara con segundas intenciones. Alguien que pudiera escucharlo.

Pero primero tenía que disculparse con @TessaAmaAEric. Así de sencillo.

Eric empezó a teclear un privado en la barra de mensajes y entonces, de pronto, apareció algo en la pantalla. Un nuevo mensaje se había añadido al final del hilo.

Parpadeó, confuso. ¿Habría pulsado Enviar por error? No, no lo había mandado él.

La chica debía de haberle mandado un privado en aquel mismo instante. Sus ojos se deslizaron sobre las palabras:

Tessa H: No sé qué clase de batalla estarás librando, pero si algún día quieres hablar de verdad, dímelo.

Eric sintió una oleada de vergüenza en el rostro. La chica no era tal como él se la había imaginado. Si después de la manera como la había atacado le escribía aquellas palabras... a él, a un desconocido total que se había encontrado en Twitter...

Terminó su propio mensaje y pulsó Enviar.

Taylor: Lamento lo dicho. Paso por una época muy mala y te lo he hecho pagar a ti. Me siento muy mal por ello. No te lo merecías. Lo siento mucho.

La respuesta llegó al cabo de un instante.

Tessa H: No pasa nada. Lo entiendo.
Tessa H: ¿Quieres que lo hablemos?

Eric apartó los ojos del teléfono. Mientras jugaba, distraído, con los botones de la calefacción de la limusina, pensó en lo que haría a continuación. Ya se había disculpado. Era el momento de poner fin a la conversación. Cerrar la cuenta. Destruir las pruebas. Si lo encontraba quien no debía, las consecuencias podían resultar catastróficas.

Pero la tentación era tan grande...

En realidad, la situación era perfecta... la respuesta a una plegaria que ni siquiera sabía que había formulado. La chica no sabía nada sobre él. Un huevo. Para ella tan solo era un huevo. Y ella se ofrecía para hablar con él, de ser humano a ser humano, sin otro motivo que la pura gentileza.

Eric pensó que podían tener una breve conversación. Una charla inocente entre dos corazones. Podía esperar a la mañana siguiente para desactivar la cuenta.

Tessa H: ¿Sigues ahí?

«¿Qué tiene esto de malo?», se susurró a sí mismo mientras introducía la respuesta.

Taylor: Sí, sigo aquí. Hablemos.

EL INTERROGATORIO (FRAGMENTO 3)

31 de diciembre de 2016, 20.42 h
Caso n.º: 124.678.21-001
TRANSCRIPCIÓN OFICIAL DEL INTERROGATORIO POLICIAL

—INICIO PÁGINA 4—

INVESTIGADOR: Señor Thorn, ¿niega usted haber creado una cuenta bajo nombre falso en una red social el día 12 de agosto de 2016?

THORN: ¿Es un delito? ¿Me están acusando de algo?

INVESTIGADOR: En estos momentos lo estamos interrogando como testigo.

THORN: Quizá tendría que llamar a un abogado.

INVESTIGADOR: Puede hacerlo, si así lo desea. Yo solo puedo decirle que con ello se demorará nuestra investigación.

THORN: ¿Y qué ocurrirá con Tessa? ¿Me van a decir si está bien, por favor?

INVESTIGADOR: No estoy autorizado a decirle nada mientras no haya concluido su declaración.

THORN: No sé lo que tengo que hacer. Mierda. Yo no quería hacer nada malo. Ya sé que no es una respuesta, pero es que en ningún momento quise que esta historia llegara tan lejos. Fue la ocurrencia de un momento. Todo el mundo abre cuentas falsas. Quería hacer un solo tuit y luego desactivarla. No fue más que una broma. Quiero decir que no se puede considerar delito. Pero ¡si hasta la MTV tenía todo un programa que se llamaba «Punk'd», por Dios bendito! Ashton Kutcher sacaba todo tipo de mierdas falsas. ¡Si llegó incluso a falsificar muertes de personas! ¿No es cierto? Algo mucho peor que abrir una cuenta en Twitter. Pero eso fue antes del programa ese, «Catfish». ¿Ahora es ilegal?

INVESTIGADOR: Entonces, ¿creó una cuenta en Twitter con el nombre de usuario @EricThornEsUnaMierda el día 12 de agosto de 2016?

THORN: ¿Eh? Ah, sí. Sí.

INVESTIGADOR: ¿Y no la desactivó en ningún momento, ni la transfirió a otro usuario?

THORN: No, pero tan solo la utilizaba para hablar con ella.

INVESTIGADOR: ¿Para hablar con Tessa Hart?

THORN: Eso es. Aquella primera noche nos la pasamos entera mandándonos privados. Conectamos enseguida. Ya sé que parece extraño. A veces me siento muy solo. Me paso el día yendo de un sitio para otro y no es fácil saber en quién puede uno confiar. No tengo muchos amigos. Y esa historia de Dorian Cromwell me había dejado como un manojo de nervios. Era una manera segura para mí de hacer confidencias con alguien.

INVESTIGADOR: ¿Le confió detalles específicos de su vida personal a la señorita Hart por medio de esa cuenta en Twitter?

THORN: Sí. Bueno, en realidad... lo cambié todo un poco.

INVESTIGADOR: ¿Le importaría ser más concreto?

THORN: Bueno, usted ya ha visto los mensajes. Tessa creía que yo me llamaba Taylor. Le dije que un contrato me tenía atado a un trabajo que detestaba, pero no le dije de qué tipo de trabajo se trataba. Le di a entender que era un comercial o algo parecido. Le hice creer que era un poco mayor de lo que soy. Bueno, al menos eso es lo que ella se imaginó, y yo no la saqué de su engaño. Y le dije que hacía poco que alguien había acosado y asesinado a otra persona que tenía la misma profesión que yo, pero no le dije... ya me entiende, no le dije que hablaba de Dorian.

INVESTIGADOR: ¿Cambió algo más?

THORN: Puede que sí. Pero solo eran detalles. Tuve que hacerlo para protegerme, pero los sentimientos eran verdaderos. Ya sé que no hacíamos más que mandarnos mensajes por Twitter, pero de algún modo... conectamos. Siempre conseguimos que el otro se sintiera mejor... incluso en los momentos en los que parecía que nuestras vidas se iban a la mierda.

9
ÉL DIJO, ELLA DIJO

15 de septiembre de 2016

—Bienvenido a bordo, señor Thorn.

Eric saludó con torpeza a la azafata. Estaba de pie frente a él, ataviada con un uniforme azul muy ceñido al cuerpo. Tenía que reconocer que la fama tenía sus ventajas. No echaba de menos el suplicio de los vuelos comerciales. Veía mucho más civilizado hacer el viaje de Los Ángeles a Seattle en el avión privado de la discográfica.

—Tutéame, por favor —dijo, y se encogió de hombros como para restarse importancia.

La azafata le respondió con una sonrisa cálida y se inclinó un poco más sobre el apoyabrazos de su asiento.

—¿Quiere que le traiga algo de comer?

Los dos botones superiores de la blusa de la azafata se habían desabrochado y su brazo le rozó ligeramente el hombro.

Si hubiera estado de mejor humor, le habría pedido un cuenco de frutos secos y la hubiese invitado a que se sentara con él a comerlos. Pero aquel día tenía otros planes...

—No, gracias. Voy a echar una cabezada, si no te importa. —Eric tiró de la palanca para reclinar el asiento. Se metió una mano en el bolsillo buscando el móvil. Tenía la esperanza de que la azafata no fuera una de esas que insisten en acudir cada cinco minutos para ver cómo está el pasajero. Entonces se acordó de Maury, que se sentaba al otro lado del pasillo, y lo señaló con el pulgar—. A él seguro que le apetecerá un Jack Daniels con Coca-Cola.

El mánager había sacado el teléfono en el mismo momento de subir al avión y Eric estaba muy agradecido por no tener que hablar con él. No sabía cuánto tiempo le quedaba hasta que Maury comenzara con su discurso, pero quizá lograra ganar unos minutos. Tal vez no volviera a tener otra oportunidad en toda la tarde... y sabía que por la noche iba a estar ocupado.

La azafata se alejó con sus zapatos de tacón alto y Eric se giró para darle la espalda. Sacó el teléfono y lo colocó sobre el asiento de al lado, ocultándolo con su cuerpo.

Al abrir Twitter, no pudo evitar pensar en cómo había cambiado todo durante el último mes. En agosto, al crear la cuenta falsa, la paranoia le habría impedido abrirla mientras su mánager estuviera cerca. Pero en los últimos días ya no sentía tanta ansiedad. Ni estaba tan irritable. Se encontraba más relajado. Su intercambio secreto de mensajes con Tessa había influido no poco en su transformación.

Le sentaba bien tener una sencilla amistad. Una válvula de presión para liberar todas las tensiones del día. Podía desahogarse con ella del irritante «jefe» que tenía en el trabajo. La chica podía quejarse de su mierda de novio. Conversaciones normales que la mayoría de la gente considera naturales pero de las que Eric no había podido disfrutar durante años.

La pantalla de Twitter se abrió y Eric sonrió. Un nuevo mensaje.

Tessa H: ¿Estás conectado?

Eric echó una mirada furtiva a su espalda. Maury todavía hablaba por teléfono. Un cóctel se mecía en su otra mano. La azafata se había marchado al área reservada para la tripulación.

El chico tecleó a toda prisa un mensaje de respuesta.

Taylor: Por ahora. Estoy en un avión. Quizá tenga que desconectarme enseguida...
Tessa H: ¿Otra vez de viaje? Qué divertido.

Eric resopló. ¿Divertido? No tanto. Más bien estresante y fatigoso.

Taylor: Nop. Viaje de trabajo. Antes me cortaría las venas. Pero ¿qué hay de nuevo?
Tessa H: No deberías bromear con eso, Taylor.
Taylor: Disculpa. Es una frase hecha. ¿Cómo va la vida? ¿Sabes algo de Scott?
Tessa H: No. No ha dicho ni mu. Está agilipollado.
Taylor: Deberías hablar con él, Tessa. Deja de mandarme mensajes a mí y llámalo a él.
Tessa H: Quizá luego. Dentro de un momento tengo

sesión de terapia. Estoy esperando que llegue la doctora Regan.

Taylor: Oh, vaya. ¿Has estado proyectando otra vez, jovencita?

Eric se mordió la yema del pulgar para contener la risa. ¡Cuánto le gustaba restregarle por la cara toda su jerga freudiana! Habrían podido charlar durante horas sin dejar de pincharse con sus respectivas limitaciones psicológicas.

Tessa H: Por supuesto. Me paso el día proyectando. Salvo cuando estoy ocupada catastrofizando.

Taylor: ¿Catastrofizando? ¡Anda ya, esa palabra no existe!

Tessa H: Pues claro que sí, y además lo haces todo el tiempo.

Eric soltó una risilla tonta. La conversación pintaba bien.

Taylor: ¿Por ejemplo...?

Tessa H: ¿No ibas a cortarte las venas?

Taylor: De acuerdo, doctora Tessa. Puede que haya exagerado un poco.

Tessa H: ¿Adónde vuelas?

Taylor: A Seattle.

Pulsó Enviar y, al instante, se estremeció. Mierda. No quería bajar tanto la guardia. Por lo general, no solía revelar las ubicaciones geográficas reales. Se mordió los labios, con la esperanza de que ella no sumara dos y dos.

Tessa H: ¡OH, DIOS MÍO! ¿SEATTLE? ¿DE VERDAD????

—Mierda —murmuró en voz baja.

Taylor: No sabía que fueras una fan del Seattle.
Tessa H: No sabes quién está también en Seattle????

Por supuesto que lo había pillado. Esto era lo que le ocurría por hacerse amigo, precisamente, de una superfán de Eric Thorn. Cerró con fuerza los párpados un instante y pensó en cómo cubrir sus huellas.

Taylor: ¡Oh, no! No me lo digas.
Tessa H: ¡¡¡¡ERIC THORN!!!!
Taylor: ¿Cómo?, qué raro. Mi detector de imbéciles aún no ha pillado ninguna señal.
Tessa H: ¡Esta noche va a tocar en un estadio! No sé si todavía hay entradas.
Taylor: Nop. Creo que he pillado la última.
Tessa H: Espera, espera. ¿¿¿¿TIENES ENTRADAS?????
Taylor: Bueno, no es exactamente eso. Los VIP de las grandes empresas tenemos ciertos privilegios.
Tessa H: DIOS MÍO, ¿¿¿¿QUÉ???? ¡Habías dicho que ibas de viaje de negocios!
Taylor: Bueno, más que nada voy a trabajar, y seguro que el concierto será una puta mierda.
Tessa H: Y qué más da. ¿Sabes la envidia que tengo ahora mismo? ¿Sabes que no lo he visto nunca en directo?

Eric estuvo unos instantes sin decir nada. Su dedo se detuvo en el aire. ¿De verdad? Sabía que Tessa estaba encerrada en casa, pero su enfermedad había empezado en junio. ¿Cómo era posible que no hubiera asistido a ninguno de sus conciertos en los años anteriores?

Taylor: ¿Nunca? ¡Yo pensaba que eras una superfán!
Tessa H: Nunca jamás ha tocado a menos de cinco horas de mi casa.
Taylor: ¿Dónde vives? ¿En qué parte del país?
Tessa H: Bueno, vamos a decir que es una zona rural... No me puedo creer que vayas a ver a ERIC THORN. ¿Tratarás de disfrutarlo por favor? ¿Por mí?
Taylor: OK. Por ti.
Tessa H: ¿Me lo prometes? ¿Cantarás las canciones a coro con él?

Una sonrisa juguetona afloró a los labios de Eric. Cantar las canciones... «Sí, Tessa. Te prometo que eso sí lo haré.»

Taylor: Cada una de las palabras de cada una de las canciones.
Tessa H: Bien. Y trata de sonreír por lo menos una vez. ¿Crees que podrás?
Taylor: Ahora mismo sonrío, guisantito dulce. Tiendes a producir ese efecto en mí :)
Tessa H: ¿Guisantito dulce?
Taylor: Bueno, como no quieres decirme cómo eres, te imagino pequeñita, verde y esférica.

Tessa H: LOL. Te has acercado bastante. Pero ahora tengo que irme. Ha llegado la doctora R.
Taylor: Vale, hablamos mañana. Que tengas una buena sesión.

Tessa estaba acostada en el suelo y hacía estiramientos de pierna. Poco a poco, contaba mentalmente cada uno de ellos. Tenía que hacer algo para combatir la atrofia que le causaban las interminables horas que pasaba dentro de casa. En la última sesión, la doctora Regan le había propuesto usar una aplicación del móvil para hacer deporte, y no parecía importarle que Tessa siguiera la rutina de ejercicios mientras hablaban.

La terapeuta estaba sentada en el puf, como de costumbre, y tomaba notas en su bloc amarillo. Debía de ser la primera vez que Tessa veía a la doctora Regan con pantalones.

—Bueno, vamos a ver lo que has apuntado esta semana en el diario. ¿Puedes contármelo?

Tessa se volvió hacia el otro lado. La terapeuta estaba pasando las páginas de la libreta en espiral. «Más de lo mismo», pensaba para sí. A veces se preguntaba cómo podía molestarse en escribir algo.

—¿Tessa? —dijo de pronto la doctora Regan.

—Creo que he vuelto a escribir más que nada sobre Scott —dijo Tessa. Levantó la pierna en el aire y contó hasta diez—. La semana pasada ni siquiera vino a verme. Qué asco.

Sin necesidad de verlo, percibió que la doctora Regan asentía con aire pensativo.

—¿Y qué es lo que te ha hecho sentir?

«Me ha hecho sentir como una mierda», pensó Tessa. ¿Qué esperaba que le dijera? ¿Que se sentía amada y acompañada? Hizo un esfuerzo y logró reprimir una respuesta sarcástica. Se la guardaría para más tarde. Para Taylor. Eso era lo bonito de poder charlar con una nueva amiga. No tenía por qué diseccionar todas las emociones fugaces que le pasaban por la cabeza, como un carnicero que descuartiza una vaca.

—No lo sé —le respondió a la doctora Regan para ganar tiempo—. No es por culpa de Scott. Ha empezado el primer semestre en la universidad y está muy atareado. Puedo entenderlo.

—Está bien, Tessa. Trata de profundizar más, si puedes.

—¡No lo sé! —repitió entonces Tessa, enfurecida—. ¿Cómo cree que me siento? Me siento sola, herida, rabiosa. Y asustada. Me siento asustada. ¿Le ha quedado claro? ¿He profundizado suficiente?

El rostro inexpresivo de la terapeuta no cambió. Asintió sin perder la compostura.

—Eso está bien, Tessa. Me estás diciendo que la manera de actuar de Scott te asusta. ¿Podrías explicármelo un poco mejor?

Contuvo un gimoteo. ¿No podría hacerle una pregunta directa por una vez en la vida?

Se echó de espaldas y empezó con las abdominales. No sabía por qué la terapia la hacía sufrir tanto últimamente. Habría podido escribir sobre eso en el diario. ¿Qué le habría dicho entonces la doctora Regan?: «Tessa, me estás diciendo que te joden mis visitas. ¿Podrías explicármelo un poco mejor?».

—¿Tessa? —interrumpió sus pensamientos la terapeuta—. ¿Me has oído?

—Disculpe. —Con un gemido provocado por el esfuerzo físico, se incorporó de medio cuerpo e hizo clic sobre la aplicación de deporte para cerrarla. Sabía que tenía que concentrarse. Sabía muy bien que si no se tomaba en serio la terapia no iba a mejorar jamás—. Creo que tengo miedo de que Scott se distancie de mí. Como si yo no fuera más que un número en su lista de tareas. Y si no lo tuviera a él, me quedaría aislada de verdad. Me quedaría completamente sola. Eso me asusta.

La doctora Regan anotó algo en su libreta.

—Ya veo. ¿Le has expresado esos sentimientos a Scott?

Ella negó con la cabeza. El pulso se le había ralentizado después del ejercicio, pero sintió que se le aceleraba de nuevo ante la pregunta de la terapeuta. Si llegaba a plantearle esa conversación a Scott, ¿qué ocurriría? Se imaginaba los ojos vidriosos del chico nada más oír el primer atisbo de crítica. Entonces cambiaría de tema o, todavía peor, se marcharía.

—No quiero resultar posesiva. Taylor dice...

—¿Taylor? ¿Esa nueva amiga que has encontrado en internet?

—En Twitter —confirmó Tessa—. Últimamente charlamos mucho.

La doctora Regan empezó una página nueva.

—Eso está bien. ¿Con qué frecuencia hablas con Taylor?

—Todas las noches. Ya llevamos un mes así. —Tessa esbozó una tímida sonrisa—. A veces me manda mensajes también durante el día, pero tiene mucho trabajo.

La terapeuta tenía los ojos clavados en el bloc de notas y garabateaba en él sin cesar. Tessa no podía evitar preguntarse qué haría con todas aquellas notas. ¿Realmente las guardaba? Tal vez las utilizara para hacer origami. No, todavía mejor: para hacer papel maché. Quizá se fabricara una piñata gigante con ellas y le diera de garrotazos en el patio trasero de su casa. Debía de ser eso, ¿no? Una persona tan robotizada con seguridad albergaba frustraciones reprimidas...

—¿Y te sientes cómoda cuando compartes con tu amiga Taylor tus emociones sobre Scott?

La chica tosió para disimular una risilla. Correcto. Taylor. Tenía que seguir hablando de Taylor.

—Pues claro —replicó—. Somos amigas. Hablamos de todo tipo de cosas.

—Sigue, Tessa. Háblame de vuestra amistad.

—Nos comprendemos la una a la otra —dijo ella—. Taylor también sufre mucha ansiedad. No está haciendo terapia ni nada parecido, pero probablemente tendría que hacerla. Trato de explicarle lo que usted me explica a mí para ayudarla un poco. Y además tenemos intereses comunes. Hablamos mucho sobre Eric.

—¿Eric Thorn?

—Sí. Su nombre de usuario es @EricThornEsUnaMierda. Me hace reír. Hace ver que lo odia desde lo más profundo de sus entrañas y se burla de mí porque estoy obsesionada con él, pero es evidente que ella también es muy fan. Sigue todo lo que hace Eric casi con tanta atención como yo.

Tessa sonrió. Su nueva amiga la sorprendía constantemente con lo mucho que sabía sobre Eric. Siempre que ella colaba en la conversación una frase sacada de una de sus canciones, Taylor pillaba la referencia. Le había prometido que aquella noche cantaría todas las canciones, y no exageraba.

—Es algo más profundo que simplemente ser fans —prosiguió Tessa, como si pensara en voz alta—. De algún modo analizamos juntas a Eric. Yo le cuento una y otra vez mi teoría sobre él: que es secretamente infeliz. Taylor es la primera fan que conozco que no piensa que estoy alucinando.

La doctora Regan ladeó la cabeza y observó el rostro de su paciente.

—De acuerdo, Tessa. Por lo que me dices, habláis mucho de la vida personal de Taylor, y también de la vida personal de Eric Thorn. Pero ¿alguna vez has hablado con Taylor sobre tu propia vida personal?

—Sí. También hablamos sobre eso. Sin parar.

—¿Y te sientes cómoda explicándole a Taylor lo que no quieres explicarme a mí?

Tessa enarcó ligeramente las cejas al oír la pregunta. Podía ser que la doctora Regan, al fin y al cabo, no estuviera tan perdida.

—Es probable —asintió—. Creo que con ella siento menos presión. No es una situación tan formal. Y además, solo son mensajes de texto. A veces eso es más fácil que hablar cara a cara.

La psicoterapeuta guardó un instante de silencio. Tessa la observó con curiosidad. La mujer estaba poniendo en orden sus pensamientos. Por fin volvió a hablar, en esta ocasión con una voz algo más grave:

—Tessa, ¿tú crees que podrías sentirte lo bastante cómoda como para contarle a Taylor lo que sucedió en Nueva Orleans?

Tessa se quedó helada. Como un ciervo, pero no frente a los faros de un coche, más bien como el ciervo que tiene enfrente el cañón de un fusil. Todos los músculos de su cuerpo se quedaron rígidos mientras la pregunta resonaba en el vacío.

Nueva Orleans.

De golpe, cerró los ojos y apretó los párpados con fuerza, a la espera de que se le pasara la náusea que se había adueñado de ella.

—¿Me has oído? —insistió la doctora Regan con voz afable.

—No —susurró Tessa—. No. Todavía no estoy preparada. Aún no puedo.

10
MEDIA VUELTA

—¡Grita por mí, Seattle!

Eric le gritaba al micro y escuchaba el eco que atronaba en el estadio abarrotado. Sus palabras se vieron recompensadas por un rugido ensordecedor, y la sonrisa de su cara era tan ancha que incluso las chicas que se sentaban en las localidades baratas tenían posibilidades de verla.

Pero esas posibilidades no eran muchas. Aquella multitud había agotado las entradas. Había unas cincuenta mil fans. Aún le costaba entender que hubiera alguien capaz de gastarse cien dólares en una entrada que tan solo le daba derecho a sentarse en la estratosfera y contemplar su imagen en un marcador Jumbotron.

—¿Qué es lo que os pasa ahí arriba? —Alargó un brazo perezoso para señalar a la fila más alta—. ¿Es que os habéis dormido?

Eric sentía el murmullo que corría entre la multitud. Salió del escenario principal con aires desafiantes y avanzó pavoneándose por la pasarela de quince metros colocada delante, y las fans lo recompensaron con una nueva ronda de chillidos. Todo el mundo sabía adónde iba: al escenario redondo que habían instalado en el centro del estadio. Lo siguiente que iba a cantar era *Áloe Vera*, y lo iba a hacer desde allí, sin acompañamiento de nadie, sin los músicos, sin bailarinas girando a su alrededor. Eric Thorn y nadie más, con micrófono, circundado por una masa de fans convulsas que se empujaban y daban codazos para poder verlo mejor.

Contempló las hileras que rodeaban el escenario, sus adoradoras más fanáticas, que habían hecho cola en la calle desde altas horas de la madrugada bajo la lluvia y las brumas grisáceas de Seattle. Lo que fuera con tal de conseguir uno de los codiciados lugares al pie del escenario, para poder alzar las manos en gesto de súplica, para rezar por que Eric se les acercase y les tocara las yemas de los dedos.

La mayor parte se marcharían decepcionadas. Desde hacía algún tiempo, Eric trataba de reducir al mínimo el contacto físico, aunque las chicas lo anhelaran. Se había llevado un buen susto el año anterior en Melbourne, porque una australiana lo había agarrado por la muñeca y había logrado hacerlo caer. Tan solo los rápidos reflejos de un guardia de seguridad del estadio que se hallaba cerca habían impedido que la enfebrecida multitud lo engullera. Eric se estremecía solo con pensar en lo que le podrían haber hecho. Había visto cómo trataban las toallas con las que se enjugaba el sudor y que luego arrojaba al público. Se peleaban por ellas y las despedazaban, como buitres en torno a un cadáver.

Mejor no tocar a las fans, ni mirarlas muy de cerca. Por lo general, Eric trataba de prescindir de su existencia cuando tocaba en un lugar tan grande. Había descubierto que la clave consistía en moverse sin parar. Hacer como que se fundían en una masa amorfa, en un organismo que vivía, que respiraba, con cincuenta mil bocas descoyuntadas, cien mil brazos alzados, y los *flashes* de los *smartphones*, aparentemente infinitos, centelleando a su alrededor.

Pero aquella noche no pudo evitar la tentación de echar una mirada a sus rostros llenos de deseo. Sentía una extraña curiosidad y él sabía por qué. Hacía algún tiempo que trataba de ver una cara en particular.

Aún no le había enviado su foto. Tessa no parecía el tipo de persona que manda *selfies* por Twitter, y tampoco se atrevía a pedírselo. Pero no por ello dejaba de funcionar su imaginación. La verdad era que, más o menos, podía hacerse una idea de su aspecto. Solo tenía que mirar a la multitud. Cincuenta mil rostros femeninos lo rodeaban. No le cabía ninguna duda de que Tessa habría encajado en aquel entorno.

Eric se tocó el dobladillo de la camiseta, dispuesto a sacársela por la cabeza. Giró poco a poco sobre sí mismo y fue mirando las caras de las chicas de la primera fila, todas iguales, aparte de alguna variación en el color de los cabellos y de la piel. Tropezó con unos bonitos ojos castaños que le devolvieron la mirada desde el otro lado del móvil. Dio un paso adelante para verla mejor, al mismo tiempo que se sacaba la camiseta con un fluido movimiento. Vio como se le caía el *smartphone* y los ojos castaños se desorbitaban. Entonces el rostro de la chica se desfiguró hasta transformarse en una máscara de histeria carente de inteligencia y su boca se abrió para chillar.

Eric miró hacia otro lado. Prefería que no hubiese contacto visual. Que el rostro de Tessa se quedara donde tenía que estar, bien escondido, en la periferia de su imaginación. Con un movimiento brusco, arrojó la camiseta en la dirección opuesta.

Y entonces fue el caos.

Eric hizo todo lo posible por no ver la refriega que se había originado en torno a la prenda empapada de su sudor. Los primeros acordes de la canción resonaron por todo el estadio y ahogaron el griterío. Sostuvo el micrófono con ambas manos y, entornando los ojos poco a poco, cantó la letra que podría haber repetido incluso dormido.

> Cúrame, nena, la quemadura
> que me ha hecho el sol...

Se colocó el audífono para escuchar la música, pero lo que llegó a sus oídos no fue el sonido de su canción. En su lugar, oyó la voz de otro, medio oculta por la estática. ¿Seguridad? ¿Qué era lo que gritaban? ¿Cómo querían que afinara?

Eric volvió la cabeza, molesto, a punto de sacarse el audífono, pero entre las voces distinguió unas palabras que le llamaron la atención.

—Código Delta. Repito. Código Delta.

Se echó a correr a pasos cortos, agachado, y estuvo a punto de tropezar. Los de seguridad pensaban que el chico no entendía su jerga, pero Eric había pasado por suficientes simulacros como para entenderla en su mayor parte. Alfa, Bravo, Charlie, Delta...

Por lo menos no habían dicho código Alfa. En realidad, este era un código que no oiría jamás. Código Alfa significaba que lo habían asesinado. Recordó que Delta indicaba una brecha en el perímetro.

La charla incesante proseguía en sus oídos. La voz del propio Eric vaciló, porque los retazos de frase que distinguía eran cada vez más tensos y lo distraían.

—Unidad 32, preséntese en su base. Acuda, unidad 32. Código Delta. Unidad 32, preséntese, por favor. Código Delt... corrección. Código Charlie. Código Beta.

¿Beta? ¿Cuál era ese?

—Código Beta. Repito. Código Beta. Unidad 32, ¿me reciben? Unidad 32. Mierda... ¡Eric! ¡ERIC! ¡ERIC, DATE LA VUELTA!

«Y ahora una noticia de última hora. Ha tenido lugar en la sede de los Seattle Seahawks, uno de los equipos de la Liga Nacional de Fútbol, pero no ha sido un defensa quien se ha saltado las líneas la pasada noche. Momentos de terror en el CenturyLink Field de Seattle...»

Tessa se había dado la vuelta al oír la noticia. Hasta aquel momento había estado de espaldas al televisor y se había perdido las imágenes que acompañaban a aquellas enigmáticas palabras. Pero... ¿el estadio de fútbol de Seattle? Donde tenía que celebrarse el concierto de Eric Thorn...

El «Today Show» pasó a los anuncios sin dar más información. Tessa cayó de rodillas frente al aparato y se dio una palmada en un corazón que le latía con fuerza, a la espera de que volvieran las noticias.

Hacía tan solo unos momentos que había encendido el televisor. Una distracción que no le requería esfuerzo mental mientras se preparaba para las actividades del día. Aquella mañana se había despertado relajada y fresca. Una franja de luz solar se colaba por un resquicio horizontal de la persiana, y al verla se había sentido llena de un irracional optimismo.

Tuvo entonces la certeza de que el día pasaría sin ningún problema. La noche anterior se había obligado a acostarse temprano y había silenciado el teléfono para estar segura de dormir sin interrupciones. Era un gran día. Probablemente llevaría a cabo el ejercicio terapéutico más importante que hubiera intentado jamás siguiendo las cuidadosas indicaciones de la doctora Regan. Tessa iba a salir de casa acompañada por su madre, por primera vez desde que había regresado al hogar familiar.

Al menos ese había sido el plan unos momentos antes. Tenía que estar relajada para hacerlo. Aquella mañana no había entrado en Twitter a propósito, para no correr riesgos. Para estar tranquila. ¡Se suponía que debía estar tranquila! Y no sentada frente al televisor, a las 8.59 h, con un nudo en la garganta.

El programa continuó, pero Tessa a duras penas reparaba en lo que decían los locutores. El sonido de sus propias palpitaciones le llenaba los oídos y le impedía prestar atención. Por fin, una imagen borrosa apareció en la pantalla. Un concierto. Un escenario circular rodeado de fans. Y allí estaba Eric. Sin camiseta. De pie en el centro, totalmente solo.

Entonces Tessa leyó el texto a pie de pantalla:

«Eric Thorn atacado sobre el escenario por una fan».

—Oh, Dios mío —exclamó entre dientes—. ¡Oh, no! No, no, no, no, no...

La imagen empezó a moverse. Un vídeo de calidad no

profesional. Eran las imágenes entrecortadas y pixeladas grabadas por un teléfono móvil. Debía de haberlo tomado alguien que se hallaba entre la multitud. Tessa miró, horrorizada, como una segunda figura aparecía por el borde de la pantalla y corría a toda velocidad hacia Eric.

La fan parecía alta para ser una chica, tan solo unos centímetros más baja que el propio Eric. Sus cabellos largos y castaños ondeaban mientras corría por la pasarela iluminada. Eric estaba de pie, dándole la espalda. Cantaba sin enterarse de su presencia.

El vídeo no tenía sonido. Tan solo se oía la voz monótona de fondo de la reportera: «Una fan que estaba en la general logró trepar al escenario y escapar de los agentes de seguridad el tiempo suficiente para...».

—¡Eric, ten cuidado! —susurró Tessa a la pantalla del televisor—. ¡Que alguien la detenga!

La imagen no era lo bastante nítida como para poder ver bien la cara de la chica, pero Tessa logró distinguir que llevaba algo en una mano. ¿Qué era? Un objeto largo y metálico centelleó bajo los focos del escenario al acercarse a la espalda de Eric.

«¿Qué es lo que tiene en la mano? —exclamó entonces otro de los presentadores del programa—. ¿Es lo que me parece?»

Vio como la fan saltaba sobre la espalda de Eric y lograba agarrarlo por el cuello. Su rostro estaba desenfocado, demasiado borroso como para que se distinguiera su expresión, pero Tessa sí vio que Eric, sorprendido, retrocedía violentamente, soltaba el micrófono, daba un paso a un lado y agarraba a la joven por las muñecas. El objeto brillante rodaba por el suelo.

«¿Qué era exactamente lo que llevaba en la mano? —preguntaba de nuevo la voz del presentador—. ¿Alguien ha dicho algo?»

«Según una declaración oficial emitida por los portavoces de Thorn, no se trataba de un arma. Dicen que tan solo era un bolígrafo rotulador metálico. Parece que todo el incidente se ha debido a una fan que quería un autógrafo...»

El vídeo se detuvo unos instantes y luego continuó. Eric había logrado que la muchacha le soltara el cuello. Logró volverse para encararse con ella. La sujetaba por la cintura con un brazo y la chica le arañaba con salvajismo el pecho desnudo. Tessa lo vio echar atrás el brazo libre y cerrar el puño. Por un momento pareció que iba a golpearla. Pero no. Inclinó un hombro y agarró a la joven por la mano derecha y la obligó, con un grácil movimiento, a adoptar una pose de baile de salón.

«Guau. —El locutor soltó una risilla de admiración—. Qué bien se mueve. Comprendo que las chicas se vuelvan locas por ese tío.»

La imagen se quedó inmóvil y luego cambiaron de ángulo. Esta vez era un vídeo tomado desde más cerca. El rostro de Eric se vio entonces con mayor claridad: calmado y serio, con una mirada profunda dirigida a los ojos de la fan. La chica había dejado de debatirse. Eric movía los labios, pero tan solo alguien que supiera leerlos habría sido capaz de entender lo que decía.

«Mira lo que hace ahora —decía la voz del locutor—. ¡Es adorable!»

El *zoom* alejó la imagen mientras Eric forzaba a la chica a ponerse en movimiento y la hacía girar, girar y girar en un vertiginoso vals. Ambos recorrieron bailando toda la circunferencia del escenario. Una sonrisa resplandeciente había aflorado al rostro de la joven. Entonces, por fin, un par de hombres fornidos con *walkie-talkies* llegaron a la plataforma y Eric bailó con la chica hasta depositarla en los brazos de los guardias de seguridad que la esperaban.

«Qué clase tiene ese chico. En una situación que podría haberse puesto muy fea...»

«Es un tipo fantástico —decía el otro presentador—. Se nota que ya ha tenido muchos otros choques con fans sobreexcitadas.»

«¡Y además es divertido! —añadía el reportero—. Mira cómo ha hecho reír a todo el mundo.»

Entonces empezó otro vídeo. Eric volvía a estar solo en el escenario. Sostenía una toalla blanca con las manos y la usaba para frotarse el pecho. Los arañazos de la chica debían de haberle hecho sangrar. Se arrodilló para recoger el micrófono y Tessa se cubrió la boca con una mano sudada al ver que hablaba a la multitud.

—Pero ¿qué diablos...? ¡Creo que me he cagado en los pantalones! —Volvió la cabeza y fingió que se miraba el culo—. Huummm... ¿hay alguien por ahí que pueda prestarme ropa interior?

Tessa oyó que se reía, pero le sonó falso. A ella misma le temblaban las manos. Habría jurado que también reconocía un temblor en la voz de Eric. ¿Acaso se lo imaginaba? ¿Es posible que no fuera más que una proyección?

Una prenda rosada cayó a los pies del joven, y este la recogió con delicadeza y la sostuvo con un dedo ante su rostro. Eran unas bragas.

—Ropa interior de hombre —dijo con una sonrisa maliciosa—. Tendría que haberlo especificado. —Volvió a arrojar las bragas hacia la muchedumbre y se frotó los ojos con una mano fatigada.

Tessa pulsó Pausa en el mando del televisor para congelar la imagen. Ya estaba segura de que no se lo había imaginado. Vio la expresión en su rostro, clara como el día. Aunque pusiera buena cara al mal tiempo, la mirada de sus ojos no tenía nada que ver con las risas. Parecía un animal acorralado que espera a que se le acerque el depredador. Aterrorizado y totalmente exhausto.

Tessa no pudo seguir mirando. Obligó a sus ojos a mirar a otro lado. El icono en forma de reloj que había en una esquina de la pantalla marcaba la hora: las 9.02. De todos modos no habría tenido que perder el tiempo con aquello. Su madre regresaría a casa en cualquier momento. Tessa estaba a punto de apagar el televisor cuando sus ojos se posaron en una frase escrita al pie de la pantalla:

Vídeos colgados en Instagram por SET (@SraDeEricThorn)

Al verlo, la tensión que había sentido Tessa, bordeando el pánico, cedió, y en su lugar apareció un cosquilleo de emoción. ¡SET!

Tessa dio un paso más hacia la pantalla para asegurarse de que había leído bien. ¿Era posible que «Today Show» mencionara a SET como fuente? ¿La cuenta de una fan? ¿Una persona a la que Tessa conocía... a la que incluso consideraba amiga?

Tessa cogió automáticamente el teléfono para mandar enseguida un privado. No porque esperara una respuesta. Estaba claro que SET tenía ocupaciones más importantes. Pero Tessa se sorprendió al constatar que la otra chica le respondía enseguida.

Tessa H: ¡Tu vídeo de Instagram ha salido en «Today»! ¿Lo has visto?
SET: Sí. Está saliendo por todas partes. E News, MTV... Desde que me he levantado esta mañana he conseguido 10.000 nuevos seguidores.
Tessa H: ¡Qué fuerte! ¿Cómo es posible? ¿Conoces a alguien que trabaje en la tele?
SET: ¿Quién, yo? Nooooo. Estuve en el lugar y en el momento adecuados ;)

Tessa entrecerró los ojos al ver el emoji que había elegido la otra chica. ¿Por qué el guiño? ¿Quería decir que...?

Tessa H: ¿Estabas en Seattle? ¡Algunos de esos vídeos parecen tomados desde la primera fila!
SET: Sí, me los mandaron otras personas. Yo no hice más que postearlos.
Tessa H: Pero ¿estabas allí? ¿Conoces a la chica que saltó al escenario?

Pasaron unos segundos que se le hicieron muy largos sin recibir ninguna respuesta. Por un momento, pensó que SET no le contestaría. Probablemente se había distraído con una de las innumerables conversaciones en privado en las que debía de estar metida...

¿Y si esquivaba la pregunta a propósito?

SET: ¿Que si estaba allí? ¡Tessa, yo estoy EN TODAS PARTES!
SET: LOLOLOLOL

Tessa echó la cabeza hacia atrás, sorprendida por el tono que había adoptado la otra chica. ¿LOL? ¿A qué venía aquel LOL? Le había ocurrido algo terrible a una persona a la que ambas decían amar. ¿Cómo era posible que SET lo encontrara tan divertido?

Tessa cerró la aplicación de Twitter con un dedo tembloroso. «Olvídalo», se dijo a sí misma. Que SET se dedicara a hacer LOL con su medio millón restante de seguidoras.

Pero la risa de SET no era lo único que la había turbado. Durante la pausa que había interrumpido la conversación, una vaga sospecha había entrado en su mente. Y ya no se veía capaz de borrar el pensamiento que había hecho que se le erizaran los pelos de la nuca.

¿Y si la fan que había saltado al escenario era la propia Sra. de Eric Thorn?

11
PIENSA CON RAPIDEZ

Eric estaba dentro del remolque, sentado en un taburete estrecho, y hacía todo lo posible por no rascarse. Sería mucho peor si dejaba que la desesperante picazón que sentía en el pecho se impusiera. Los de vestuario y maquillaje acababan de prepararlo para grabar el vídeo musical y habían empleado un mejunje especialmente asqueroso para cubrirle todos los arañazos. Un grumo espeso, como grasa alimentaria, que olía a aceite de motor y escocía como el yodo. Pero Eric tenía que reconocerles sus méritos. Le habían dejado la piel del pecho tersa como la de un muñeco Ken de plástico.

Tenía que distraerse con algo. Encontrar alguna tarea en la que ocupar las manos... y no pensar en lo que había ocurrido la noche pasada en Seattle.

Después del concierto había regresado a Los Ángeles en el avión privado. Por lo general solía dormir como un tronco después de cada actuación, de puro agotamiento físico. Pero la noche anterior no había sido así. Ni siquiera en un asiento de avión forrado de cuero italiano, totalmente abatible y con calefacción. Cada vez que trataba de pegar ojo sentía aquellos dedos como de alambre en torno a la garganta.

«Código Delt... corrección. Código Charlie. Código Beta.»

No pudo recordar el significado de los códigos hasta que todo terminó. Código Beta: sospechoso armado y peligroso.

Había tardado demasiado en volverse. La fan había saltado sobre él por detrás y le había rodeado el cuello con las manos. El chico logró quitársela de encima y entonces oyó el sonido leve de un objeto metálico que chocaba contra el suelo. Las miradas de ambos se habían encontrado bajo el fulgor de las luces del concierto. Ojos verdes. Cabellos castaños. Alta... Solo con mirarle la cara se dio cuenta enseguida de que había perdido todo contacto con la realidad.

Las palabras que chillaba sin cesar tampoco ayudaron demasiado.

«¡TE QUIERO! ¡TE QUIERO! ¡TE QUIERO!»

Él se las había apañado de algún modo para no perder la cabeza. Mantuvo la mente clara y centrada, casi como habría podido hacerlo un espectador que contemplara toda la escena entre el público. Las rodillas no le fallaron hasta que los guardias se llevaron a la atacante.

Todo el incidente había tenido lugar en cuestión de segundos, pero en aquel momento le pareció una eternidad. Aún le parecía oír los aullidos estridentes con que la chica había protestado mientras los guardias se la llevaban: «¡No, no! Soltadme. ¡Basta! ¡Eric! ¡Esperad! ¡Eric me conoce! ¿No me escucháis o qué...? ¡Me sigue en Twitter! Lleva años siguiéndome...».

Sintió un escalofrío por todo el cuerpo. Tendría que haberle pedido una bata a la encargada de vestuario. Eric volvió los ojos hacia la puerta del remolque y pensó en sacar la cabeza y pedir una.

«Ahora no», pensó. Prefería disfrutar de unos minutos más de preciosa soledad. De todos modos no necesitaba ninguna bata. Lo que necesitaba era sacarse de la cabeza aquellos alaridos. Cogió el teléfono para teclear un mensaje directo. Tenía los labios apretados en una siniestra línea recta.

Taylor: ¡Eh, guisantito dulce! ¿Estás ahí?

En el mismo momento en el que pulsaba Enviar, una sombra cayó sobre su hombro.

—¡Piensa deprisa!

La espalda de Eric se puso recta como un poste. El chico giró sobre el taburete, pero sus reflejos no fueron lo bastante rápidos. Una mano demasiado conocida se abatió sobre él y le arrebató el teléfono. Eric alzó la mirada y vio que su mánager clavaba los ojos en la pantalla.

—¿Qué diablos...? —Eric se levantó de un salto para recuperarlo, pero no antes de que el *flash* de la cámara lo deslumbrase—. ¡Joder, Maury! —Parpadeó y se cubrió los ojos—. ¡No me des estos sustos, maldita sea! Haz un esfuerzo y ten un poco de cuidado, ¿vale?

—¿Cuidado con qué?

—Hoy estoy que trino, ¿vale?

—Eh, oye, tranquilo. ¿Todavía estás así por lo del concierto de la pasada noche? —Maury sonreía de oreja a oreja—. Reaccionaste muy bien, muchacho. Por cierto, han llamado los de «Bailando con las estrellas»...

—¡No! —Eric se incorporó de repente. No se podía creer que su propio mánager bromeara con lo ocurrido. El incidente había sido un aviso. Las medidas de seguridad actuales habían fallado escandalosamente. Si el propio Eric no hubiera actuado tan rápido, podría haber sucedido cualquier cosa—. Maury, esto ha sido grave —dijo—. Quiero un espacio controlado de por lo menos seis metros que me separe de las fans. No pienso volver a tocarle las manos a nadie. Tampoco quiero que haya general. Solo asientos numerados. Todos los que se sienten en las cinco primeras filas tendrán que proporcionar una foto de carnet...

Maury lo interrumpió con una risa estridente y desagradable.

—Sabes muy bien que eso es imposible, Eric.

—¡Acabo de sufrir un ataque!

—¿Un ataque? Pero si la chica solo quería abrazarte.

Eric negó bruscamente con la cabeza.

—Me puso las manos en torno al cuello. ¿Y si llega a venir con un cuchillo? Habría podido rajarme la garganta antes de que...

—Saliste muy bien del paso, Fred Astaire. —Maury gesticuló con la misma mano con la que sostenía el teléfono, como para ahuyentar las preocupaciones de Eric—. Lo de la pasada noche fue un regalo del cielo. Los vídeos se han vuelto virales. Si lo hubiéramos preparado como truco publicitario no nos habría salido mejor.

Eric dio un paso hacia atrás y apoyó pesadamente la espalda contra el tocador. Echó una mirada de suspicacia a la cara de Maury. Truco publicitario... Aquello era uno de los chistes malos de su mánager, ¿verdad? Los publicistas no se habrían atrevido a llegar a tales extremos.

Pero Eric no podía dejar de preguntarse por la noticia que había aparecido aquella mañana en la prensa. ¿La chica no llevaba ningún cuchillo en la mano? ¿Tan solo una especie de bolígrafo metálico? Oyó el golpe cuando el objeto cayó de la mano de la chica y rebotó sobre el escenario. Desde luego, fuera lo que fuese aquello, no sonó como ninguno de los bolígrafos que hubiera visto nunca antes en su vida...

Eric cerró ambos puños. Paranoia. No era más que eso. Si la chica hubiera llevado de verdad un cuchillo, Maury se lo habría dicho. Los publicistas podían mentir a la prensa, pero no a él. Estaban de su parte. Volvió a mirar a su mánager.

—Vamos a poner una demanda, ¿no es cierto? ¿Cómo es que la policía no ha venido a tomarme declaración?

Maury puso una mano sobre el hombro de Eric y arrugó la nariz al oler los restos pringosos de maquillaje.

—Escúchame, chico. Tienes que calmarte. Tus fans te adoran. No quieren hacerte ningún daño. Esa chica se emocionó demasiado, eso es todo.

—¡Tú no viste la mirada que había en sus ojos! —Eric apartó la mano de su mánager. La frustración se le agolpaba en el pecho—. ¿Y si vuelve a intentarlo? Bailé con ella, Maury. Rodeé su cuerpo con mis brazos.

—Hiciste lo que tenías que hacer para sacarla del escenario.

—Eso ya lo sé, pero de todos modos cumplí sus fantasías más enfermas. ¡Lo único que hice fue azuzarla todavía más! —Alzó la voz, irritado pero su mánager ni siquiera le prestaba atención. Maury estaba pendiente del móvil de Eric.

El chico se dio cuenta y sufrió otro ataque de pánico.

Mierda. Acababa de acordarse de la cuenta de Twitter que tenía abierta en el momento en que Maury se lo había arrebatado.

—No está nada mal —dijo el mánager—. Se te ve algo agotado, pero no dejas de tener ese toque de estatua de mármol de dios griego. Funcionará.

—¿Qué es lo que va a funcionar? —Eric le cogió el teléfono de las manos y miró a la pantalla; dio gracias en silencio de que no se hubiera fijado en Twitter. Maury debía de haberlo cerrado al abrir la aplicación de la cámara. No había tenido tiempo de ver el nombre de usuario que figuraba en la cuenta.

A pesar de ello, Eric se reprochaba en silencio su descuido. Tenía que estar más atento. Lo de ahora también había sido un fallo de seguridad...

—Los de redes sociales quieren que tuitees una *selfie* —dijo Maury.

Eric echó una ojeada a la foto que le había sacado su mánager. Maury se la había tomado de perfil, mientras se volvía, con una ceja levantada de pura sorpresa y el contorno de los músculos marcado en la piel del pecho desnudo y los hombros. La capa de grasa pegajosa que le embadurnaba el cuerpo reflejaba la luz del *flash,* como si hubiera quedado cubierto de sudor después de un gran esfuerzo. Eric tuvo que reconocer que no había quedado nada mal. Los de maquillaje sabían lo que se hacían.

—¿Esto? ¿Quieren que tuitee esto?

Maury asintió.

—Por supuesto. Tienes que demostrarles que estás ileso y hacer que se hable de ti hasta que salga el vídeo musical.

—Estupendo. —Eric puso cara de exasperación—. ¡Eh, he tenido una idea! Explícasela a los de la discográfica, ¿vale? Se me ha ocurrido que podríamos hacer publicidad del vídeo... ¿sabes cómo? ¡Retransmitiendo la canción por la radio! Porque el vídeo irá acompañado de una canción, ¿verdad? ¿O será un vídeo silencioso sobre unas fans demoníacas que me someten a abusos?

Maury frunció el ceño a su vez. En su rostro no quedaba ninguna traza de humor. Consultó con impaciencia el reloj.

—¿Sabes qué, Eric? No te preocupes por esto. Yo mismo me encargaré de tuitearla.

El mánager trató de agarrar de nuevo el teléfono, pero esta vez Eric se le adelantó. Apartó el móvil antes de que Maury pudiera cogerlo, quizá con una brusquedad innecesaria.

—No lo toques, ¿vale? Es mi móvil personal.

—¡Joder! —Maury levantó ambas manos en un gesto de autodefensa—. Yo solo quería ayudarte, chicarrón. ¿Hay algo ahí que yo debería conocer?

Eric ignoró su pregunta. Rogó que la capa de maquillaje disimulara el rubor culpable que le teñía las mejillas.

—Yo mismo me encargaré del tuit —dijo, al mismo tiempo que apartaba el rostro—. Pero déjame un poquito de espacio, por favor. Unos diez centímetros de espacio para mí. Eso es lo único que te pido.

—Desde luego —asintió Maury. Señaló a su alrededor con el brazo para llamarle la atención sobre el remolque de dos metros de anchura—. Todo esto es tuyo, chico. Envía el tuit y prepárate para empezar el rodaje. El director te va a llamar dentro de cinco minutos.

12
DESENSIBILIZAR

«Toma aliento.

»Retenlo.

»Eric uno... Eric Thorn... Eric tres... Eric cuatro... Eric cinco...»

Tessa soltó aliento con un leve suspiro y visualizó la bola de tensión que tenía dentro del pecho y que le subía por la garganta y le salía por la boca cual bocanada de humo. Los ejercicios de respiración que la doctora Regan le enseñaba solían tener algún efecto, pero aquel día le fallaban. Posiblemente como consecuencia de la escena que acababa de presenciar por televisión y de la horripilante conversación por privado.

No tendría que haber entrado nunca en Twitter. Se había prometido a sí misma que no volvería a entrar... no lo haría antes de terminar el ejercicio de desensibilización del día. A Tessa le quedaban tan solo unos instantes para deshacer el daño. Ya oía las pisadas de su madre en la escalera.

—¿Tessa? ¿Estás lista?

La chica se ocultó el rostro entre las manos. Estaba sentada en el suelo con las piernas cruzadas, enfrente del televisor. El rostro de Eric seguía inmóvil. Tessa cogió el mando a distancia. La pantalla se oscureció en el mismo instante en el que entraba su madre.

—¿Estabas viendo la tele? —Su madre llevaba una bolsa de trabajo colgada del hombro y una caja de cartón blanco en una mano. Las colocó lentamente sobre el tocador de Tessa y se acercó a la ventana para entornarla y dejar pasar la luz. Entonces la abrió del todo.

—¡No lo hagas, mamá! —Tessa alzó el brazo para protegerse de la súbita irrupción de la luz solar y del soplo de terso aire de otoño—. ¡Cierra la ventana!

—Esto huele a calcetín sucio.

—¡Al menos baja la persiana! —dijo Tessa al mismo tiempo que se volvía de espalda—. Por favor, mamá. Alguien podría verme.

Su madre respondió con un fuerte suspiro, pero hizo lo que le pedía. Al oír que la ventana se cerraba, Tessa sintió que el mellado filo del pánico rebajaba su presión.

Pero no se sentía relajada. En absoluto. Tendrían que reprogramar el ejercicio de desensibilización para otro día.

Tessa abrió la boca para decírselo, pero vaciló al ver la vestimenta de su madre: una bata de hospital arrugada y manchada después de un largo turno de noche. Había cambiado el horario de trabajo para poder estar allí aquel día. Tessa se imaginó su enfado cuando supiera que había hecho un turno de noche para nada.

—¿Por qué no te has vestido, Tessa? —Su madre la contemplaba con las manos en las caderas—. ¿Vas a salir así?

Tessa la miró con cara de culpabilidad. Aquella mañana, al levantarse, había empezado a vestirse, pero se detuvo al ver el «Today Show». Todavía llevaba el pijama de algodón de la noche pasada y unas zapatillas afelpadas de color rosa claro con cara de conejito.

—Es que estas zapatillas me hacen sentir bien —murmuró Tessa.

—Estupendo. —Su madre reprimió un bostezo—. Como quieras. Pero vamos ya. Estoy cansada. Acabemos con esto. ¿Vas a venir?

Tessa tragó saliva y buscó coraje para darle la noticia.

—¿Podemos hacerlo luego, mamá? —dijo con voz débil.

—No, no podemos hacerlo luego. ¡Tengo que dormir!

Tessa se mordió el labio inferior. ¿Y si lo intentaba, después de todo? Tal vez pudiera hacer los ejercicios de respiración mientras bajaban por la escalera...

Su madre cogió de nuevo la caja de cartón blanco. Al mismo tiempo que le hablaba en un tono más suave, la abrió para enseñarle lo que había dentro: media docena de donuts recién glaseados.

—Marca Krispy Kreme —dijo enarcando las cejas—. Venga, me los he llevado de la sala de enfermeras. Podemos sentarnos en el porche y comérnoslos.

Tessa respiró hondo y retuvo el aire mientras contaba hasta cinco. Entonces asintió con resolución y dio un paso hacia la puerta del cuarto.

«Paso a paso —se recordaba a sí misma—. Un pie delante del otro.» Era capaz de hacerlo. No podía costarle mucho.

Logró llegar hasta el final de la escalera, pero entonces su confianza empezó a vacilar. Sus oídos registraron un rumor sordo en el exterior. ¿Era un coche que pasaba?

—Mamá, quizá podríamos ir a la galería de atrás —sugirió. ¿Cómo no se le había ocurrido antes? Estaría al aire libre, pero por lo menos no la verían desde la calle. La vieja y desvencijada galería se hallaba a unos tres metros de altura. Tessa siempre había estado muy a gusto en ella: era su escondrijo privado, suspendido en el aire, pacífico y aislado.

Su madre, sin detenerse, volvió la cabeza y le dijo:

—De ningún modo.

—¿Por qué no? —Tessa bajaba a paso rápido por la escalera detrás de su madre.

—Hace años que nadie sale a esa galería. La barandilla está podrida. Es cuestión de tiempo que alguien se caiga desde allí y se parta el cuello.

Tessa frunció el ceño. Le habría gustado que su madre se detuviera un segundo a discutirlo. Pero llegó abajo y siguió andando a paso rápido.

—Pensaba que la habríais arreglado —dijo.

—¿Con qué, Tessa? Hemos gastado el dinero en pagar cierta universidad.

A Tessa no se le escapó el tono mordaz de su respuesta. Cuando alguien trataba de hacerla sentir culpable, se daba cuenta a la perfección. El rostro de su madre se había quedado lívido cuando Tessa dijo que no haría el primer curso en la universidad después de que hubieran pagado las tasas sin derecho a devolución. Tessa prometió que aquello no era más que un aplazamiento. Que iría a la universidad en cuanto se hubiera recuperado lo suficiente.

Y hacía una semana que había empezado el año académico y Tessa aún no había sido capaz de cambiarse las zapatillas con cara de conejito por un par de zapatos.

—De acuerdo —asintió Tessa con voz temblorosa—. Vayamos al porche.

Podía llegar hasta allí, podía hacerlo. Debía de haber bajado por la escalera un millón de veces durante su infancia. Lo único que tenía que hacer era desconectar su propia mente. Pensar tan solo en la tarea que debía realizar.

Su madre estaba a punto de abrir la puerta, pero entonces se detuvo y se apartó a un lado. Se sabía la rutina. Hacía semanas que ambas llevaban a cabo los ejercicios de desensibilización. Era la propia Tessa la que tenía que abrir la puerta.

—¿Lo harás antes de que se acabe el siglo?

—Ya lo intento, mamá —dijo Tessa—. Estoy a punto de hacerlo.

La puerta se erguía frente a ella. Cerró los ojos.

«Toma aliento.

»Eric uno... Eric Thorn... Eric tres...»

—¡Tessa, por Dios bendito! ¡No es más que el pomo de una puerta!

Pero ella no oía la voz de su madre. Había dejado de oírla. Cuando abrió los ojos había dejado de ver su propia puerta.

La mente le giraba violentamente. Trataba de orientarse. Pero los bordes de su visión se habían vuelto de color negro. Visión de túnel. El área que todavía era visible se reducía poco a poco. No tardaría en quedarse ciega. Y aunque no viera, sí sentía la amenaza que acechaba desde todos lados.

La parte racional de su cerebro cedió y el miedo se adueñó de ella. Fue tambaleándose hasta una mesa que tenía al lado. El recuerdo se le venía encima. Estaba en otro lugar. No en el hogar de su infancia. Un pasillo a oscuras... una puerta distinta... pugnaba con una cerradura que no le resultaba familiar... con el sonido de los pies que se arrastraban hacia ella... sus torpes dedos hurgaban y la cabeza le daba vueltas, y por un instante le pareció que se iba a caer. Tan solo el miedo la mantenía en pie. El terror de no lograr abrir la puerta antes de que... antes de que...

Su visión se le nubló del todo y la sangre se le heló en las venas. Sintió la sutil presión de una mano en su antebrazo.

—¡No! —chilló, y se liberó violentamente.

—Está bien, cariño. Tranquilízate. —Su madre se arrodilló a su lado y apartó los cabellos que le ocultaban el rostro—. No pasa nada. Volveremos arriba y te tomarás las pastillas. ¿Estás aturdida? ¿Te vas a desmayar?

Tessa a duras penas la oía. Sus pensamientos seguían fragmentados bajo un terror que todo lo consumía. No debería haber salido del cuarto. Ese día no. Sabía lo que le ocurriría. Estaba en pie, tambaleante, y se dejó conducir por su madre hasta la estrecha escalera, mientras trataba de bloquear las imágenes que se formaban en su mente.

«Piensa en otra cosa.

»Lo que sea.

»Lo que sea mientras sea otra cosa.»

Como el clic de un cerrojo de seguridad, su mente cambió a una escena distinta. Dos figuras bailaban un vals en un escenario delante de ella. Y entonces él se quedaba solo en el centro y se limpiaba el pecho con una toalla ensangrentada.

—Eric —susurró Tessa. Sabía que estaba proyectando, pero le daba igual. Los mecanismos de defensa cumplían su función. Dejó escapar las palabras sin tratar de detenerlas—. ¿Cómo pueden reírse de eso? ¡Estaba sangrando! ¿Y si llega a ser un cuchillo? ¡No tiene gracia! ¿Cómo es posible que todo el mundo lo encuentre gracioso?

Habían llegado a la puerta del dormitorio. Tessa corrió hasta el otro extremo de la habitación en busca del frasco de pastillas contra la ansiedad que tenía al lado de la cama. Su madre trataba de encontrar un sentido a sus confusas palabras.

—¿Dices que alguien tenía un cuchillo? Tessa, ¿en el curso de verano había alguien que llevara un cuchillo?

—¿Qué? No. No hablo de eso. —Tessa sacó rápidamente un par de pastillas y dejó que se le disolvieran bajo la lengua.

—¿De qué estás hablando?

—De nada. No es nada. —Se echó sobre la cama, abrumada por la necesidad de estar sola. Sentía que el pesado manto de la ansiedad aún la asfixiaba y la dejaba sin aliento. Se dijo que no tardaría en dejar de sentirlo. El medicamento le haría efecto en un instante—. Estoy bien —dijo—. Pero déjame sola, por favor.

Su madre se quedó en la puerta. Una arruga de preocupación había aparecido entre sus ojos.

—Cariño... si alguien te amenazó con un cuchillo tendrías que...

—No —gimoteó Tessa—. Déjalo. No hablaba de mí misma. Estaba hablando sobre Eric.

—¿Quién?

—¡Eric Thorn! Una fan lo atacó. Lo he visto hoy en el

«Today Show». —Hizo un gesto impreciso en dirección al televisor.

—Eric Tho... ¿Me estás hablando de un famoso?

Tessa vio cambiar el rostro de su madre. Desapareció la preocupación y en su lugar comparecieron la irritación y la impaciencia.

—Ha sido terrible —dijo.

—No me lo puedo creer... ¡Un cantante! ¿Le ha ocurrido algo a un cantante? ¿Y eso es todo? ¿Ya está? ¿Sabes que he cambiado el turno de trabajo...?

—¡Ya lo sé! —la cortó Tessa—. ¡Lo siento! No lo entiendes. He tratado de explicártelo. Hoy mi cerebro no está en la sintonía adecuada...

Se interrumpió porque su madre acababa de agacharse para recoger del suelo algo que estaba junto a la cama. Le arrojó el objeto, que rebotó a su lado sobre el colchón. Era el mando a distancia del televisor.

—Venga. Adelante. Ya puedes ver tu «Today Show».

—Mamá —suplicó Tessa, desconsolada—. No te pongas así. Lo siento.

La madre salió de la habitación y cerró de un portazo. Tessa aún podía oír sus quejas desde el pasillo.

—No pasa nada, hija. Tómate el tiempo que necesites. Voy a acostarme. Cuando hayas logrado sintonizar tu cerebro, me avisas.

13
AL DESCUBIERTO

—Muy bien, muchas gracias. Toma diez.

Eric desenredó cautelosamente sus miembros de los de una de sus nuevas y encantadoras pretendientas. ¿Olga? ¿Oksana? No estaba seguro. Era el cuarto día de grabación y aún no se había aprendido sus nombres. Y se había quedado con la impresión de que los cámaras tampoco lo conseguían. Quizá el director tendría que haberlo pensado antes de meter a un par de gemelas letonas como protagonistas del nuevo vídeo musical.

«Vídeo musical», pensaba Eric con una lúgubre sonrisa. Vaya chiste. Desde que las clasificaciones de Billboard habían empezado a tener en cuenta los visionados en YouTube, el negocio del vídeo había dado un giro muy feo. Habrían tenido que dejar de disimular y llamar a las cosas por su nombre: pornografía descafeinada. Una carrera por ver quién podía enseñar más carne sin que le censuraran el trabajo.

Eric se echó una bata sobre los hombros y se frotó la cara con una toalla para limpiar las manchas de lápiz de labios. Los de maquillaje tendrían que hacerle algunos retoques antes de que volviera a desnudarse para la escena siguiente. Pero eso podía esperar. En aquel instante necesitaba privacidad. Se había pasado varias horas rodando con sus deliciosas compañeras de estrellato, pero en todo momento su mente había estado en otro lugar.

Eric echó una mirada a su espalda para asegurarse de que nadie lo siguiera hasta el remolque. Entonces sacó el móvil con impaciencia. Había enviado la *selfie* antes de empezar a rodar, pero no había tenido ni un instante para ver si había recibido respuestas.

Eric Thorn @EricThorn

¡Día de la *selfie*! Tuitéame una *selfie* desde el lugar exacto donde estés ahora y quizá la utilizaremos en el nuevo #VideoMusical

No le cabía ninguna duda: era uno de los trucos más inteligentes que había puesto en práctica con su cuenta en Twitter. Tenía que buscarse algo de interés para aquel día... algo que lo distrajera de la fealdad del concierto de la noche anterior. La respuesta le llegó aquella misma mañana, mientras estaba sentado con los ojos puestos en la *selfie* y se estrujaba los sesos para escribir el texto que la acompañaría. Llevaba semanas preguntándose por el aspecto de Tessa. No se atrevía a pedirle una foto. Pero aquello era perfecto. Seguro que mandaría una. Ya no se trataba de un desconocido que se presentaba por internet y quería ver cómo era. Se lo pedía su ídolo. Su obsesión. Su amor verdadero: Eric Thorn.

¿Lo habría visto? Pasó revista a las contestaciones.

La respuesta había sido abrumadora, por supuesto. La lista de notificaciones estaba repleta de fotografías de adolescentes que ponían caras frente al móvil: Caritas besuconas. Morritos. ¡Ah, mira esa! Había una que se había hecho un GIF de sí misma perreando. Las fue pasando. Había un solo nombre de usuario que le interesara. ¿Dónde estaba? ¿Tessa no había mandado foto?

No tenía tiempo para verlas todas. Introdujo el usuario de Tessa para abrir su perfil. Y allí estaba, al inicio de sus tuits más recientes:

Tessa H @TessaAmaAEric
@Eric Thorn Besos de una cosita mona. ¡Me alegro de que estés bien!

pic.twitter.com/1cdl6DZmTe

Eric se mordió el labio e hizo clic para expandir la foto. No pudo evitar la carcajada al verlo. Había colgado un póster de Eric Thorn sin camiseta y tocando la guitarra con gesto apasionado. ¿Aquello de allí era una funda de almohada con su rostro estampado? Lo único que se veía de la chica en la foto eran sus pies, embutidos en unas zapatillas afelpadas de color rosa con cara de conejo. Uno de los conejos estaba junto al póster y le besaba la mejilla.

Eric negó con la cabeza. ¡Qué frustración! No se veía nada. ¡Qué diablos, si ni siquiera se veía lo grandes que eran sus pies!

Sin embargo, no pudo borrar la sonrisa que le había asomado a la cara. «Besos de una cosita mona.»

En cualquier caso, la chica era muy mona, ¿no? Sin necesidad de verle la cara, lo había hecho sonreír. Probablemente era su primera sonrisa en todo el día.

Eric se preguntó si también le habría escrito a la cuenta falsa. La última vez que la había consultado, Tessa aún no había respondido a su mensaje directo. Pero habían pasado horas desde entonces. Ya debía de haberlo visto.

Echó el pestillo interior de la puerta del remolque, se apoyó en el tocador de maquillaje y, en un momento, cambió de cuenta.

Ya no era @EricThorn, sino @EricThornEsUnaMierda.

Registro de tiempo 16/9/16, 13.29 h
Tessa H: Eh, lo siento antes no estaba conectada. No he tenido muy buena mañana.

La alegría inicial de Eric dio paso a un punto de preocupación. Debía de haberse angustiado por algo. Y tenía el presentimiento de saber lo que era.

Taylor: ¿Qué ha pasado? ¿Es por lo del concierto de anoche? ¿Te asustaste?
Tessa H: Sí, entre otras cosas...
Taylor: ¿Estás bien? A mí también me dio mucho miedo.
Tessa H: ¡Gracias! Parece que todo el mundo lo encuentre divertido. ¡No entiendo cómo es posible que la gente saque chistes sobre eso!
Taylor: Estoy contigo. Anoche no pude dormir.
Tessa H: Yo no me he enterado hasta esta mañana. Hoy tenía que salir al porche de mi casa con mi ma-

dre y no lo he conseguido. Ahora está muy enfadada conmigo.

—Mierda —masculló Eric entre dientes. Tessa ya le había hablado de sus ejercicios terapéuticos y sabía que aquel era muy importante. No había salido de casa durante meses. Se sintió muy mal al pensar que tal vez hubiera entorpecido sus progresos.

Taylor: ¿Quieres que hablemos de ello? Ahora mismo no tengo mucho tiempo, pero sí puedo charlar un par de minutos.
Tessa H: No pasa nada. Al menos Eric está bien, ¿verdad? Debe de estar bien porque después el concierto continuó.
Taylor: Creo que sí. Parecía un poco alterado. Hizo el resto del concierto desde el escenario principal.
Tessa H: Pobre Eric. Espero que tenga a alguien que le dé un buen abrazo :(

—Sí —murmuró Eric—. A mí también me gustaría.

Pero su propio estado mental no era lo que más lo preocupaba. Habría podido contar con los dedos de una sola mano el número de veces que Tessa le había mandado un emoji con cara triste. Aquella chica siempre tenía como un aire de optimismo, a pesar de todos sus problemas. Ese era uno de los motivos por los que le apetecía charlar con ella tan a menudo. Lo ayudaba a mantener sus propias angustias en perspectiva.

En aquel momento le habría gustado levantarle el ánimo. Si hubiera podido hablar de verdad con ella... oír el sonido de su voz. O todavía mejor, conversar por FaceTime. Pero eso era imposible, por supuesto.

Entonces le mandó otro privado:

Taylor: Oye, esa *selfie* que mandaste por Twitter era muy sexi ;)

Tessa H: Dios mío, ¿la viste?

Taylor: No estaba nada mal. No sé si era eso exactamente lo que buscaba Eric Thorn. Quizá deberías enviarle una de verdad...

Tessa H: Hummm, ¿te perdiste la parte de la conversación en la que decía que padezco ansiedad patológica?

Taylor: Pues tuitéala y bórrala. Puedes hacerlo. Enfréntate a tus miedos.

Tessa H: Pero ¡es que se supone que tengo que hacerles frente paso a paso! Como hoy, que tenía que pasar cinco minutos en el porche de la entrada. Se llama desensibilización.

Taylor: Vale, paso a paso. Entonces podrías tuitear una foto de tus pies sin zapatillas.

Tessa H: ¿Puedo dejarme los calcetines?

Taylor: No. Quítatelo todo, nena.

Tessa H: ESO no lo voy a hacer hoy. De verdad, tendrías que haberme visto esta mañana :(

Volvía a poner la cara triste. Eric no la había visto nunca tan pesimista. Tenía que hacer algo para animarla. Echó una mirada a sus propios pies. Tenía los tobillos cruzados. Se había descalzado para grabar el vídeo. En aquel momento llevaba unas zapatillas de plástico negro que se ponía para impedir que el asfalto del aparcamiento de los estudios, recalentado por el sol, le quemara las plantas de los pies.

Meneó los pulgares de los pies y una de las comisuras de sus labios se torció con malicia. Aunque no pudiera enseñarle la cara, por lo menos trataría de hacerla reír.

Taylor: Venga, tuitéame un desnudo. Si tú lo haces yo también ;)

Eric soltó una risilla para sí mismo y regresó al tuit de la zapatilla con cara de conejo. Compuso su propio tuit de respuesta y sacó una foto que le sirviera como ilustración. Sostuvo la cámara a poca altura para que no se le viera el borde de la bata, tan solo las pantorrillas peludas en picado. Tenía un pie levantado del suelo y la zapatilla le colgaba del dedo gordo.

Taylor @EricThornEsUnaMierda
Es que a mí me gustan muchísimo más los tangas... ;)
@TessaAmaAEric @EricThorn

pic.twitter.com/z9H81X9hPi

Contuvo el aliento a la espera de una respuesta. ¿Se había pasado? La chica tenía que entender que solo era una broma... que no trataba de flirtear de verdad. Después de todo tenía novio.

Eric sintió una punzada de una sensación desagradable que no logró identificar. ¿Culpa, quizá? ¿Remordimiento por charlar con la novia de otro? Seguro que no. Sus conversaciones con Tessa eran de lo más inocente.

Entonces no debía de ser un sentimiento de culpa. ¿Quizá se parecía más a... los celos?

Qué ridiculez. ¿Cómo habría podido estar celoso? ¿Celoso de qué? ¿De un capullo que se llamaba Scott y que apenas visitaba a su novia?

Eric se lo sacó de la cabeza. Esperó a que la chica lo premiara por su brillante frase con una risa. Al menos con una sonrisa. Debía de haberse distraído con algo. Le mandó otro privado en el que seguía bromeando.

Taylor: ¿Te estás ruborizando? ¿Te parece demasiado subida de tono?
Tessa H: Oye, ¿esto es una broma?
Taylor: Hummm... no. ¿No te parece divertida?
Tessa H: ¿Por qué me mandas una foto de los pies de un tío?

¿Los pies de un tío? Poco a poco la sonrisa de Eric se desvaneció. Añadió otro mensaje a toda prisa.

Taylor: Tessa, tú ya sabías que soy un tío, ¿verdad?

Tessa no respondió. Silencio. Ninguna respuesta. Eric quiso escribir un nuevo mensaje en tono igualmente ligero, pero su corazón había empezado a latir como un tambor.

Taylor: Ajjj! ¡Qué agobio! Hoy en día todo el mundo piensa que Taylor es nombre de chica. Muchas gracias, Taylor Swift.

—Di algo —le susurró al teléfono—. Mierda, Tessa, di algo.

Taylor: ¿Hola? ¿Tessa?
Taylor: Mierda. Pensaba que lo sabías. ¿Sigues ahí?

Por fin llegó la respuesta y Eric suspiró de alivio al verla. Por un instante había pensado que no volvería a saber nada de ella.

Tessa H: Por favor dime que eres gay.
Taylor: No... ¿Qué importa eso?
Tessa H: ¿Qué pinta un tío hetero mandando tuits sobre Eric Thorn?

Eric se quedó callado pensando la respuesta. ¿Estaría alterada? Había tardado mucho en responder, pero eso tal vez no tuviera importancia. Sin embargo, el instinto le decía que se anduviera con cuidado. ¿Debía disculparse? ¿Responderle con otra broma? Al final, no hizo más que tratar de ganar tiempo.

Taylor: Tessa, tú sabías que estaba bromeando, ¿verdad?

Pulsó Enviar y se quedó mirando el móvil, presa del más absoluto desconcierto. Se había abierto un mensaje de error... con unas palabras que no había visto a lo largo de los muchos años que llevaba en Twitter.

Mensaje no enviado

No podrá enviar más mensajes directos
a esta persona

Eric sacudió el teléfono, como para quitarle algo de encima. Pensó que debía de tratarse de un error. Como si el programa hubiera tenido hipo. Necesitó un instante para comprender la verdad.

No era un error. Solo significaba lo que decía: @TessaAmaAEric ha dejado de seguir a @EricThornEsUnaMierda

EL INTERROGATORIO (FRAGMENTO 4)

31 de diciembre de 2016 21.17 h
Caso n.º: 124.678.21-001
TRANSCRIPCIÓN OFICIAL DEL INTERROGATORIO POLICIAL

—INICIO PÁGINA 4—

HART:	¿Ha hablado con la doctora Regan? ¿Viene para aquí?
INVESTIGADOR:	Le hemos dejado varios mensajes en el contestador. ¿Podríamos llamar a alguien más? ¿Tal vez a un familiar?
HART:	No, solo mi terapeuta.
INVESTIGADOR:	¿Y si llamáramos a tu madre, Tessa? Nos has dicho que vives con ella, ¿correcto?
HART:	Sí, pero estará trabajando. No puedo... No saben ustedes cómo se puede poner. Me mataría. Acaba de empezar a trabajar en el nuevo hospital de Midland. Hace turno doble. No tienen por qué llamarla, ¿verdad?
INVESTIGADOR:	Solo si tú quieres. Tú decides.
HART:	No. No. Busquen a la doctora Regan.
INVESTIGADOR:	Hacemos todo lo posible por encontrarla. ¿Nos has dicho que tu madre trabaja en un hospital? ¿Es médico?
HART:	No, flebotomista. Se encarga de extraer sangre.

Ya saben, cuando hay que hacer análisis y todo eso.

INVESTIGADOR: Entiendo.

HART: No sabe lo de esta noche. No he querido decírselo.

INVESTIGADOR: ¿Y por qué?

HART: No le parecería bien. Piensa que todos los que seguimos la MTV somos adoradores de Satán. Pero ahora lo va a saber igualmente, ¿verdad? Dios mío, me va a matar. Por favor, por favor, necesito a mi terapeuta.

INVESTIGADOR: De acuerdo, Tessa. Estamos trabajando en ello. Mientras tanto, ¿podríamos volver a las actividades en Twitter de las que hablábamos? Sobre todo los privados que os mandasteis el 16 de septiembre. Parece que a partir de esa tarde la actividad se interrumpe. ¿Recuerdas aquel día?

HART: Sí.

INVESTIGADOR: ¿Podrías explicarme lo que ocurrió?

HART: Lo bloqueé. Me dio mal rollo.

INVESTIGADOR: Entiendo. ¿Y por qué ese «mal rollo» que acabas de mencionarnos?

HART: Ya lo sabe. Acaba de leerlo.

INVESTIGADOR: Me gustaría que me lo explicaras en tus propias palabras, si no te importa. Permíteme que te recuerde que estamos grabando esta entrevista.

HART: Bueno, es que me asusté porque hasta entonces había pensado que era una chica. Me había hecho una imagen mental de la persona con la que hablaba y desde luego no era... la de un chico. Me quedé con la sensación de que me había engañado. Como si hubiera estado flirteando conmigo sin que me diera cuenta. Fue muy angustioso.

INVESTIGADOR: Pero unos días más tarde reanudaste la comunicación con él. La noche del 20 de septiembre.

HART: Qué tonta fui. Tendría que haber seguido mis instintos.

INVESTIGADOR: Tessa, ¿qué fue lo que te condujo a reanudar la comunicación?

HART: Hum... ¿la estupidez? ¿No le parece una razón suficiente?

INVESTIGADOR: ¿Sabías que te había estado tuiteando? Nos consta cierto número de tuits procedentes de la cuenta @EricThornEsUnaMierda, con fechas que van del 16 al 20 de septiembre. He contado un total de trece tuits y todos ellos están dirigidos al usuario @TessaAmaAEric. ¿Cuadra con lo que tú sabes, Tessa?

HART: No lo sé. Lo tenía bloqueado.

INVESTIGADOR: ¿Lo tuviste bloqueado durante todo ese período?

HART: Sí.

INVESTIGADOR: Sin embargo, el día 20 de septiembre, aproximadamente a las 23.31 horas, respondiste a uno de sus tuits.

HART: No puedo creerme que lo hiciera.

INVESTIGADOR: Tessa, ¿podrías confirmarnos que el día 20 de septiembre, a las 23.31 horas tuiteaste, y cito literalmente: «@EricThornEsUnaMierda Gracias por destrozarme la vida»?

HART: No tendría que haberlo desbloqueado.

INVESTIGADOR: ¿Podrías confirmárnoslo, Tessa, tan solo para que quede constancia?

HART: ¿Qué? Sí, mandé ese tuit.

INVESTIGADOR: ¿Y a qué te referías exactamente?

HART: Si lo pensamos bien, da risa. «Gracias por destrozarme la vida.»

INVESTIGADOR: ¿Quieres decir que lo escribiste en broma?

HART: No, no lo escribí en broma. Solo quiero decir que en aquel momento no entendía ni la mitad. No me imaginaba lo cierto que llegaría a ser.

14
MECANISMOS DESENCADENANTES

Una mano húmeda y pegajosa agarró a Tessa por el hombro y la chica volvió la cabeza. Hacía mucho calor en la habitación y el aire estaba impregnado del olor de los cuerpos ondulantes que presionaban por todos lados. Tessa se retorcía y buscaba cualquier indicio de la presencia de sus amigos. Debía de haberlos perdido entre la multitud.

—Eh, ¿cómo te llamas? Soy...

—Disculpa, ¿qué dices? ¡Aquí hay mucho ruido!

Se volvió de nuevo y buscó la puerta más cercana. Unos dedos le arañaban la piel desnuda del brazo. Se le puso carne de gallina, a pesar del calor.

Sacudió los hombros para quitarse la mano de encima y se irguió sobre las puntas de los pies, buscando. ¡Allí! Vio el neón rojo que indicaba la salida. Debajo había un grupo de rostros familiares. Tessa, con los brazos cubriéndose el pecho, se abrió camino entre la muchedumbre. No se detuvo a buscar el origen de la voz invisible que la llamaba.

—¡Espera! ¿Estás aquí por el curso? Te habías inscrito en escritura creativa, ¿verdad? Yo soy...

Se despertó de golpe. Pestañeó vigorosamente para librarse de los fragmentos del sueño a medio recordar. Al cabo de un instante, volvió a sentir en la garganta la ya familiar sensación de asfixia originada por la ansiedad. Tendió un brazo hacia la mesilla de noche. Debía tragarse dos de las pequeñas píldoras antes de que se abatiera sobre ella un ataque de pánico con todo su furor.

Sus dedos se cerraron en torno al frasco de las pastillas, pero entonces su brazo se detuvo en seco. Algún instinto la había advertido de la presencia de otra persona en la habitación.

Echó una mirada en dirección a la puerta y atisbó la sombra de una forma humana. ¿Masculina o femenina? No lo sabía. No se atrevía a volverse del todo para mirar. En cambio, dejó que el brazo cayera inerte al lado de su cuerpo y rezó para que pareciese que lo había movido mientras dormía.

—Levántate —le ordenó una voz—. Sé que estás despierta.

Entonces, el pánico que la abrumaba se desvaneció. Desapareció. No, no había desaparecido propiamente, sino que lo había reemplazado una sensación más fuerte: una cólera abrasadora.

Se dio cuenta de que era él. Estaba allí, en su habitación. La había observado mientras dormía. ¿Cuántas veces tendría que decírselo? Tessa se incorporó de golpe y se quedó sentada en la cama. Entonces se volvió para encararse con su novio.

—¿Qué haces aquí, Scott?

El joven le devolvió una mirada llena de ira.

—Yo también me alegro mucho de verte.

—¡Gilipollas! ¡Casi me muero del susto que me has dado! ¿Es que no lo entiendes? ¿Ves estas pastillas? —Agitó en el aire el frasco del medicamento contra la ansiedad—. Todo esto no es ninguna broma. Padezco una fobia. Diagnosticada por los médicos. No puedes entrar así en mi habitación. ¡No puedes!

—Ah, disculpa —replicó Scott—. Lo había olvidado. No te gusta nada despertarte y descubrir que alguien está maniobrando a tu espalda. ¿Verdad que es así?

—¡Sí!

—Qué interesante, Tessa. Sé cómo te sientes.

Entonces se dio cuenta de que él tenía algo en la mano. El móvil de la propia Tessa. Scott lo sostuvo en alto y le dio la vuelta para que ella viera la pantalla. Tessa reconoció la foto que había elegido como salvapantallas: Eric Thorn besándose a sí mismo en el espejo.

—Esto sí que es tener clase.

¿Scott había estado fisgando en su teléfono? ¿Las fotografías? ¿Qué había visto?

—Dámelo. —Alargó el brazo para quitarle el móvil de las manos, pero él retrocedió.

—No, creo que me lo voy a quedar un rato más.

—¡No tienes derecho!

—¿A qué? ¿A revisar tu teléfono móvil? Tienes razón. Probablemente no tengo ningún derecho. Pero la verdad es que tampoco esperaba encontrar nada.

Estaba rígido como una estatua, pero Tessa se acurrucó ante el veneno silencioso que destilaba su mirada. Retrocedió hacia el extremo opuesto de la cama.

—No es nada, Scott. Estoy colgada por un famoso. Es algo que le ocurre a mucha gente.

—Pero ¿tú te crees que me importa algo ese imbécil? —Pasó el dedo por la pantalla para hacer desaparecer la foto—. Oye, si piensas que me voy a cabrear porque te metas el dedo mientras miras fotos de Zac Efron...

—¡Ese no es... es Eric Thorn!

—Anda, Tessa, que no te enteras. —Soltó una desagradable risotada—. Bueno, ¿quieres que te devuelva tu precioso teléfono? —Lo arrojó hacia donde se encontraba ella. No le dio, pero sí logró que se estremeciera. El aparato se estrelló contra la pared, al lado de Tessa, y ella se apresuró a recogerlo.

—¿Lo has roto? ¡Lo necesito!

—Sí, sé muy bien para qué lo necesitas. —Clavó una mirada de odio en la chica—. Mira la inocentona. No te creas que después de dos años saliendo juntos vas a tomarme el pelo.

Tessa no le respondió, porque estaba demasiado preocupada por si la pantalla se había agrietado.

—Lo he visto todo, Tessa.

—¿Qué es lo que has visto? —Levantó la mirada hacia él, desconcertada—. ¿Las fotos? ¿El iTunes?

Scott negó con la cabeza. Sus labios se curvaron en una fea sonrisa. La cara se le había puesto de color rojo remolacha. Tessa esperaba que le gritara, pero lo que salió de sus labios fue una voz sorda y amenazadora.

—No me puedo creer que me mate por cumplir con mi papel de novio solícito y tú te pases todo el día en Twitter sexteando con un capullo...

—¿Sexteando?

—Ahora no te hagas la ignorante. He leído tu hilo de mensajes. Parece que la *selfie* esa que tuiteaste era muy sexi.

Tessa se precipitó hacia él tendiéndole las manos.

—Scott, eso no era... ¿Has visto la foto?

—¿Hacía falta?

—Scott, solo bromeábamos. Y de todos modos lo he bloqueado. ¡Ni siquiera me había dado cuenta de que Taylor era un tío!

El joven ladeó la cabeza.

—¿Pensabas que era una chica la que te pedía que te desnudaras?

—¡Sí! —El cerebro de Tessa se aceleró, el corazón le golpeaba como un martillo. Había recordado las frases incriminatorias que figuraban en aquella última conversación.

«Quítatelo todo, nena...» «Venga, tuitéame un desnudo...»

Hacía mucho tiempo que tenía miedo de que Scott descubriera su obsesión con Eric Thorn. Pero aquello era mucho peor. Había estado chateando con un tío de verdad. Había flirteado con Taylor, aunque ella misma no se diera cuenta. Se imaginaba perfectamente lo que debía de pensar su novio.

—Scott...

—No, por favor. No insultes a mi inteligencia.

Se volvió para salir de la habitación y Tessa lo siguió. Su propia cólera había cedido y se abatía sobre ella una oleada de pánico. Tenía que deshacer de alguna manera aquel lío... lograr que Scott lo entendiera. Lo siguió hasta donde se atrevió a hacerlo. Se detuvo nada más trasponer el umbral de su propio dormitorio, con un pie en alto al final de la escalera.

—¡Scott! —gritó a la espalda del chico—. Lo siento mucho. Vuelve, por favor. Puedo explicártelo todo.

El joven ni siquiera se dignó a mirarla.

—Adiós —dijo.

—¡Espera! No te marches. ¡Sabes muy bien que no puedo seguirte afuera!

—Mejor —le respondió Scott mientras bajaba—. No me sigas, Tessa. No me llames. No me escribas nada. No me digas nada de nada. Espero que te lo pases de fábula en compañía de tu teléfono. He captado muy bien el mensaje.

15
CATASTROFIZAR

Entrada de diario n.º 32 - 20 de septiembre de 2016

> No voy a mejorar jamás. Me siento como si hubiera pasado los últimos tres meses trepando para salir de un hoyo profundo y oscuro, y de pronto me hubiese soltado y hubiera vuelto a caer hasta el fondo. Ya no sé si quiero volver a intentarlo.

Tessa trató de concentrarse en las palabras que había escrito en el diario donde plasmaba sus pensamientos para la terapeuta, y la visión se le nubló. Se sentía abatida, sentada sobre el puf, vestida tan solo con un pijama arrugado.

Desde la discusión de tres días antes con Scott, no había logrado sacar fuerzas de flaqueza ni levantarse de la cama. No había movido ni un solo músculo, salvo para marcar el número de Scott. Aquella noche, por fin, él le había contestado. Pero la alegría de Tessa se había esfumado nada más leer el mensaje:

Scott: Deja de llamar. Hemos terminado. No me obligues a cambiar de número.

Tessa sintió que los ojos se le llenaban nuevamente de lágrimas y se secó los párpados con una mano, furiosa. Al diablo con Scott. Como si Tessa hubiera sido una obsesa patética incapaz de entender que molestaba...

Por lo menos el mensaje la había sacado de su aletargamiento durante el tiempo suficiente para escribir en el diario. Se dijo a sí misma que tenía que seguir. No parar. No importaba lo que dijera. Lo único que tenía que hacer era llenar una página, porque así tendría algo que enseñar en la siguiente sesión de terapia.

Sin moverse del sillón, encorvó el cuerpo y apoyó el bolígrafo en el papel.

Podría aguantar el perder a Taylor, e incluso perder a Scott. Pero ¿los dos? ¿En un solo día? ¿Cómo voy a recuperarme de eso? No me queda nada. Es una situación desesperada.

Tessa cerró los ojos y trató de canalizar la voz de su terapeuta interior. Sabía lo que le diría la doctora Regan cuando leyera la entrada: «¿Tessa, piensas que es posible que estés catastrofizando?».

Se acordaba del día en el que la terapeuta le había explicado por primera vez el concepto. Catastrofizar: una variedad de pensamiento distorsionado que hace que los problemas parezcan más graves de lo que realmente son. ¿Era eso lo que hacía ella?

Tessa negó con la cabeza y su bolígrafo se deslizó por la página.

¡No estoy catastrofizando, es que esto es una catástrofe! Una catástrofe de verdad. A veces suceden cosas horribles. ¡No puedo fingir que no ocurren!

Respirando con dificultad, Tessa cerró de golpe el diario. No le servía de nada. Lo único que sentía en aquel instante era una angustia abrumadora. No sabía a quién odiaba más. ¿A Scott, por haberse librado de ella como si nada? ¿A la doctora Regan, por su carácter reservado e imperturbable? ¿O a Taylor... a Taylor, el mentiroso que le había destrozado la vida con sus chistes y sus insinuaciones de tío listillo?

Tenía que distraerse con algo... lo que fuese, con tal de que se le pasara el intenso dolor que sentía en el pecho. Sus ojos se posaron en el móvil, que se encontraba en el otro extremo de la habitación, y Tessa fue a buscarlo. Aun cuando no hubiera una sola persona en el mundo interesada en ella, siempre le quedaba Eric Thorn.

Tessa se colocó los auriculares y puso su canción favorita.

—Habla conmigo, Eric —susurró—. Cuéntame un secreto. Dime cómo estás.

Como en respuesta a su pregunta, la voz suave y tersa de tenor cantó la primera estrofa de *Áloe Vera*:

> Nos quedamos en tu terraza.
> Bebí tu vino embriagador.
> Y tú me decías: «Desnúdate.
> Borra las líneas del bañador».

Tessa exhaló un leve gemido y presionó el botón del volumen con el pulgar hasta que la música le dolió en los oídos. La voz de Eric retumbaba dentro de su cabeza. Era tan fuerte que no podría aguantarla mucho rato. Pero no lo bastante fuerte como para ahogar la cólera que la abrasaba por dentro.

Me dormí oyendo tu voz,
ese susurro suave.
Pero me encerraste al calor
y escapaste con la llave.

Taylor @EricThornEsUnaMierda
@TessaAmaAEric Te juro que no soy mal tío. Háblame. Por favor.

Eric estaba sentado sobre la cama del hotel y revisaba los tuits recientes. Hacía días que le mandaba tuits a Tessa sin obtener respuesta. Parecía que su cuenta hubiera muerto del todo.

Se golpeó el cogote contra la cabecera de la cama.

Sabía que lo más probable era que ya no pudiera hacer nada. Tenía que dejar de sufrir por aquella historia. Desactivar la cuenta. Olvidar que había existido. Y, sin embargo, no lo conseguía. Se había acostumbrado a las charlas nocturnas. Parecía que hubiera llegado a depender totalmente de ellas. Había encontrado, por fin, un lugar donde podía desahogarse de sus angustias y frustraciones sin correr ningún peligro, y ella lo escuchaba con oídos más que comprensivos. Tenía como un sexto sentido con el que le advertía cada vez que estaba exagerando.

No, pensó, la palabra no era «exagerar». ¿Cuál era el término que ella había empleado pocos días antes?

Catastrofizar.

«Estoy convencido de que esa palabra no existe», le había respondido. Pero sí existía. Otro ejemplo de psicojerga que Eric, a continuación, buscaba en Wikipedia. Y la chica era rematadamente buena en pillarlo cada vez que lo hacía.

Y ya no quería saber nada más de él, y él no lograba sacarse de encima la sensación de haber perdido a alguien importante. Su vida se había vuelto menos triste durante las últimas semanas. Incluso había vuelto a sonreír.

Tal vez por eso mismo no había podido dormir en los últimos días. Quizá porque se estaba dando cuenta de que si aquella chica no estaba en su vida ya no le quedaba ningún motivo para sonreír.

¿Acaso catastrofizaba?

—Venga, Tessa —le susurró al móvil—. Vuelve. No puede ser que te hayas cabreado tanto.

Empezó a introducir otro tuit inútil:

Taylor @EricThornEsUnaMierda

@TessaAmaAEric No puedo dormir. Echo de menos las conversaciones contigo.

Se frotó los ojos, fatigado. Su dedo se acercó al botón de Tuitear. ¿Qué importaba, en realidad, si lo enviaba o no? Tenía cero seguidores. De todos modos, nadie se iba a enterar.

Eric volvió a dejar el móvil sobre la mesilla y apagó la lámpara.

Dormir. Tenía que dormir. Sus ojeras eran cada día más

visibles. Había oído que los especialistas del maquillaje lo comentaban en susurros a sus espaldas. Llegaría un momento en el que ya no podrían esconderlas y la discográfica se vería obligada a intervenir.

Volvió a rodar en la cama y trató de acomodar la almohada, pero entonces vio por el rabillo del ojo un destello de luz sobre la mesilla.

¿El móvil?

¿Una notificación?

Lo agarró y se le escapó un aullido triunfal. Por fin. Había respondido. Un nuevo tuit:

Tessa H @TessaAmaAEric

@EricThornEsUnaMierda Gracias por destrozarme la vida.

El mensaje debería haberlo desanimado, pero no pudo reprimir una mueca. Aún estaba allí. Se apresuró a mandarle una respuesta antes de que volviera a desaparecer.

Taylor @EricThornEsUnaMierda

@TessaAmaAEric Vale, ¿quién es ahora la que catastrofiza?

Eric esperó a ver si le mandaba otro tuit, pero los minutos fueron pasando. Al menos lo había desbloqueado. El perfil volvía a ser visible. Ya no se ocultaba detrás de la notificación de error.

Estaba deseoso de mandarle un privado, pero Twitter no le permitiría llegar a ese extremo. Tessa no lo seguía. Solo podía responderle con un nuevo tuit.

Taylor @EricThornEsUnaMierda
@TessaAmaAEric ¿¿¿Qué ha pasado??? Vuelve a seguirme para que podamos mandarnos privados.

Se había levantado de la cama. Iba de un lado para otro por la espaciosa habitación, con el teléfono en la mano, y llegó a saltar sobre las puntas de los pies al ver una nueva notificación que aparecía en su pantalla.

Tessa H (@TessaAmaAEric) te está siguiendo

—Sí —murmuró mientras volvía a la barra de mensajes para teclear. Ya había añadido un nuevo privado, pero apenas se entretuvo en leerlo.

Tessa H: No te creas que esto quiere decir que vuelva a hablar contigo.
Taylor: Tessa, siento que me tomaras por una chica. Fue un error sin mala fe por mi parte. Te lo juro.
Tessa H: Sí... claro... y resulta que eres el ÚNICO fan masculino de Eric Thorn sobre la faz de la Tierra. Es así, ¿no?
Taylor: Pero ¡si yo no he dicho nunca que fuera fan! Creo que te dije que Eric era un cretino prepotente narcisista. ¿Qué es lo que entendiste?
Tessa H: Y al mismo tiempo te sabes de memoria todas sus canciones... ¿Por qué, exactamente?
Taylor: Es complicado de explicar.
Tessa H: En otras palabras, eres un mierda.

Taylor: No. En otras palabras, no lo puedo explicar con solo 140 caracteres. Para, por favor.

Se sentó en el borde de la cama. Lo cierto era que ella tenía su parte de razón. Había visto las estadísticas de ventas de sus álbumes más recientes y los hombres no llegaban al uno por ciento. La verdad era que tampoco necesitaba gráficos para saberlo. Le bastaba con contemplar a las masas de chicas que chillaban en sus conciertos.

Eric torció las comisuras de la boca mientras pensaba una explicación creíble.

Taylor: Bueno, te lo voy a decir.
Taylor: Yo era fan de Eric Thorn antes de que firmara el contrato con la discográfica. Era bueno.
Taylor: En realidad todavía es bueno. Escucho todas las novedades que saca.
Taylor: Pero pienso que no tendría que hacerse el guapo para vender su música. Por eso me cabrea tanto a veces.
Taylor: Y también me cabrean las fans. Quizá no tendría que ir semidesnudo por la vida si cada cinco segundos las chicas no le chillaran que se quite la camiseta.

Ya está. Técnicamente no había mentido, ¿verdad? En realidad había sido el mayor fan de sí mismo desde mucho antes de firmar con la discográfica. Al empezar no era más que un chico con una guitarra y una confianza inquebrantable en su propio talento. Se había negado a hacer caso cada vez que sus amigos se reían, o sus padres le decían que estaba perdiendo el tiempo. Se había pasado dos largos años subiendo un vídeo tras otro a YouTube hasta que, por fin, tuvo su oportunidad.

Era una versión algo estúpida de los hechos, pero en absoluto falsa. Eric contuvo el aliento y aguardó la reacción de Tessa.

Tessa H: Entonces, si odias tanto a las fans, ¿por qué empezaste a hablar conmigo?
Taylor: Yo no empecé a hablar contigo. Te ataqué, ¿no lo recuerdas? Tú empezaste a hablar conmigo.
Tessa H: Eso es psicología inversa.
Taylor: No llego a tanto.
Tessa H: ¿Y yo cómo lo sé?
Taylor: Soy estúpido, ¿vale? Me has pillado. Culpable. Soy muy muy estúpido. Pero no soy un pervertido ni nada parecido. Venga, tú ya sabes que no.
Tessa H: ¿Y por qué iba a creerte una sola palabra de lo que digas?
Taylor: No lo sé, Tessa. ¿Qué motivo podría tener para mentir?

Eric se puso una mano delante de la cara y leyó las palabras entre los dedos. ¿Por qué se sentía como un tarado obseso? De todas maneras, no podía decirle toda la verdad a Tessa. ¿Cómo habría podido terminar la conversación?: «¡Sorpresa! ¡En realidad soy Eric Thorn y este es mi perfil secreto!». Lo habría tomado por un mentiroso compulsivo, lo habría bloqueado y habría dejado de seguirlo.

Eric se dijo a sí mismo que no había hecho nada malo. Como mucho, había contado alguna mentira inocente. Si en algún momento le parecía que la historia podía terminar mal, lo único que tenía que hacer era esfumarse. Decir adiós. Desactivar la cuenta. Y Taylor, el fan fantasma, desaparecería en el vacío de Twitter.

En algún recoveco de su mente, Eric estaba convencido de que lo más razonable habría sido desactivarla ya. A él también le habían contado un buen número de mentiras inocentes, y sabía que no parecían tan inocentes desde el punto de vista del engañado.

Pero en aquel momento no podía desactivarla. No, porque ella volvía a hablarle por fin.

Taylor: Entonces, ¿vas a contarme qué es lo que hice para destrozarte la vida?
Tessa H: Scott
Taylor: ¿Qué pasa con Scott?
Tessa H: Me dormí oyendo tu voz, ese susurro suave...
Taylor: ¿Y eso qué quiere decir?
Tessa H: Hummm. Pensaba que eras el suuuuuuperfán.
Taylor: Sí, ya sé que eso ha salido de *Áloe Vera*. ¿Qué tiene que ver con Scott?
Tessa H: Nos quedamos en tu terraza. Bebí tu vino embriagador.
Taylor: ¿Esto es una prueba?
Tessa H: Tú me lo dirás. ¿Qué es lo que viene después?

Eric gruñó de irritación. «Por favor, Tessa.» Si hubiera tenido la más mínima idea de con quién estaba hablando...

Taylor: Y tú me decías: «Desnúdate. Borra las líneas del bañador».

Tessa H: No. TÚ me decías: «Desnúdate».

Taylor: ¿No es lo mismo que acabo de escribir?

Tessa H: Creo que las palabras exactas fueron: «Quítatelo todo, nena». Puedes mirar más arriba. En nuestra última conversación.

Taylor: ¿Qué? ¿Aquello? Pero ¡si estaba hablando de los pies!

Tessa H: Pues a Scott no le pareció muy divertido.

Taylor: ¿Qué ocurrió?

Tessa H: Me dormí oyendo tu voz, ese susurro suave. ¿Qué viene después?

Taylor: Pero me encerraste al calor y escapaste con la llave.

Tessa H: Exacto. Y yo me quemé. Me deprimí, me dormí y Scott encontró mi teléfono.

Taylor: ¿Ha cortado contigo?

Tessa H: Digamos que no se alegró mucho al descubrir que me he pasado este último mes flirteando con un tío que he conocido en Twitter.

Taylor: Mierda.

Tessa H: Eso es. Creo que sus palabras exactas fueron: «No me puedo creer que me mate por cumplir mi papel de novio solícito y tú te pases todo el día en Twitter sexteando con un capullo».

Taylor: ¿Sexteando? ¿Qué hacíamos para sextear?

Tessa H: «Venga, tuitéame un desnudo. Si tú lo haces yo también...».

Taylor: Pero ¡si era una foto de tus zapatillas, esas

con cara de conejito! ¿Ese tío no sabe lo que es el sarcasmo?

Tessa H: Creo que ni siquiera abrió la foto.

Taylor: Pues tal como lo cuentas, parece que deberíais hablar. Estoy seguro de que si le explicas...

Tessa H: No me coge el teléfono,Taylor.

Taylor: ¿Dijo eso de que sexteabas y se marchó?

Tessa H: No, creo que antes me arrojó el teléfono y me dijo que era una asquerosa traidora.

Eric clavó los ojos en el teléfono y trató de visualizar la escena. Había algo en ella que le despertó un recuerdo. Ahogó un respingo al darse cuenta de lo que era.

Taylor: Espera un momento. Ya sé lo que ocurrió.

Tessa H: Sí, claro, acabo de contártelo.

Taylor: No, no. Espera un segundo.

Lo había leído hacía un mes... una descripción casi exacta del comportamiento de Scott. Por supuesto... fue la primera noche en que había charlado con Tessa. Entró en Wikipedia y fue a la entrada de «proyección».

Estaba allí, en la sección de ejemplos prácticos.

Bullying...

Culpar a la víctima...

Justificar las infidelidades...

Eso era.

Eric hizo una captura de pantalla y adjuntó la imagen al siguiente privado:

«Justificar las infidelidades: La persona que engaña a su pareja puede proyectar sus propias ideas o actos de infidelidad sobre la persona inocente, con el objetivo de justificar su conducta y acallar sus propios remordimientos».

Tessa H: ¿Qué es esto?
Taylor: ¡Es proyección! ¿Y si Scott pensó que sexteábamos porque él mismo sextea?
Tessa H: No. No puede ser.
Taylor: Tessa, hace ya un tiempo que está distante contigo.
Tessa H: Tiene mucho trabajo en la universidad...
Taylor: Anda ya. Yo también tengo mucho trabajo. Y encuentro tiempo para charlar contigo.

Eric sujetaba el teléfono con fuerza. La cabeza le daba vueltas solo con pensar cómo un tío podía tratar así a su novia. Sobre todo en aquellas circunstancias. Tessa necesitaba desesperadamente a alguien. Era evidente que había pasado por algún tipo de trauma. Su novio habría tenido que ser el primero que le brindara apoyo.

Tessa H: Estaba siempre mandándose mensajes con alguien... Dios mío, ¿cómo es que no se me ocurrió a mí?
Taylor: Bueno, no todo el mundo puede tener mi sensibilidad y mi perspicacia.
Tessa H: No te pases. Antes de hablar conmigo ni siquiera sabías lo que era la proyección.
Taylor: Eso es cierto. Por eso necesito que sigas hablando.

Entonces hicieron una pausa y Eric se recostó contra la cabecera de la cama. Se daba cuenta de la indecisión de la chica, a pesar de su tono brusco. Necesitaba a alguien y ambos lo sabían.

Y el caso era que Eric también la necesitaba a ella. Las últimas noches, que había pasado sin dormir, se lo habían dejado bien claro. Al verse privado de la tranquilizadora presencia de Tessa, había perdido el juicio.

Tessa H: No lo sé.

Taylor: Yo solo quiero hablar. Te juro que no busco nada raro. Me ayudas a enfrentarme a mi propia mierda. Y yo te ayudo a enfrentarte a la tuya.

Tessa H: Tengo que pensarlo.

Taylor: Tessa... por favor. ¿Con quién más puedes hablar ahora mismo?

Tessa H: Con mi terapeuta.

Taylor: Pero ella no puede entender todas tus referencias a Eric Thorn.

Tessa H: ¿Y estás seguro de que tú sí puedes?

Taylor: «Cúrame, nena, la quemadura que me ha hecho el sol».

Tessa H: Estás hecho todo un fan.

Taylor: ¿Lo ves? Hablamos el mismo idioma.

Tessa H: No sé. Si me decido a volver a charlar contigo, tendrás que prometerme algo.

Taylor: Lo que tú quieras.

Tessa H: No más sorpresas, ¿vale? Las sorpresas no me sientan bien. Prométeme que no hay nada más que yo tenga que saber.

A Eric se le hizo un nudo en la garganta. «No más sorpresas.» Tenía que pedirle precisamente eso.

Pero ¿qué podía decirle? No se podía negar. Si le decía la verdad, se asustaría y lo bloquearía de nuevo. Y además, él podía ayudarla. No hacía nada malo, porque solo quería ayudarla.

De todas maneras, no tenía por qué decirle la verdad, porque no la descubriría jamás. Jamás. Tendría que pasar por encima de su cadáver.

Asintió con resolución y le envió la respuesta:

Taylor: Nada más que tengas que saber. Te lo prometo.

EL INTERROGATORIO (FRAGMENTO 5)

31 de diciembre de 2016, 20.42 h
Caso n.º: 124.678.21-001
TRANSCRIPCIÓN OFICIAL DEL INTERROGATORIO POLICIAL

—INICIO DE LA PÁGINA 6—

INVESTIGADOR:	Señor Thorn, ¿está usted familiarizado con el término «*catfish*»?
THORN:	Por favor...
INVESTIGADOR:	Esperamos un sí o un no a esa pregunta.
THORN:	Sí, por supuesto que conozco el término.
INVESTIGADOR:	¿Podría definírnoslo, para que quede constancia?
THORN:	No.
INVESTIGADOR:	¿No?
THORN:	Esperaban un sí o un no, ¿verdad?
INVESTIGADOR:	Qué gracioso es, Eric. ¿No te parece, Terry? ¿Verdad que este muchacho es para partirse?
THORN:	Yo no... no quería hacerme el gracioso. Lo que pasa es que no estoy de humor para preguntas tontas.
INVESTIGADOR:	¿Sabe? Terry y yo podríamos pasarnos toda la noche con esto. Si tiene ganas de quedarse aquí sentado tratándonos de imbéciles...
THORN:	No, no, no. Lo siento. No quería molestarlos. Es que ahora mismo estoy fatal. Preferiría estar ha-

	ciendo otro tipo de cosas. Estoy seguro de que lo comprenderán. ¿Les importaría ir al grano?
INVESTIGADOR:	¿Y qué otro tipo de cosas preferiría estar haciendo, Eric?
THORN:	Bueno, pues me gustaría charlar con Tessa, por ejemplo.
INVESTIGADOR:	La quiere.
THORN:	Por supuesto.
INVESTIGADOR:	¿Y ella lo quiere a usted?
THORN:	Sí.
INVESTIGADOR:	Qué bonito. ¿Verdad que es muy bonito, Terry? Si es que me pone tierno. ¿Ha escrito alguna canción sobre ella, Eric?
THORN:	¿Y eso qué importancia tiene?
INVESTIGADOR:	Ah, solo sentía curiosidad. Tengo una sobrina. Ronda los quince años. Está loca por usted.
THORN:	Si quiere le firmo un autógrafo.
INVESTIGADOR:	Por ahora no es necesario. Pero respóndame a la pregunta, si no le importa.
THORN:	¿Cuál era la pregunta?
INVESTIGADOR:	¿Ha escrito alguna canción sobre Tessa Hart?
THORN:	¿De verdad tengo que responder a eso?
INVESTIGADOR:	Acababa de sacar un sencillo, ¿verdad? ¿Cómo se llamaba…?
THORN:	*Copo de nieve.*
INVESTIGADOR:	Eso es. *Copo de nieve.* La canción es bonita. ¿Es sobre Tessa?
THORN:	Por lo general no hablo sobre el significado de mis canciones.
INVESTIGADOR:	¿Ah, no? Pues a mí me parece que Tessa y usted hablaron mucho sobre el significado de sus letras.
THORN:	Eso era distinto.
INVESTIGADOR:	¿Por qué?
THORN:	Le hablé de cosas que no puedo contarle a nadie más. Cosas personales. Hay un montón de cosas que solo puedo hablar con ella.
INVESTIGADOR:	Porque esas conversaciones tenían lugar en el

contexto de una correspondencia privada. ¿Digamos que se trataba de una relación privada?

THORN: Correcto.

INVESTIGADOR: Y también era distinto por otro motivo, ¿correcto?

THORN: ¿Qué quiere decir?

INVESTIGADOR: Quiero decir que Tessa no sabía quién era, ¿no es así? La chica creía que estaba comentando las letras de sus canciones con alguien que se llamaba Taylor.

THORN: Sí. Exacto.

INVESTIGADOR: «Mantener una relación sentimental en internet por medio de un perfil falso».

THORN: Disculpe... ¿cómo dice?

INVESTIGADOR: En realidad estaba citando. Que quede constancia de que mi frase anterior era una cita del diccionario Oxford, tercera edición. Es la definición de *catfish*. ¿Ya sabía que esa palabra figura en el diccionario?

THORN: No es eso lo que hice.

INVESTIGADOR: Vale, Eric. ¿No quería ir al grano? Pues vamos al grano. ¿Mantiene o ha mantenido una relación sentimental en internet por medio de una personalidad inventada?

THORN: Esa definición es una mierda.

INVESTIGADOR: ¿La del diccionario Oxford?

THORN: Lo mío no era *catfish*. No tiene nada que ver con lo que salía en el programa de MTV.

INVESTIGADOR: ¿Eso es lo que va a alegar en su defensa? ¿Que no tiene nada que ver con lo que salía en el programa de la MTV?

THORN: Basta, por favor. Me está entendiendo a la perfección.

INVESTIGADOR: Reconozco que no sigo los programas de la MTV.

THORN: Pues quizá podría pedirle información a su sobrina.

INVESTIGADOR: Quizá. Pero resulta que mi sobrina no está implicada en una investigación por un delito de suplantación de personalidad, fraude, vigilancia ilegal y acoso.

THORN: Eh, eh, pare el carro...

INVESTIGADOR: Por lo tanto, ¿podría hacer un esfuerzo y explicárnoslo, Eric? ¿Cómo definiría *catfish*?

THORN: No he hecho nada ilegal.

INVESTIGADOR: Pero, de hecho, mantuvo una relación sentimental en internet con Tessa Hart por medio de una personalidad inventada, ¿correcto?

THORN: Tienen que comprender cuál era mi posición.

INVESTIGADOR: ¿Cuál era su posición?

THORN: Tessa era una de mis fans. Prácticamente me adoraba. El *catfish* consiste en crear un perfil falso para resultar más atractivo. Yo hice justamente lo contrario.

INVESTIGADOR: Entonces, ¿creó un perfil falso para resultar menos atractivo?

THORN: No era cuestión de resultar más o menos atractivo. Lo que buscaba era el anonimato. Solo así podía presentarme tal como soy.

INVESTIGADOR: ¿Haciéndose pasar por otra persona? ¿Engañando deliberadamente acerca de su verdadera identidad?

THORN: Mire, yo no soy el villano de esta historia. Ya sé la pinta que tiene todo esto, pero debe usted entender que empecé a charlar con Tessa en... ¿cuándo fue? ¿En agosto? No ocurrió de golpe. Fue algo gradual... para los dos. No me di cuenta de cómo terminaría todo hasta hace un mes. Cuando ya faltaba poco para la Navidad.

INVESTIGADOR: ¿Y qué es exactamente lo que cambió para usted hace un mes?

THORN: Yo no quería que todo el asunto fuera en esa dirección. Se lo juro. Yo solo quería tener a alguien con quien hablar. No pretendía enamorarme.

16
BLANCA NAVIDAD

3 de diciembre de 2016

—Bueno, Tessa. La semana pasada querías acompañar a tu madre en una breve salida para ir a comprar un árbol de Navidad. ¿Cómo te fue?

Tessa guardaba silencio. Trataba de poner en orden sus pensamientos y seguía despreocupadamente con el dedo las figuras del estampado de la colcha. La terapeuta estaba sentada frente a ella, en una silla metálica plegable. La doctora Regan había tenido que renunciar al puf durante el cuarto mes de terapia, porque había estallado bajo su peso y las bolitas de poliestireno habían salido disparadas en todas direcciones.

La chica notaba que su terapeuta la observaba mientras su mirada vagaba por toda la habitación. Había colgado una ristra navideña de bombillas de colores a los pies de la cama y estas teñían el rostro de la doctora con un fulgor entre verde pálido y rojizo. La madre de Tessa había sacado la guirnalda de bombillas del año pasado para adornar el árbol, pero parecía que esta Navidad no iban a tener árbol.

El día en el que tenían que ir a buscarlo, Tessa no había logrado salir de la casa. Su madre había aparcado el coche frente a la puerta con el motor encendido, y todo fue bien hasta que se sentó en el asiento del copiloto. Se había vuelto hacia su madre con una sonrisa triunfal... y el *flash* de una cámara la había cegado.

—¿Tessa? —le insistió la doctora Regan.

—Sí, creo que me asusté. —Tessa jugueteaba con un botón desabrochado de su chaqueta de punto.

—¿Qué ocurrió?

Tessa no habría sido capaz de explicárselo a sí misma, y aún menos a su terapeuta. Si su madre la hubiera advertido, en vez de tratar de fotografiarla por sorpresa...

Por lo menos había conseguido no vomitar. De un salto abandonó el asiento del copiloto y corrió hacia la casa.

La doctora le preguntó algo más... algo sobre su madre. Tessa ni siquiera oyó la pregunta. Sacudía el pie con impaciencia y contaba sin cesar los minutos que quedaban para que la sesión terminara. Había estado de acuerdo en pasar la visita semanal de la terapeuta a una franja horaria tardía, pero en aquel momento lo lamentaba. Había olvidado que aquella noche tenía una cita con el televisor. Eric Thorn iba a cantar en directo a las ocho de la noche. Tessa había programado el DVR para que lo grabara, pero se desesperaba al pensar que no lo vería en tiempo real.

—¿Tessa? —La doctora Regan le habló en un tono algo más brusco que antes—. ¿Me estás escuchando?

—Disculpe. ¿Qué me había dicho?

La doctora tenía la cabeza inclinada hacia delante y hojeaba el diario de Tessa.

—Veo que en la entrada de esta semana dices que te sientes juzgada por tu madre. ¿Podrías explicármelo un poco mejor?

Tessa exhaló un suspiro. No le veía ningún sentido a repasarlo todo una vez más. Después del incidente en el coche, su madre no había hecho más que ir arriba y abajo por la casa dando fuertes pisadas. Ni siquiera trató de comprender lo que sufría.

—¿Por qué tengo que hablar de eso? —preguntó con voz apagada—. Mi madre piensa que soy la mayor desgracia que le haya ocurrido jamás. No he hecho más que arruinarle la vida desde el momento en el que me concibieron.

El rostro inexpresivo de la terapeuta no se alteró, pero la mujer tomó nota con diligencia en su libreta.

—¿Le has contado a tu madre algún detalle de lo que sucedió en junio?

Tessa negó con la cabeza.

—No haría más que echarme la culpa. Me diría que debí de hacer algo para que me ocurriera. Que yo lo provoqué... —Se interrumpió y se cubrió la boca con la mano.

La doctora Regan enarcó una ceja.

—Prosigue, Tessa. ¿Qué es eso que tu madre diría que te ocurrió por tu culpa?

—¿Qué? —Se había quedado con la mano en el cuello—. No. Nada. Solo quería decir que me echa la culpa por todo. Y ya está. —Contuvo el aliento con la esperanza de que la terapeuta no la siguiera presionando. Tan solo habría logrado hacerle revivir la escena, y Tessa no tenía tiempo para un episodio de pánico. Aquella noche no.

La doctora Regan se quitó las gafas de leer y dejó que colgaran de la cadenilla que llevaba al cuello.

—Y eso ¿cómo te hace sentir?

Tessa no le respondió. Más le valía ignorar algunas preguntas. Echó una mirada subrepticia al móvil que había quedado a su lado sobre la cama y frunció el ceño al ver que la pantalla se iluminaba. Ya eran las ocho menos cuarto.

—¿Tessa?

—¿Eh? —Ella levantó la cabeza de pronto—. Disculpe.

Su terapeuta tenía una sonrisa tensa en el rostro. Se guardó el bloc de notas en el maletín.

—Creo que hoy no estás concentrada. Tendríamos que volver sobre ese tema la próxima semana.

Tessa asintió. Con cierto sentimiento de culpa, acompañó a la terapeuta hasta la puerta. Sabía que aquella noche le había hecho perder el tiempo, pero no podía evitarlo. Se había pasado el día entero angustiada, siempre con los mismos pensamientos dándole vueltas y más vueltas en la cabeza. ¿Taylor iba a conectarse aquella noche? ¿Saldría del trabajo a tiempo para ver la retransmisión del concierto con ella? Quizá tendría que convencerlo para que chateara en directo...

Eric se metió la mano en el bolsillo en busca del móvil. Tenía tan solo unos minutos para encerrarse en el camerino antes de salir al escenario. El tiempo justo para responder al último privado de Tessa.

Abrió Twitter y frunció el ceño. Durante los últimos días, el maldito trasto insistía en salir por sí solo de la cuenta. Había empezado a actuar de ese modo desde la última actualización de los programas, si bien parecía que el problema afectara tan solo a su segundo nombre de usuario. Cada vez que cerraba, tenía que teclear la contraseña para volver a entrar.

No tenía tiempo para preocuparse por ello. Introdujo rápidamente la información.

Nombre de usuario: **@EricThornEsUnaMierda**
Contraseña: **contraseña**

Luego fue al hilo de mensajes.

Tessa H: ¿Estás ahí, Taylor?
Taylor: Sí, pensaba que hoy tenías terapia.
Tessa H: Acabo de terminar. ¡El concierto va a empezar dentro de quince minutos! ¿Lo verás?
Taylor: No podré, guisantito dulce. Tengo que trabajar.

Eric sabía que tenía que poner fin a la conversación. Aquella noche iba a actuar en directo por internet: era uno de aquellos especiales de Navidad tachonados de estrellas en los que no faltaban los gorros de Papá Noel y el muérdago. Eric tenía que repasar la letra de *Blanca Navidad* antes de salir a actuar, pero el Twitter acaparaba toda su atención.

Tessa H: Oye, te lo digo muy en serio, ¿no puedes descansar ni UNA hora? ¿Ni siquiera por Eric Thorn?
Taylor: Ojalá pudiera, Tessa... pero es que esto no tiene nada que ver con Eric Thorn.

Tessa H: ¿Pues con quién? ¿Con Ariana Grande?
Taylor: ¿Desde cuándo soy un Arianator?
Tessa H: Bueno, solo se me ha ocurrido. Eres un tío. Probablemente es tu tipo.

Eric soltó una risilla. ¿Cómo se le ocurrían esas ideas a Tessa? ¿Su tipo? La verdad era que había una actuación conjunta de Eric y Ariana programada para aquella noche. Durante toda la tarde había estado pasando frente a la puerta del camerino de Ariana, pero no se había molestado en asomarse. ¿Cómo es que Tessa pensaba que podía tener algún interés...? Un momento. Se puso a escribir otro texto con una mueca pícara en los labios.

Taylor: Acabas de darme una pista, Tessa. ¿Te pareces a Ariana Grande y no me lo has dicho?
Tessa H: Sí. Ahora mismo me estaba paseando con las botas de media caña y tacón de aguja. Si quieres te mando otra *selfie* de mis pies.
Taylor: Hazlo si quieres, pero esta vez me gustaría ver la pierna entera.

Eric aún no había visto ninguna foto de Tessa. No quería correr riesgos tras el fiasco de los pies. Pero últimamente habían dado más y más vueltas al tema. Eric se daba cuenta de que poco a poco se iba ganando su confianza. Solo era cuestión de tiempo que Tessa le mandara una *selfie*, y Eric apenas lograba disimular que se moría por verla.

Tessa H: ¿Piernas? ¿Qué piernas? ¿No habíamos quedado en que soy verde y esférica?

Taylor: Entonces, ¿dónde te pones las botas?
Tessa H: Vale. Me has pillado. Tengo piernas. Dos.
Taylor: ¡Qué interesante! ¿Hay algo más que quieras decirme sobre esas piernas?
Tessa H: Son bonitas. No te voy a mentir.
Taylor: Sí. Ya me lo imaginaba.
Tessa H: Tendrías que seguir en línea, Taylor. Quién sabe de qué otras partes de mi cuerpo te podría hablar durante la próxima hora...

Eric se cubrió la boca con el dorso de la mano para borrar una sonrisa maliciosa. Ella no podía ni imaginarse las ganas que tenía de quedarse charlando con ella. Debía de ser lo más parecido a un flirteo que jamás había tenido por escrito. Maldita sea, ¿por qué tenía que ser el concierto de aquella noche, precisamente, el que se retransmitiera en directo?

Taylor: ¡Por favor, vas a conseguir que me ponga enfermo!
Tessa H: ¡Quédate!
Taylor: No puedo. Ya llego tarde. Tengo que salir. Luego hablamos, ¿vale?

A continuación, echó una mirada al espejo iluminado para ver si se le había corrido el maquillaje. Estuvo a punto de desmayarse al ver el reflejo en el cristal. Su mánager estaba apoyado contra la puerta del camerino a medio abrir, con los pies cruzados a la altura de los tobillos y las manos dentro de los bolsillos de los pantalones.

Cuando los ojos de ambos se encontraron en el espejo, Maury se aclaró la garganta.

—Te estamos esperando, campeón.

—Disculpa. —Se volvió para evitar su mirada. Se metió el móvil en el bolsillo de atrás y se dio la vuelta para salir de la habitación, pero Maury permanecía en el umbral.

—No pasa nada, machote. ¿Vas a decirme quién es la afortunada? —Maury señaló al teléfono con la cabeza y Eric se quedó clavado donde estaba. ¿Cuánto tiempo hacía que su mánager estaba allí?

—¿Qué es eso de la afortunada? —le replicó, esforzándose por aparentar despreocupación—. ¿De qué me estás hablando?

—Eric, te has pasado diez minutos riéndote como una niña pequeña con los ojos puestos en el móvil. —Maury arrancó una ramita de muérdago de encima de la puerta y se la arrojó al chico—. Supongo que te acuerdas. Si te echas novia, tienes que notificarlo, ¿vale? Los de publicidad te agradecerán que los avises.

El muérdago aterrizó a los pies de Eric, pero el chico no le hizo caso. Al parecer, su mánager lo espiaba. Estaba bien saberlo.

Eric pensó que, afortunadamente, Maury no parecía haber descubierto la cuenta falsa de Twitter. Trató, una vez más, de pasar al pasillo adelantándose a su mánager pero este no se movía.

—Sí, claro —dijo Eric por fin—. Como si tuviera tiempo para una relación.

—Bueno, vale, quizá no seáis novios, pero está claro que es una chica. —Maury le dio un golpecito con el codo en las costillas—. No pasa nada, hombre. En realidad, pienso que ya era hora. Pero dime quién es y lo comunicaré...

—No es nadie.

—Nadie, ¿eh? —Maury se rascó la barbilla mientras observaba a Eric. El chico le devolvió la mirada sin parpadear. Era la viva imagen de un niño de coro lleno de inocencia—. Eso ya es más grave —continuó—. No me digas que te has enamorado.

Eric levantó los ojos y se quedó mirando al techo. Sentía la mirada del mánager clavada en él, y no pudo evitar el sonrojo delator que le subió por el cuello tiñéndole el rostro.

—¿Sabes que ahora mismo estás rojo como un tomate? —La voz de Maury se quebró por la risa y Eric giró el rostro preparándose para el inminente ataque. Sabía muy bien cómo funcionaba Maury. Su mánager iba a acribillarlo durante varias semanas con sus chistes imbéciles.

Pero, con gran sorpresa por parte del muchacho, las risillas de Maury se detuvieron al cabo de un instante. Eric volvió a mirarlo a los ojos y creyó reconocer una sombra de tristeza en la expresión de su mánager. Este suspiró y se inclinó para recoger el muérdago y arrojarlo al cubo de la basura.

—¿Qué te ha pasado, Eric? —dijo con voz amable—. Antes nos lo contabas todo. Confiabas en mí.

—Maury...

El mánager negó con la cabeza. Eric se quedó mirándolo mientras el otro se volvía y se le adelantaba por el largo corredor que conducía al escenario. Las últimas palabras de su mánager aún resonaban en sus oídos desde el otro extremo del pasillo. «No es nadie, ¿eh? Cuando tratas de mentir eres patético, muchacho. Lo eres desde siempre. Pero esta vez no tengo claro si me mientes a mí... o te mientes a ti mismo.»

17
ATADO Y AMORDAZADO

Eric conducía su Ferrari color azul celeste por las curvas cerradas de Mulholland Drive. Cada vez que pisaba el acelerador, disfrutaba con el ronroneo de la máquina. Qué estupendo era volver a encontrarse detrás del volante. Había pasado demasiadas noches en el asiento de atrás de la limusina y echaba de menos la sensación de control que disfrutaba al conducir.

Se había comprado un Ferrari 458 Spider hacía poco más de un año para celebrar que su último álbum había llegado a multiplatino. Pero, por el momento, el cuentakilómetros apenas si registraba unos pocos miles de kilómetros. Quizá sería una buena idea desplazarse con su propio coche durante la gira que estaba a punto de empezar. Dejar el autobús para el personal. Eric tomó nota mentalmente de que tendría que proponérselo a Maury por la mañana.

Maury...

Eric tamborileaba con los dedos sobre el volante. No podía sacarse de la cabeza su torpe conversación con el mánager. Maury no sabía de qué hablaba, por supuesto. Todos aquellos disparates sobre el amor... El mánager había llegado a esa conclusión tan solo porque no conocía todos los hechos. No sabía nada de la cuenta falsa en Twitter... y no tenía ni idea de que la chica con la que conversaba era una fan. ¿Cómo habría podido Eric Thorn enamorarse de una de sus fans? ¿Una fan como cualquier otra, una fan que no era capaz de decirle su apellido, ni su dirección? ¿Una chica que no había visto ni en foto?

—Vaya tontería —murmuró Eric mientras su coche entraba por la puerta principal y enfilaba el camino privado de su casa en Hollywood Hills.

Frenó y abrió la puerta del vehículo, y se preparó para recibir el aire frío de la noche. Mientras entraba en el edificio, su mano buscó de manera mecánica el móvil que llevaba en el bolsillo, pero entonces se detuvo. Quizá le convenía un descanso... una noche sin contarle a Tessa todas las ideas que le venían a la cabeza. Sería la primera vez en varios meses que no se dormiría después de haber leído sus mensajes, ni se imaginaría la voz de la chica susurrándole las buenas noches.

Pero Eric era perfectamente capaz de dejarla a un lado, ¿verdad?

Se quitó las zapatillas deportivas y se tendió en el sofá. Se dijo a sí mismo que tal vez fuera aquello lo que necesitaba. Un poco de soledad. Escuchar música comiendo un helado de vainilla con *cookies*. Basta de móvil. Basta de Twitter.

¿Dónde estaba el equipo de música? Sus ojos merodeaban sin cesar por una habitación demasiado grande. Techos abovedados. Suelos de madera noble. Muebles forrados de cuero negro. El piano de cuarto de cola, de color blanco, en un rincón. Alguien había ordenado la colección de Grammys, AMA y astronautas de MTV. Hogar, dulce hogar. Todo de muy buen gusto... y muy poco acogedor.

Aquella casa no le resultaba más propia que las lujosas suites de hotel donde dormía la mayor parte de las noches. Entre las giras y sus obligaciones como artista y modelo, a duras penas lograba pasar seis semanas al año en Los Ángeles. No había exagerado al decirle a Maury que no le quedaba tiempo para tener novia. A menos que encontrara una novia que pudiera llevarse a todas partes, una novia que no tuviera problemas para ir de un lado para otro, una novia del tamaño de un teléfono móvil, que le cupiera en el bolsillo de atrás de los pantalones vaqueros.

No podía dejar de preguntarse qué habría pensado Tessa de la canción navideña de aquella noche. ¿Se habría dado cuenta del desastre que había armado en la segunda estrofa? Lo disimuló con una sonrisa presuntuosa en dirección a la cámara y Maury incluso le dio una palmada en la espalda por el trabajo bien hecho. Pero ¿se habría dado cuenta Tessa?

—¿A quién voy a engañar? —se dijo Eric. Y metió la mano en el bolsillo de atrás. Si tenía que pasar la noche solo, comiendo helado del envase de cartón, se moriría de aburrimiento.

Sacó el teléfono y abrió Twitter, pero vio enseguida que no era la cuenta que quería.

Eric Thorn@EricThorn

SEGUIDORES

14,8 M

Ya casi no se preocupaba de abrir su cuenta de verdad, pero le habían ordenado desde arriba que tuiteara sobre el especial de Navidad. Sus ojos resbalaron sobre el mensaje que había mandado justo antes de empezar.

Eric Thorn @EricThorn

¡Felices Fiestas a mis maravillosas fans! ¿Qué pedís para Navidad? ¡Lo único que yo os pido es que me veáis EN DIRECTO a las 20.00 h!

70,4m ♥ 257,2m

No era él quien había escrito aquella maravilla. Algún experto en redes sociales de la televisión se puso detrás de Eric y le dictaba lo que tenía que escribir mientras miraba por encima de su hombro. Las respuestas habían empezado a llegar en cascada desde el mismo instante en el que había pulsado Tuitear. Eric no logró apartar los ojos a tiempo y vio las primeras respuestas.

Anna Thorn @EricAdicta3

@EricThorn tekiero

Enamorada de Eric Thorn @EricAmor982

@EricThorn SÍGUEME!

SET @SraDeEricThorn

@EricThorn Yo te voy a traer TODO lo que quieras esta Navidad, niño

Cómeme Eric @EricThornPorno

@EricThorn KIERO KE LE DES AL BOTON DE SEGUIR KNDO TNGAS BIEN DURA LA...

Eric sintió que se asfixiaba. Pulsó el botón Home con el pulgar y cerró la aplicación antes de que sus ojos pudieran seguir leyendo. Tendría que haber sabido que no le convenía leer las respuestas. No había nada como una dosis de alegrías navideñas para que sus «maravillosas» fans le chafaran el día. Sintió la tentación, nada insignificante, de arrojar el teléfono al otro extremo de la sala, aunque solo fuera para borrar el recuerdo de la última de ellas. No sería la primera vez que se le agrietara la pantalla por ese motivo.

Pero no lo hizo. No tenía ninguna necesidad de recurrir a la violencia. Ya no. Lo único que hizo fue dejarse caer sobre los cojines del sofá y abrir el perfil de Tessa. En el momento de leer su respuesta, sintió que su ira se desvanecía.

Tessa H @TessaAmaAEric

@EricThorn Lo único que pido para esta Navidad es verte sonreír. ¡Te quiero! ¡Felices Navidades!

Eric soltó poco a poco el aliento y dejó que desapareciera la tensión de su espalda. Sabía que la respuesta de la chica era genuina. Por eso le resultaba tan dulce. Siempre se había imaginado que las fans que tuiteaban sus fotos sin camiseta solo lo veían como un trozo de carne, pero Tessa le había demostrado que no era así. A decir verdad, debía de ser la única fan que lo consideraba un ser humano. El efecto que ejercía sobre él era delirante. Debía de tener algún poder sobrenatural. Si no, no habría podido transformar su estado de ánimo con tan pocas palabras. Eric sabía que si le mandaba un privado no tardaría en hacerlo reír de nuevo. Con unos pocos toques de pulgar, cambió de cuenta y envió un mensaje.

Taylor: Las fans son gilipollas.

Tessa tuvo la gentileza de responderle al instante. Eric puso los pies sobre el sofá y se tumbó para iniciar la conversación.

Tessa H: ¿Qué ha pasado?
Taylor: ¡Las fans! ¿No podrían desearle tan solo unas Felices Navidades? Da asco la mierda que llegan a tuitearle.
Tessa H: Bueno, yo solo le he deseado unas Felices Navidades.
Taylor: Tú eres un encanto. Las demás podrían irse a cagar.
Tessa H: Sí, ya lo sé, a veces esto se desmadra. ¿Has visto la foto que tuiteó SET después de que Eric se equivocara con el villancico?

Eric arrugó la frente. ¿SET? No reconocía el acrónimo. ¿Sería una página web tipo TMZ?

Taylor: ¿Qué es SET? ¿Un blog de chismorreo?
Tessa H: ¡No, tonto! @SraDeEricThorn. ¡Es la cuenta más importante para todas las fans! ¿Cómo puedes ser tan despistado?

Perfecto. Eric no pudo evitar soltar una carcajada. Por supuesto que le sonaba vagamente aquella cuenta. Sabía que tenía un montón de seguidoras. Pero ¿la tal SET era la más importante de ellas? ¿De verdad?

Taylor: ¡Qué tonto! Y yo que había llegado a creer que la persona más importante para las fans era el creído cretino aquel... ¿cómo se llamaba? Ah sí... Eric Thorn.
Tessa H: Sabes muy bien lo que quiero decir. La más importante entre las cuentas de fans :P
Taylor: Ya lo pillo. Y la mujer de Eric ¿tiene algún nombre de verdad?
Tessa H: Todo el mundo la llama SET. Le gusta darse aires de misterio. Si te digo la verdad, a mí me da mal rollo. Mira sus últimos tuits.

Eric introdujo el usuario y fue al tuit al que se había referido Tessa.

SET @SraDeEricThorn
Jajaja estupendo @EricThorn. Retuitea si a ti también te parece que tenía que cantar así la canción ;) #ObsesionadaConEricThorn

SET ilustraba su punto de vista con una foto manipulada. Eric dio un respingo al verla: el propio Eric, sin camisa, acostado en una cama, atado y amordazado con cinta adhesiva.

Un escalofrío le recorrió el cuerpo al ver el número de retuits, que ya había sobrepasado el millar. ¿Cómo podía haber mil personas que no pensaran que la imagen era absolutamente repugnante? Todo era juego y diversión hasta que alguien se decidía a llevarlo a cabo en el mundo real. Si alguien hubiera manipulado de la misma manera una foto de Ariana Grande, lo más probable habría sido que lo arrestaran. Pero Eric era un hombre, y por ese motivo parecía que el morbo era divertido... y retuiteable.

En otro tiempo, una foto como aquella lo habría sacado de sus casillas, pero en aquel instante Eric sentía una extraña calma. No hizo más que poner cara de exasperación, apoyar la cabeza sobre un brazo y repantigarse todavía más en el sofá.

Taylor: Ajj. ¡Es un ser humano! ¿Cómo quieres que se sienta al ver esa foto?
Tessa H: Ya lo sé. Es asqueroso. Pero en cierto sentido él mismo se lo busca.
Taylor: ¿Por qué? ¿Porque la cagó al cantar la canción? ¿Eso justifica el acoso sexual?
Tessa H: No, pero es él quien no para de exhibirse. Y si no quiere que lo traten como a un objeto, ¿por qué habla de su vida sexual en sus canciones?

Eric levantó una ceja al oírlo. ¿Su vida sexual? ¿De qué le estaba hablando? Sabía que la prensa sensacionalista lo emparejaba con una famosa distinta cada semana, pero Tessa era lo bastante lista como para no creerse aquellas idioteces.

Taylor: ¿De qué vida sexual me hablas?
Tessa H: Hum... ¿no has escuchado *Áloe Vera*? Está muy claro que esa canción es sobre una chica con la que se acostaba.

Taylor: Por favor, Tessa..., no me digas que te crees eso...
Tessa H: ¿Qué? ¿A ti te parece que es sobre un hombre?

Eric vaciló. Jamás le había contado a nadie el significado de *Áloe Vera*. Ni siquiera a Maury. Si la discográfica hubiera llegado a conocerlo, probablemente no habría publicado la canción. Pensó en explicárselo a Tessa y el corazón se le aceleró... Era una sensación enervante, pero también le inspiraba euforia.

Taylor: No es sobre un hombre... tal vez sea sobre EL hombre.
Tessa H: ????
Taylor: Existen varias maneras de quedarse jodido. Es eso lo que te quiero decir.
Tessa H: Está bien. Entonces... ¿fue EL hombre el que lo jodió?
Taylor: Fíjate en la letra. «Y tú me decías: Desnúdate. Borra las líneas del bañador.»
Tessa H: ¿Y?
Taylor: ¿Quién le dijo que se quitara la ropa?
Tessa H: Hummm... ¿Ariana Grande? :P
Taylor: Yo solo sé que al principio era un chaval tímido que tocaba la guitarra acústica y que firmó con una discográfica importante, y lo siguiente es que tiene que pegar saltos semidesnudo sin parar.
Tessa H: Entonces, ¿tú piensas que fue la discográfica la que le dijo que se desnudara?
Taylor: Piénsalo bien. «Me dormí oyendo tu voz, ese

susurro suave.» Quizá piensa que lo sedujeron con palabras bonitas.

Tessa H: Pero ¿y el resto? «Pero me encerraste al calor y escapaste con la llave.»

Taylor: Eso es. Lo encerraron. Por medio del CONTRATO CON LA DISCOGRÁFICA.

Eric contuvo el aliento a la espera de su reacción. ¿Lo entendería? Tenía el presentimiento de que se iba a quedar atónita. Después de todo, era su canción favorita. Se sabía la letra casi tan bien como él.

Tessa H: Dios mío, Taylor, ¿me estás tomando el pelo?

Taylor: Estoy seguro, ¿me entiendes? ¡Todo encaja!

Tessa H: Hablando de proyectar...

Taylor: ¿Por qué te parece que estoy proyectando?

Tessa H: Porque TÚ te sientes atrapado en TU trabajo. Estás hablando de TI. Y TÚ no eres Eric Thorn. ¡A ver si te lo metes en la cabeza!

Eric bajó la cabeza, decepcionado. Proyectar. La palabra favorita de Tessa. Tenía la verdad delante de las narices pero no la veía. No podía verla y Eric sabía por qué: porque no era más que un pequeño fragmento de la verdad. No el secreto que la habría dejado estupefacta...

Se agitó, incómodo, incapaz de evitar la punzada de los remordimientos. Quizá tuviera que decírselo todo, allí, en aquel mismo instante. ¿Cómo de grande sería su sorpresa? Era el momento ideal, y tenía una idea clara de cómo hacerlo.

Eric pasó a su verdadera cuenta, @EricThorn, y empezó a escribir un verdadero privado desde allí:

Eric: No, no proyecto, porque estoy hablando sobre mí mismo, Tessa...

Contempló las palabras que había escrito en la barra de mensajes, pero no se vio capaz de enviarlas. Todavía no. No se sentía preparado. ¿Quién sabía cómo podía reaccionar la chica? Borró al instante el mensaje y tomó aliento con los labios temblorosos.

Sin embargo, tenía que enviarle algo... algo más que las teorías disparatadas de Taylor, el fan sarcástico. Tessa se había convertido en una de las personas más importantes en su vida y ni siquiera la seguía desde su cuenta de verdad. Tendría que haberlo hecho cuando el *hashtag* #ObsesionadaConEricThorn era tendencia. A decir verdad, no entendía cómo era posible que no lo hubiese hecho. Si había una fan que mereciese que @EricThorn la siguiese era @TessaAmaAEric.

Se preguntó qué ocurriría si en aquel instante pulsaba el botón de Enviar. Una sonrisa cauta afloró a sus labios mientras se imaginaba la reacción de ella.

No podía resistirse. Su pulgar rozó levemente el botón.

Tessa estaba echada boca abajo frente al televisor. Sus pies golpeaban la cama al ritmo de la música. Había grabado el especial Navidad de aquella noche y había pulsado Retroceder para volver a ver una vez más la interpretación de Eric de *Blanca Navidad,* al tiempo que esperaba otro mensaje de Taylor.

La confusión que había sufrido con la letra de la canción le parecía extraña. Él no solía padecer problemas de ese tipo. ¿No habría ensayado lo suficiente? Seguro que algo lo había distraído. Tessa escudriñaba en la pantalla su rostro ya familiar en busca de pistas. Había empezado a cantar con voz pausada, con seriedad. Pero entonces, al llegar al estribillo, había vacilado y se había hecho un lío con el segundo verso.

> Da da da da da da nieve
> los copos blancos... caerán...

Tessa no pudo evitar una risilla al ver en el rostro del chico la sonrisa con la que este reconocía su error. Se preguntó qué habría pasado por su cabeza. ¿Habría tenido que reprimir el pánico? ¿O esa sonrisa era auténtica?

Estaba deseosa de preguntarle a Taylor su opinión del asunto. Él siempre solía tener teorías para explicar cualquier cosa que hacía Eric. Por supuesto que todo era pura ficción, pero Tessa no podía negar que se lo pasaba bien con sus ideas. Solo había que ver la historia que se había montado con *Áloe Vera*. Tessa volvió a soltar una risilla al pensarlo. Como si aquella canción hubiera podido tratar de algo que no fuera una noche tórrida de sexo con un ligue ocasional.

Pero ¿dónde estaba Taylor? Hacía cinco minutos que guardaba silencio. Tessa puso el televisor en Pausa y dedicó toda su atención al móvil. Sentía el impulso de mandarle un nuevo mensaje, pero se resistió.

Sus pensamientos giraban cada vez más en torno a Taylor. Incluso durante las sesiones con la doctora Regan, Tessa no lograba sacárselo de la cabeza. Charlaba todas las noches con él, y desde hacía un tiempo sus conversaciones habían empezado a traspasar la línea que separa la amistad del flirteo. La chica sabía que sus sentimientos por él se habían vuelto más profundos, lo que le causaba cierta incomodidad. Por mucho que le gustara Taylor, y por mucho que tuviera la sensación de que ella también podía gustarle a él, Tessa no podía librarse del presentimiento de que su amigo le ocultaba algo. Algún secreto que se guardaba, porque carecía del valor suficiente para revelárselo.

Tessa se enrolló un mechón de cabello en torno al dedo sin apartar los ojos del móvil. Quizá aquella noche fuera mejor que cortara la conversación. Que le diera las buenas noches y se acostara. Estaba a punto de mandar el mensaje cuando una notificación apareció en su pantalla. El mensaje no provenía de Taylor. Los ojos de la chica se posaron en un nombre de usuario distinto.

Eric Thorn (@EricThorn) te está siguiendo

El dedo se le quedó sin fuerzas. El mechón de cabello volvió a caerle sobre el hombro. Pareció que pasara una vida entera hasta que logró comprender las palabras.

Eric.

Eric Thorn.

Eric Thorn la estaba siguiendo.

—Dios mío —susurró—. ¡OH DIOS MÍO!

18
CAMBIO DE TONALIDAD

Eric deambulaba por la sala de estar, con los ojos pegados a la pantalla. Estaba actualizando de nuevo su Twitter.

—Venga, Tessa. —¿Acaso no había visto la notificación? ¿Por qué tardaba tanto?—. ¡Venga! ¡Seguro que lo has visto!

Como en respuesta a sus palabras, apareció un nuevo mensaje al inicio de sus tuits recientes.

Tessa H @TessaAmaAEric

¡¡¡¡¡DIOSSSSSSSSSSSSSSSSSSSSSSSSSSSSSSSSSSSSSSSSSS
SSSSSSSSSSSSSS!!!!!

Sonrió de oreja a oreja.

—Ya estamos.

La respuesta estándar de una fan. Solo un poquito mejor que cuando tuiteaban series de mayúsculas tecleadas al azar. Se imaginaba cómo debía de estar saltando de un extremo al otro de la habitación, chillando hasta que casi le reventara la cabeza.

Hubo algo en aquella imagen mental que frenó a Eric. Un nuevo pensamiento acababa de invadirlo. ¿Le iba a mandar algún privado? Por lo general, las fans lo hacían en cuanto empezaban a seguir su cuenta. Lo más habitual eran las *selfies*. Al cabo de tantos meses, ¿iba a tener por fin algún vislumbre del rostro de Tessa?

Se dejó caer pesadamente sobre el taburete, frente al piano de cuarto de cola, y sus dedos tocaron una progresión armónica menor mientras aguardaba. No dejaba de mirar con impaciencia la barra de mensajes, a la espera de un nuevo privado. Pero al cabo de un momento se rindió.

Al diablo. No podía aguantar el suspense. Sentía la necesidad de leer algo más que «¡¡¡¡¡DIOSSSSSSSSSSSSSSSSSSSSSSSSSSSSSSSSSSSSSSSSSSSSSSSSSSSSS!!!!!». Cambió de cuenta y regresó a @EricThornEsUnaMierda, y lanzó un nuevo mensaje desde allí.

Taylor: ¿Tessa? ¿Estás ahí? ¿Qué te pasa?

Eric tocó una única nota en veloz *staccato* mientras esperaba la respuesta.

Tessa H: ¡¡¡¡¡ERIC ME SIGUE EN TWITTER!!!!!
Taylor: ¡Guau!
Tessa H: DIOSMIODIOSMIODIOSMIO
Taylor: Estás alucinando, ¿no?
Tessa H: DIOS KMO ME TIENBLAN LA MANOS
Taylor: Respira hondo. Respira hondo. Ahora no te me pongas a hiperventilar.
Tessa H: No puedo dejar de sonreír. DIOS MÍO, ¿por

qué se ha puesto a seguirme? ¡Esto no tiene ningún sentido!

Taylor: Será porque le has deseado Felices Navidades.

Tessa H: ¡DIOSSSSS DEBE DE HABERLO VISTO! ¡HA VISTO MI TUIT! ¡¡¡¡¡¡ERIC THORN HA VISTO MI TUIT!!!!!!!

Eric soltó una carcajada. Su mano izquierda todavía se hallaba sobre las teclas del piano y se puso a tocar una melodía sencilla, en una tonalidad mayor. Era incapaz de recordar la última vez que se había sentido igual: tan feliz que no podía evitar una sonrisa boba.

Feliz porque podría hacerla feliz a ella.

—Ah, Tessa —dijo, soltándole risitas al móvil—. Tessa, Tessa, Tessa. Te quiero.

La música se detuvo de pronto y sus palabras quedaron flotando en el aire. Lo que acababa de decir era una figura retórica. Por supuesto. No lo había dicho en serio. Por supuesto que no.

Eric parpadeó y trató de sacarse de la cabeza aquella idea. Giró sobre el taburete y dirigió la conversación por privado hacia el tema que tenía en mente.

Taylor: ¿Y le has mandado una *selfie*?

Tessa H: Para. No vuelvas a hablarme de eso.

Taylor: Probablemente quiere ver una foto de tu reacción.

Tessa H: Hummm... ¿ah, sí? No me gusta que me mire un desconocido. Ese es uno de los mecanismos desencadenantes de mis fobias.

Taylor: Nada de desconocidos. Tan solo Eric. Nadie más te va a ver.

Tessa H: NI HABLAR.

Taylor: Confía en mí, Tessa. Eric es un tío. Le va a gustar.

Tessa H: ¿Y tú qué sabes? ¡No tienes ni idea de qué pinta tengo!

Eric se mordió el labio.

—Dentro de poco lo voy a saber —murmuró. Las comisuras de los labios le temblaron de pura expectación. Notaba que la resistencia de la chica empezaba a agrietarse. Solo tenía que darle otro empujoncito...

Taylor: No, no con exactitud, pero sí sé que eres bonita.

Tessa H: Eso no lo sabes.

Taylor: Sí lo sé. Quizá TÚ no lo sepas.

Tessa H: ¿No sé si soy bonita?

Taylor: Es posible.

Tessa H: Vale, Taylor. Ahora déjame que lo piense... ¿Qué es lo que me hace bonita?

Eric guardó unos instantes de silencio. Se dio una leve palmada en la frente al darse cuenta de lo que había hecho.

Taylor: Mierda. Acabo de plagiar una canción, ¿verdad que sí?

Tessa H: No me digas que ahora eres fan de One Direction.

Taylor: Eh, esa canción es genial. A todas las adolescentes os encanta que os digan que sois bonitas. :P

Eric hizo un mohín. Su sonrisa de desconcierto se volvió maliciosa. Por supuesto que sabía muy bien por qué la mente se le había ido hacia aquella canción. La había estado escuchando el otro día. Tenía previsto sacar un nuevo sencillo en la misma línea. Estaba previsto que *Copos de nieve* saliera a tiempo para las vacaciones. Un regalo sorpresa navideño para sus adorables fans.

> Veo caer los copos de nieve
> y no los podría contar.
> Pero son todos hermosos,
> cada uno es singular.

Eric volvió al piano e interpretó el estribillo. Algo le decía que iba a arrasar. Quizá no sería un éxito de la magnitud de *What Makes You Beautiful*, pero de todos modos entraría en la misma categoría. La población entre los trece y los dieciocho años iba a enloquecer con ella, siempre que entendiera bien la metáfora: los copos de nieve eran las fans. Y suponiendo que Eric convenciera a la discográfica para que no le retocara demasiado la letra. Al parecer, amenazaban con hacer entrar en juego a un escritor de canciones profesional. Maury le había dado la noticia aquella misma noche después del programa.

—No te lo tomes a mal, chico. Es que les parece que algunas de las letras resultan poco auténticas.

Eric frunció el ceño al recordarlo. ¿Poco auténticas? ¿Y qué esperaba la discográfica? Si hubiera escrito una canción sobre lo que pensaba de verdad de sus fans, la habrían prohibido en todos los países por grosera.

—Entonces reescríbela tú mismo —le había dicho

Maury—. Tal vez podrías componer una canción sobre la chica misteriosa con la que intercambias mensajes de texto.

—Maury, ya te he dicho que...

—Escríbeles una canción de amor que se base en la realidad, Eric. Es lo único que te piden.

Eric había permanecido lívido durante toda la conversación, pero quizá no fuera un mal consejo. Acababa de encenderse dentro de su mente una idea...

Había titulado la canción *Copos de nieve*, pero tal vez fuera ese el problema. Quizá debiera llamarse *Copo de nieve*. En singular. No una canción sobre todas sus fans, sino sobre una sola chica. Una canción que hablara de la sensación de frío y soledad, y de lo que supone encontrar el copo de nieve perfecto en medio de una furiosa ventisca.

¿Una canción de amor?

¿Era posible?

Eric negaba con la cabeza sin acabar de decidirse. ¿Cómo podía ser de amor? ¿De verdadero amor? Y lo más importante: si era amor de verdad, entonces, ¿qué diablos podía hacer?

Sabía que Tessa aún esperaba una respuesta.

Tessa H: Taylor, ¿tú sabes cuántas *selfies* debe de recibir Eric Thorn? Ni siquiera le prestaría atención.

Eric se desanimó. Por el momento, cambió de parecer. Podía ser que, después de todo, aún no quisiera ver la foto. Todavía no. De pronto se dio cuenta de adónde podía ir a parar todo aquello, y la mera idea le provocó un estremecimiento. Sabía que si se enamoraba de Tessa no podría seguir ocultándolo con un perfil falso. Si quería que aquella historia llegara a algún lado, no podría. Tendría que decirle la verdad. Y eso significaría enseñarle su propia cara.

Taylor: Ya, tienes razón. Demasiadas fans. Demasiadas caras como para que se fije solo en una.
Tessa H: Lo más probable es que ni siquiera sea él quien me sigue. Apuesto a que un publicista estaba usando su cuenta y se ha equivocado.

Pero Eric sabía la verdad. Se había fijado en ella, entre una multitud. Y ya no podía apartar los ojos. Ni siquiera había tenido intención de hablar con ella aquella noche y, sin embargo, lo estaba haciendo.

Se levantó del taburete y fue hacia el dormitorio. Por el camino tecleó otro mensaje.

Taylor: Tienes razón. Probablemente ni tan solo era él. Porque si Eric tuviera noticia de tu existencia sería él quien te mandaría privados.

EL INTERROGATORIO (FRAGMENTO 6)

31 de diciembre de 2016, 21.17 h
Caso n.º: 124.678.21-001
TRANSCRIPCIÓN OFICIAL DEL INTERROGATORIO POLICIAL

—INICIO PÁGINA 6—

HART:	Tienen que entenderlo. En ningún momento se me había pasado por la cabeza que aquello pudiera transformarse en una historia real. Que llegáramos a vernos cara a cara. Los dos charlábamos en Twitter y yo pensaba que no iríamos más allá.
INVESTIGADOR:	¿En algún momento sospechaste que @EricThornEsUnaMierda pudiera ser una persona distinta de la que decía ser?
HART:	Sí, por supuesto. No soy tan ingenua. Algunos detalles me preocupaban. En sus explicaciones había muchos cabos sueltos.
INVESTIGADOR:	Entonces, ¿tus sospechas eran de carácter general?
HART:	Sí. Tan solo paranoia general. No sé. Se me ocurrió que al final sería algo como lo que sale en «Catfish».
INVESTIGADOR:	¿Te refieres al programa de televisión?
HART:	Sí. No sé, pensaba que al final resultaría que Taylor era una mujer casada y madre de ocho

hijos acogida al programa federal de protección de testigos. Alguna historia absurda de ese tipo. La doctora Regan no dejaba de animarme para que llevara la relación a otro nivel y me comunicara directamente con el móvil. Quería que me presionara a mí misma como parte de la terapia. Pero yo estaba asustada. Twitter es tan simpático y tan anónimo... Así me sentía más segura.

INVESTIGADOR: ¿@EricThornEsUnaMierda te propuso en algún momento que iniciarais una comunicación más directa?

HART: No, pero yo le había expresado con claridad mis fobias.

INVESTIGADOR: Está bien, Tessa. ¿Podrías explicarnos cómo se os ocurrió ese plan para veros en persona?

HART: Aún no entiendo cómo es posible que me lo tragara.

INVESTIGADOR: Tessa, ¿recuerdas cuál de los dos propuso que os conocierais en persona?

HART: Fue él. Toda esa historia del sorteo.

INVESTIGADOR: ¿El sorteo?

HART: Fue él quien tuvo la idea de que participara. A mí no se me habría ocurrido ni en sueños que pudiera ganar.

INVESTIGADOR: ¿Cuándo tuvo lugar esa conversación? ¿Podrías mostrármela en tu cuenta de Twitter?

HART: No hace mucho. Quizá fuera por Nochebuena... [pausa] Aquí. Aquí está.

INVESTIGADOR: Sí, ya lo veo. Que quede constancia de que la señorita Hart nos está mostrando un intercambio de mensajes que tuvo lugar el día 24 de diciembre. Tessa, ¿recibiste algún mensaje de la otra cuenta en la que te solicitara un encuentro en persona?

HART: No. Quiero decir que no me lo pidió directamente. Fue más bien como si... [pausa] Aquí. Este. Y este otro. ¿Lo ve?

INVESTIGADOR: Sí, lo veo. Esto nos va a ayudar mucho. Que quede constancia de que la señorita Hart nos está mostrando un mensaje privado procedente de la cuenta @EricThornEsUnaMierda. Está fechado el día 24 de diciembre de 2016 a las 14.12 horas. El mensaje declara, y cito textualmente: «No sé, Tessa. Quizá te falte la motivación. ¿Serías capaz de salir de tu casa si Eric Thorn viniera a tocar a tu ciudad?».

19
PASO A PASO

24 de diciembre de 2016

Tessa estaba de pie junto a la ventana de su cuarto. Había hecho girar la varilla de plástico para dejar entreabiertas las rendijas de la persiana. Últimamente le resultaba más cómodo mirar al exterior. Desde que el otoño había llegado y se había vuelto a marchar. El bosquecillo de sicomoros había perdido las hojas desde hacía tiempo. Tessa podía ver la carretera a través de sus ramas desnudas.

«Mira —se decía a sí misma—, ahí fuera no hay nadie.» En aquel paraje desolado, barrido por el viento, no había lugar para que se escondiera ninguna amenaza. Todo estaba dentro de su cabeza. Pura paranoia. Entonces, ¿por qué no lograba librarse de aquella irracional sensación de pavor?

Unas lágrimas cálidas le escocían en los ojos y Tessa parpadeaba para sacudírselas. No podía recrearse en sus propias carencias. Le convenía más alegrarse de sus progresos y luchar por seguir avanzando. Seguramente habría tenido que trabajar en el diario que utilizaba en la terapia. Después de la última sesión con la doctora Regan, tenía mucho en lo que pensar. Su terapeuta había abordado el tema que, desde hacía varios días, ocupaba sus pensamientos durante casi todo el tiempo que pasaba despierta. Todavía más que Eric Thorn.

Taylor.

—Dices que sientes aprecio por él, Tessa. ¿Podrías hablarme un poco más de esa cuestión?

Al oír la pregunta, Tessa había perdido la calma por un instante... Qué repetitivo era todo aquello. Su risa había sonado algo desquiciada, incluso a sus propios oídos.

—¿He dicho algo que te divierta?

—Sé muy bien lo que quiere preguntarme. Quiere saber si siento algo por él, ¿no es cierto?

La respuesta de la terapeuta la había sorprendido.

—No, Tessa. Tanto tú como yo sabemos que sientes algo por Taylor. Lo que me gustaría que me dijeras es si esos sentimientos son muy profundos.

—Es decir, quiere saber si me he enamorado de él. —La doctora no hizo más que ladear la cabeza y aguardar a que Tessa respondiera por sí misma—. No lo sé —susurró—. Amor... esa palabra da miedo.

Pero lo que la asustaba no era solo la palabra. Por muy estrecha que fuera su relación con Taylor, no conseguía librarse de la sensación de que este le ocultaba algo.

¿Y si tan solo eran imaginaciones suyas?

Tessa se tendió en la cama y alargó el brazo hacia el móvil. Al diablo con el diario. Tenía que repasar la última conversación y buscar pistas.

Registro 22/12/2016, 1.49 h

Tessa H: ¿Puedo confiar en ti?

Taylor: Claro. ¿Por qué no ibas a poder?

Tessa H: Quizá haya visto demasiadas veces Catfish... ¿no me estarás haciendo un catfish, verdad?

Taylor: Hummm, no, creo que no. ¿Podrías explicarme qué es un catfish?

Tessa H: ¿No ves MTV?

Taylor: Hace tiempo que no...

Tessa H: Siempre es el mismo argumento. ¿No serás una chica?

Taylor: No me vengas ahora con que puedo ser una chica, Tessa. ¡No me lo digas, después de cómo te pusiste al saber que NO lo soy!

Tessa se mordía la uña del pulgar mientras lo releía. Daba por sentado que Taylor se habría divertido con la pregunta, pero es muy difícil reconocer en un texto el tono del que te habla. ¿Se reía por su absoluta falta de lógica? ¿O le molestaba el interrogatorio?

Taylor tenía que entender que la que había formulado la pregunta era la fobia de Tessa. Al fin y al cabo, estaba en la propia definición de fobia: no se trata de un simple miedo, sino de un miedo irracional. Las sospechas de Tessa a propósito de Taylor no tenían más sentido que la constante sensación de que alguien la observaba.

¿Tayor lo habría entendido? ¿O quizá ella estaba logrando poco a poco que se distanciara? La conversación había tenido lugar dos días antes y desde entonces no había vuelto a conectarse. Taylor le comentó que tenía un proyecto profesional importante entre manos, pero Tessa no estaba segura de que fuera cierto. Podía ser que tuviera obligaciones familiares, pero ¿trabajo? ¿En Nochebuena?

Tessa frunció el ceño. Tal vez era verdad. Había gente que trabajaba por Navidad. La madre de la propia Tessa solía hacer turnos en días festivos para cobrar horas extra. Se pasaría la noche en el hospital y luego dormiría casi todo el día de Navidad. Haría lo mismo al cabo de una semana, en Nochevieja.

Pero no parecía que en el trabajo de Taylor se pudieran hacer horas extra. Quizá no fuera más que una mala excusa. Al fin y al cabo, ¿podía creerse todo lo que le contaba Taylor? ¿Y si la relación entre ambos se basaba en medias verdades y mentiras?

Eric cerró los párpados con fuerza y se obligó, con un gruñido, a abrirlos de nuevo. Había entrado de lleno en el momento en que la falta de sueño hacía que los ojos empezaran a fallarle. Sentía como si alguien le hubiera frotado las córneas con papel de lija.

Acababa de llegar a casa después de una sesión de grabación maratoniana. El productor la había dado por terminada hacía una hora... ¡por fin! La discográfica quería filtrar la aparición del nuevo sencillo por la mañana... un regalo navideño sorpresa para sus fans. Se había pasado toda la noche en el estudio para poner a punto la versión final. De este modo todo el personal podría pasar la Navidad en casa con la familia.

Pero Eric no tendría tanta suerte. El inicio de la última gira estaba programado para el 27 de diciembre y aún tenía que ensayar algunas de sus canciones incorporando los nuevos arreglos. No le quedaba tiempo para descansar. Contaba con llamar a sus padres al día siguiente por la mañana y luego trataría de reunirse con ellos en algún momento durante la gira.

Si no hubiera estado vencido por la fatiga, se habría angustiado tan solo con pensarlo. En aquel momento se sentía afortunado porque disponía de unas pocas horas para echar una cabezada. Se acercó al gran ventanal, desde donde tenía una visión panorámica de Hollywood Hills y del centro de Los Ángeles en la lejanía. Corrió las pesadas cortinas para impedir que entrara la cegadora luz de media tarde.

A pesar de su cansancio, Eric no podía dejar de sentirse bastante satisfecho por el nuevo tema. Reconocía los grandes éxitos nada más oírlos. La nueva canción iba a arrasar. Había reescrito casi toda la letra y trabajado con los arreglos. Al final cambió el título inicial, *Copos de nieve*, por *Copo de nieve*, y eliminó el primer estribillo, impregnado de adulación vana y de menosprecio mal disimulado.

Quizá tuviera que darles las gracias a los ejecutivos de la discográfica. Aunque le reventara tener que reconocerlo, le habían obligado a mirar la canción desde otra perspectiva. Le habían abierto los ojos ante la verdad que tenía delante.

La verdad. La razón por la que se había sentido tan perdido en los días oscuros vividos después de que Tessa lo bloqueara. La razón de que le hubiera mandado tuits una y otra vez rogándole que lo siguiera. La razón de que hubiera empleado todo su tiempo libre en los meses que habían pasado desde entonces en charlar con @TessaAmaAEric.

Porque Tessa era la especial. No era como las demás. Solo ella.

En cuanto se hubo dado cuenta, reescribir el texto fue coser y cantar. Al día siguiente había entregado una versión completamente nueva a Maury.

Veo caer los copos de nieve
y no los podría contar.
Pero son todos iguales,
ninguno es especial.

Entonces abrí la ventana
y uno de ellos voló hacia mí.
Vi que aquel era hermoso.
Se fundió y me entristecí.

Un único copo de nieve,
un copito encantador.
Mi copo de nieve perfecto,
serás libre, serás mi amor.

Un único copo de nieve.
Creías que nadie te quería.
Mi copo de nieve perfecto,
voy a agarrarte, te haré mía.

Eric no podía negar ya sus sentimientos. Incluso en un momento como aquel, en el que estaba exhausto, con una cama acogedora esperándolo, sentía la abrumadora necesidad de mandarle un mensaje. No habían charlado en toda la noche. Había estado ocupado trabajando. No podía irse a dormir sin desearle, por lo menos, una feliz Navidad.

Pero quedaba un único problema... una cuestión que ya no podía omitir. Le había ocultado un secreto durante todo aquel tiempo. No era un secreto terrible, pero sabía que no podía seguir ocultándolo. La relación no podría avanzar si ella no conocía la verdad.

Y Eric había trazado un plan para hacérsela saber.

La idea se le había ocurrido a él y los gurús de marketing de la discográfica habían quedado más que satisfechos. Siempre organizaban sorteos en Twitter durante las fiestas: «Retuitea y podrás ganar una entrada gratis...»; «retuitea y podrás ganar un póster firmado...». Esta vez no hizo más que elevar el valor de la oferta: «Retuitea y podrás ganar un concierto privado para la Nochevieja».

Había puesto aquel mismo día como fecha límite y el número de retuits ya llegaba al medio millón. Eric sintió como un cosquilleo de ilusión al entrar en Twitter y abrir el perfil de Tessa... pero los ánimos se le vinieron abajo al cabo de un instante.

¿Aún no había retuiteado? ¿A qué esperaba? Solía retuitear por pura rutina todo lo que procediera de @ EricThorn, pero en aquella ocasión no lo había hecho. Habría que darle un empujoncito.

Eric se quitó los pantalones vaqueros y se metió en la cama, desde donde le escribió un nuevo privado a Tessa.

Taylor: ¿Estás ahí?

Tessa H: Por supuesto. ¿Sigues en el trabajo?

Taylor: No, acabo de llegar a casa. He tenido que trabajar toda la noche. Ahora voy a dormir un rato.

Tessa H: Pobrecito mío. Tienes que dormir.

Taylor: Estoy echado en la cama con el móvil debajo de las sábanas... imaginándome que hay otra persona conmigo conmigo...

Tessa H: ¿Estás impaciente?

Taylor: ¿Impaciente? No. Quizá me sienta solo. Por una vez, me gustaría pasar la Navidad con una persona especial.

Tessa H: ¿Una persona especial?

Taylor: Quiero ver tu cara, Tessa. Quiero oír tu voz...

Tessa H: No.

Taylor: Y oler tu cabello...

Tessa H: Taylor, no.

Taylor: Y tocar tu piel.

Tessa H: Basta.

Taylor: Es la verdad.

Tessa H: Yo también quiero eso, pero me da miedo. Todo me da miedo.

Taylor: Si tienes miedo, quiero tomarte entre mis brazos y abrazarte con fuerza hasta que vuelvas a sentirte segura. Quiero todas esas cosas.

Tessa H: Por favor, para. No estoy preparada. No quiero perderte, pero no estoy preparada.

Eric exhaló un prolongado suspiro. Ese era el problema, ¿verdad?: el tiempo. No tenía tiempo. Había dejado que aquella farsa se alargara demasiado. Cada día que pasaba sin decirle la verdad no hacía más que empeorar la mentira.

Tenía que decirle la verdad.

Tenía que decírsela en persona.

Tenía que decírsela enseguida.

Y si eso era lo que quería, tendría que adelantar un

poco el calendario. Aunque lamentara sinceramente tener que presionarla, no veía otra alternativa.

Taylor: Bueno, vamos a hacer un trato.
Tessa H: ¿Qué clase de trato?
Taylor: Vas a presentarte al sorteo de Año Nuevo de Eric Thorn. Si ganas, me dirás dónde y cuándo, e iré al concierto para conocerte. En persona.
Tessa H: Acabo de decirte que todavía no estoy preparada. ¿Cómo quieres que un sorteo en Twitter cambie las cosas?
Taylor: No lo sé, Tessa. Quizá te falte la motivación. ¿Serías capaz de salir de tu casa si Eric Thorn viniera a tocar a tu ciudad?
Tessa H: Taylor, ¿has visto la cantidad de retuits que entran en ese sorteo? Tengo una posibilidad entre tropecientos millones.
Taylor: ¡Exacto! Vamos paso a paso. Pasos diminutos, infinitesimales.
Tessa H: Y si acepto tus condiciones, ¿me prometes que dejarás de hablarme de ese tema?
Taylor: Sí. No te hablaré más de ese tema.

Eric no pudo evitar una sonrisa al mandarle el siguiente mensaje:

Taylor: A menos que ganes, por supuesto...

EL INTERROGATORIO (FRAGMENTO 7)

31 de diciembre de 2016, 20.42 h
Caso n.º: 124.678.21-001
TRANSCRIPCIÓN OFICIAL DEL INTERROGATORIO POLICIAL

—INICIO PÁGINA 8 —

INVESTIGADOR:	¿Cuánto tiempo lleva usted en Texas, señor Thorn?
THORN:	Desde hoy mismo. He venido para el concierto.
INVESTIGADOR:	Tenía usted programado un concierto privado aquí, en Midland, Texas, como premio principal de un sorteo. ¿Es así?
THORN:	Bueno, sí. Pero el sorteo fue una puta mierda de tongo. Ya lo sabe, ¿no?
INVESTIGADOR:	Por favor, explíquenoslo.
THORN:	La discográfica siempre está tocándome los huevos para que salga continuamente en las redes sociales. Esta vez me presté a hacerlo con la condición de que me dejasen elegir a la ganadora.
INVESTIGADOR:	Entonces, ¿organizó usted un sorteo trucado a modo de añagaza con el fin de conocer a Tessa Hart?
THORN:	Vamos, hombre, por favor... ¿una añagaza? Tenía que ser un gran gesto romántico.
INVESTIGADOR:	¿Y Tessa estaba al corriente del gesto romántico en cuestión?

THORN: No del todo. Creyó que había ganado un concierto de Nochevieja, tan solo para ella y cincuenta amigos íntimos. Pero, por supuesto, Tessa no tiene cincuenta amigos. Y si alguna vez los ha tenido, no querría estar en una misma sala con ellos. Así que invitó solo a dos.

INVESTIGADOR: ¿Dos?

THORN: Su terapeuta y Taylor.

INVESTIGADOR: Un momento. ¿Ahora me dice que existe una persona de verdad que se llama Taylor? ¿La persona que manejaba la cuenta de Twitter llamada @EricThornEsUnaMierda no era, en realidad, usted?

THORN: No, no, no. Sí, era yo. Oiga, esto no es tan complicado. ¿No logra seguirme?

INVESTIGADOR: Tendrá que disculparme. Cuando el declarante empieza a hablar sobre sus varias identidades en tercera persona es fácil que nos confundamos.

THORN: Oiga, yo no le caigo bien, ¿verdad?

INVESTIGADOR: Le voy a hacer una pregunta, Eric. Quizá le parezca una pregunta tonta, pero me veo obligado a hacérsela. ¿Por qué lo complicó todo tanto? ¿Por qué no le dijo a Tessa que la persona con la que había estado hablando era usted?

THORN: Pensaba hacerlo. Por eso preparé todo ese numerito. Quería decírselo en persona.

INVESTIGADOR: ¿Por qué?

THORN: Es algo complicado... Usted no entiende lo que significa ser famoso.

INVESTIGADOR: Adelante. Ayúdeme a entenderlo.

THORN: Es terrorífico, ¿entiende? Es una mierda. El famoso acaba mirando a su espalda en todos los lugares a donde va, a cada paso que da, en todo momento. Y lo más probable es que vaya a ser así durante el resto de mi vida. Ser famoso significa que cada vez que conozco a una persona, tanto en internet como en la vida real, tengo que mirarla de arriba abajo y preguntarme si es un acosador y si tiene intenciones de matarme mientras duerma.

INVESTIGADOR: ¿Que va a asesinarlo?

THORN: Sí, ya sé que parece una paranoia. Y en un plano racional, sé que lo es. Sé muy bien que mis fans no quieren hacerme daño. Sé muy bien que las personas con enfermedades mentales no tienden a la violencia más que los demás... pero también sé que el peligro no es totalmente imaginario. Existe un síndrome psicológico. Tiene nombre y todo: «Síndrome de adoración a los famosos en variante erotómana». Acosadores de famosos que están realmente convencidos de que sus víctimas están enamoradas de ellos. Alegaron ese trastorno en el juicio por el asesinato de Dorian. Un experto presentó el diagnóstico de la muchacha.

INVESTIGADOR: He vuelto a perderme. ¿De quién me habla ahora? ¿De una fan que lo abordó?

THORN: No, no. Estoy hablando de la fan que mató a Dorian Cromwell. ¿No siguió el juicio por los medios de comunicación? Estaba totalmente loca. Dorian la seguía en Twitter y la chica se convenció a sí misma de que el cantante era su novio, como si hubieran mantenido una relación secreta que nadie más conocía. Lo creía de verdad. Pensó que Dorian estaba enamorado de ella. Y cuando vio que no era así, fue incapaz de aceptarlo, lo siguió y lo mató.

INVESTIGADOR: Disculpe, Eric, pero ¿qué tiene que ver todo eso con el delito que estamos investigando ahora?

THORN: Usted me ha preguntado por qué no le revelé mi verdadera identidad a Tessa desde el principio. Pero es que no podía. Tengo que ser increíblemente precavido con todo lo que signifique ofrecer atención personal a alguna de mis fans.

INVESTIGADOR: ¿Pensaba que Tessa era una amenaza contra su seguridad personal?

THORN: No se trataba de Tessa en concreto. Tengo que tener cuidado con todas mis fans.

INVESTIGADOR: Pero ¿ahora ya no cree que Tessa constituya una amenaza?

THORN: No, para nada. De hecho, ahora sí que mantengo una relación con ella en secreto. Por eso vine aquí, a encontrarme con ella.

INVESTIGADOR: Y no le reveló su identidad por medio de Twitter porque...

THORN: Porque le había mentido a lo largo de varios meses y pensé que lo mejor sería decirle la verdad en persona.

INVESTIGADOR: Y así fue como organizó el sorteo.

THORN: Exacto. Y todo habría salido bien... de no ser por Blair.

20
RODEO

31 de diciembre de 2016

—Disculpe. Espero no molestarlo.

Blair no se molestó en responderle. El único indicio de que había oído la voz fue que uno de sus hombros recorrió una distancia infinitesimal hacia arriba y luego volvió a descender. Su figura alta y larguirucha, vestida con unos vaqueros y un jersey gris oscuro, se acomodó todavía más en el asiento del autobús de la empresa Greyhound.

La mujer de mediana edad, que seguía en pie en el pasillo, se aclaró de nuevo la garganta:

—¿El asiento de la ventana está libre?

Blair levantó la mirada y sus ojos se dirigieron hacia el interior medio a oscuras del autobús. Los asientos se estaban ocupando. Debían de haber recogido a veinte nuevos pasajeros en la estación de autobuses de Dallas. Se había acabado la privacidad. No le quedaba más remedio que mover la voluminosa bolsa de lona que ocupaba el asiento de al lado.

—Todo suyo —masculló Blair. La mujer pasó entre su cuerpo y el asiento de delante y se dejó caer pesadamente a su lado.

—Muchísimas gracias —le respondió—. Se lo agradezco. A propósito, me llamo Delilah. ¿Adónde va?

Blair pensó que le había tocado en suerte una cotorra. Perfecto. Sí, perfecto. El resto de asientos estaba ocupado por la típica gente que viajaba en autobús —tipos silenciosos, que resguardaban su anonimato bajo gorras de béisbol caladas y capuchas de sudaderas—, pero había tenido que tocarle una cotorra.

Blair no hizo caso de la pregunta que le había formulado la mujer y se puso unos auriculares hechos polvo. Por supuesto que eran un mero decorado. No funcionaban. Auriculares de supermercado cutre, condenados desde el principio. El del oído izquierdo había reventado en algún lugar no muy alejado de Baton Rouge, y el de la derecha había sufrido una muerte prematura unas horas más tarde, al salir de Houston. Pero no importaba. Los auriculares cumplían muy bien con su función. En el lenguaje universal de signos decían: «No tengo ganas de charlar».

—Pues vale —murmuró la mujer.

Blair no le hizo caso y encendió el móvil. Había vuelto a salir de la cuenta de Twitter. Lo hacía sin cesar desde la última actualización de *software*. Un pequeño fallo en el sistema que impedía que dos teléfonos distintos se conectaran simultáneamente a una misma cuenta.

No le cabía ninguna duda de que se trataba de un intento poco afortunado de reforzar la ciberseguridad. Una molestia menor. Nada más. Blair no veía ningún problema en tener que volver a introducir el usuario y la contraseña cada vez que entraba en Twitter.

Nombre de usuario: **@EricThornEsUnaMierda**
Contraseña: **contraseña**

Pero ¿quién podía utilizar la palabra «contraseña» como contraseña? Nadie. Esa era la respuesta. Nadie que quisiera protegerse de verdad. Ni siquiera se podía decir exactamente que hubiera *hackeado* la cuenta. Aquella contraseña no era una real contraseña. Era una alfombra roja desplegada. Una invitación.

Blair echó una mirada furtiva a la mujer que se sentaba junto a la ventana. Había apoyado el cuerpo en el cristal y cerrado los ojos.

«Bien», pensó Blair, y se inclinó hacia delante para ver el teléfono. No tenía tiempo para charlas sin sentido. Aquella noche no. No mientras tuviera mensajes pendientes de ver en Twitter. Mensajes privados por leer.

Y releer.

Y releer.

Y releer.

Registro 29/12/16 9.03 h

Tessa H: No me puedo creer que esto sea verdad.

Taylor: Lo sé. Estoy alucinado. Ya he hecho las maletas y estoy listo para ir. Solo tienes que decirme dónde y cuándo.

Tessa H: No lo sé... Ni siquiera estoy segura de que vaya.

Taylor: ¡Tienes que ir, Tessa! Se trata de Eric Thorn.

Nunca lo has visto en directo. ¿Cuándo se te volverá a presentar una oportunidad como esta?

Tessa H: Espera un segundo. Tengo que respirar hondo.

Taylor: ¿Qué te dice la terapeuta?

Tessa H: Ella piensa que debería ir. Planteármelo como un buen propósito para Año Nuevo.

Taylor: ¡Exacto! Tú puedes hacerlo, Tessa.

Tessa H: Pero es que tengo un mal presentimiento. Prométeme que no va a ocurrir nada malo.

Taylor: Nada malo. Lo que ocurra será bueno. Muy muy bueno.

Tessa H: ¿Me lo prometes?

Taylor: Te lo prometo. Ahora prométeme tú que vas a ir al concierto.

Tessa H: Vale, vale. Será en un club de Midland, Texas. El Trail Dust Honky-Tonk Saloon. Nos veremos allí en Nochevieja a las seis de la tarde.

El intercambio de mensajes había tenido lugar dos días antes y Blair ya se lo había leído un centenar de veces. Siempre se quedaba con la misma sensación. El mismo estremecimiento de gozo que le burbujeaba por dentro... Cada vez que echaba una ojeada sentía un colocón más fuerte.

El vértigo le duraba tan solo un momento. Al poco rato lo reemplazaba otra sensación. Para empezar, irritación, porque se imaginaba las palabras de la pantalla pronunciadas en voz alta. Había algo en aquella fantasía que le hacía rechinar los dientes una y otra vez.

Blair solía pensar que era por el sonido de su propia

voz. Demasiado aguda. Desafinada. Juvenil. Había una leve discordancia en el tono o en la cadencia, un defecto indefinible que jamás había hecho justicia a la perfecta estructura ósea de su rostro. Qué lástima. De verdad. Hay personas que mejoran como imagen silenciosa en una película. Personas vistas sin ser oídas. Un espécimen físico, perfectamente conservado, sin toda esa molesta verborrea que dificulta la visión.

Pero no era solo el sonido de la voz. Blair lo había comprendido. Las conversaciones por privado se lo dejaban bien claro. Había algo en las propias palabras y en los pensamientos que representaban. Desde el mismo momento en que Blair había empezado a seguir aquella correspondencia, sus sentimientos habían ido mucho más allá de la mera irritación. Había algo más profundo, más siniestro. Una ira inextinguible. Una rabia contra los dos.

Pero sobre todo contra la persona que se había entrometido.

El obstáculo.

La persona que había que eliminar. Borrar. Hacer desaparecer, como si hubiera sido un mal sueño.

La que no merecía figurar en la foto.

«Pronto —pensaba Blair mientras sus ojos se cerraban poco a poco—. Va a ocurrir muy pronto.»

21
FIESTA PRIVADA

Eric estaba frente a la entrada del Trail Dust Honky-Tonk Saloon, bajo la marquesina engalanada con letras brillantes:

¡FELIZ AÑO NUEVO!

CERRADO POR FIESTA PRIVADA

Por supuesto que aquello no precisaba lo privada que sería la fiesta. Eric no podía evitar reírse para sus adentros. Nunca había actuado para un público tan reducido, ni siquiera antes de firmar con la discográfica. Aquella noche iba a tocar solo, sin el acompañamiento habitual. Sin coristas. Sin bailarines de hip-hop. Sin una pirotecnia elaborada. Cuando subiera al escenario lo miraría un único par de ojos. Y también la terapeuta, que observaría desde las sombras.

Eric se restregó las manos húmedas contra los pantalones vaqueros. Ya debían de ser casi las seis. Tessa iba a aparecer en cualquier instante.

Maury se había superado con la elección de la sala para aquella noche. Claro que no era fácil encontrar un local vacío en Nochevieja, pero... ¿eso era lo mejor que se podía encontrar en Midland, Texas? ¿Un local de carretera desvencijado, al pie de un lugar apenas transitado, a kilómetros de distancia de cualquier barrio que pudiera pasar por céntrico? Durante todo el tiempo que llevaba frente a la puerta, el número de vehículos que había pasado por delante de sus ojos había alcanzado un fabuloso récord: un único camión articulado. Aparte de eso, sus ojos no habían detectado ni el más mínimo indicio de vida. ¿Lo que se veía en el aparcamiento era una planta rodadora?

Se rodeó el cuerpo con ambos brazos. Habría tenido que ponerse alguna prenda más gruesa que una delgada chaqueta de cuero de motorista. No se imaginó que haría tanto frío. Había llegado a Texas aquella misma mañana, y desde entonces las temperaturas habían oscilado entre los quince y los veinte grados, pero por la noche habían bajado mucho. Tal vez se aproximaba un frente frío de finales de diciembre. Echó un vistazo a los negros nubarrones de tormenta que se agolpaban por encima de él.

Quizá había estado bien que Maury escogiera aquel cuchitril. Eric habría tenido que considerarlo un golpe de suerte. Cada vez que daba un concierto privado tenían que bregar con los intrusos. De una manera u otra, el nombre del local siempre acababa por filtrarse y las fans locales acudían en manada. Pero no le ocurriría lo mismo en aquel lugar abandonado de la mano de Dios.

Eric trataba de convencerse a sí mismo de que todo se desarrollaba de acuerdo con el plan. Tan solo faltaban unos instantes para que el coche entrara en el aparcamiento. La puerta se abriría... y, por fin, vería el rostro que tanto había deseado ver durante todos aquellos meses.

Entonces, ¿por qué sentía aquel deseo tan fuerte de escapar y ocultarse?

Debía de ser el silencio. Le atacaba los nervios. Al caer la noche, el paisaje se había vuelto espeluznante. Tessa tendría que haber llegado ya. Debía de haberse retrasado por algo. Eric se metió las manos en los bolsillos y forzó la vista para ver mejor el trecho desierto de carretera que se prolongaba en ambas direcciones. Oyó el leve murmullo de un motor en la lejanía. Se dio cuenta de que el sonido se acercaba y contuvo el aliento.

Entonces apareció el vehículo y Eric, decepcionado, dio un golpe sobre el asfalto con la suela del zapato. No era Tessa. Tan solo un autobús destartalado de la Greyhound que avanzaba a toda velocidad por la carretera dejando tras de sí una nube de polvo...

El chico cogió el móvil. ¿Y si lo había entendido mal? Entró en Twitter y volvió a mirar los privados de aquella mañana.

Registro 31/12/2016, 9.23 h

Taylor: Lo de esta noche sigue en pie, ¿eh?

Tessa H: Allí estaré. Me estoy entusiasmando.

Taylor: ¡Estupendo! ¿Estás así porque vas a conocer a Eric?

Tessa H: Ver a Eric me da miedo. Es porque te conoceré a ti. ¿O era el revés? La verdad es que ya no lo sé. Todo esto es surrealista.

Taylor: No tengas miedo. Soy buen tío.

Tessa H: ¿No habrá mucha gente, verdad?

Taylor: ¿Cómo va a haber mucha gente? Será un concierto privado. Estaremos solos tú y yo, y además habrá un cretino creído sobre el escenario que nos cantará una serenata para nuestro primer baile.

Tessa H: Pero ¿y si las otras fans lo descubren y tratan de entrar? Se pueden poner violentas.

Taylor: Frena, Tessa. Estás catastrofizando.

Tessa H: Ya lo sé, pero de todos modos tendríamos que acordar alguna señal para que pueda reconocerte. Por si acaso.

Taylor: Lo que te haga sentir bien a ti. ¿Quieres que me ponga unas zapatillas rosa con cara de conejito?

Tessa H: Estaría perfecto. :P

Taylor: Si conociera a alguien que pudiera prestarme unas...

Tessa H: Oye, ¿y una pata de conejo de color rosa?

Taylor: ¿Y de dónde quieres que la saque?

Tessa H: Las venden en la gasolinera. Salida 54. Está a pocos kilómetros carretera abajo. ¿Lo harás?

Taylor: Por supuesto. Una pata de conejo. Buena idea. Voy a necesitar toda la suerte del mundo.

Eric, obediente, había comprado la pata de conejo aquella misma tarde al llegar a la ciudad. Algunos de los presentes habían enarcado las cejas al verlo parar en la gasolinera, pero no por el motivo habitual. Los hombres que andaban por allí apenas se dignaron a dirigirle una segunda mirada. Lo que les interesaba era el coche. El Ferrari azul celeste cantaba como una almeja en medio de los remolques herrumbrosos. El mecánico que lo atendió en el mostrador tuvo la jeta de ofrecerle cincuenta mil dólares en efectivo, pagaderos en el acto, si el muchacho le vendía su vehículo. A Eric no le quedó claro si estaba bromeando.

—Buen intento. —La única respuesta de Eric le salió acompañada de una risa nerviosa. No se molestó en decirlo, pero ambos sabían que el coche valía cuatro o cinco veces más. El otro se encogió de hombros y le cobró los 3,99 dólares por la pata de conejo, sin volver a decirle nada más.

Eric bajó los ojos y echó una mirada al peluche rosado que colgaba de su cuello al extremo de la cadenita. El color casi fluorescente contrastaba fuertemente con el cuero negro de su chaqueta. ¿Cuál iba a ser la reacción de Tessa cuando lo viera?

Había planificado la presentación con la coreografía incluida. Quizá quedaría algo cursi, pero no quería improvisar sobre la marcha. Aquel encuentro en concreto era demasiado importante como para dejarlo en manos del azar. Lo ensayó mentalmente una vez más. Sabía muy bien lo que iba a hacer: cuando ella saliera del coche, iría a su encuentro con aire desenfadado y sostendría en alto el amuleto para que lo viera.

—Busco a una chica que se llama Tessa y que siente pasión por las patas de conejo —diría, y entonces, antes de que ella pudiese articular una sola palabra, la impresionaría con su sonrisa más atractiva, elegante y seductora—. ¿Y sabes qué? —le diría—. Me llamo Eric *Taylor* Thorn. Y hoy es tu día de suerte.

—Es la hora del concierto —murmuró Tessa.

Su mano se detuvo sobre el pomo de la puerta.

No podía retrasarlo más. La doctora Regan pasaría a

recogerla dentro de pocos minutos y tenía que estar a punto. No se detendría por nada. No habría mecanismos desencadenantes que activaran la ansiedad. Ni reviviría escenas pasadas. Ni tendría ataques de pánico. No abandonaría en el último minuto. En esta ocasión, no.

Había llegado el día. 31 de diciembre. Nochevieja. El último día del que iba a recordar como el peor año de toda su vida. Aquella noche cerraría la puerta a todos los miedos irracionales que la habían aprisionado durante tanto tiempo. Saldría de su casa y emprendería el viaje de veinte minutos hasta el local donde tendría lugar el concierto... aunque muriese en el empeño.

Tessa apretó los dientes. Abrió la puerta de su dormitorio y anduvo hasta el baño que estaba en el vestíbulo.

«Eric uno... Eric dos... Eric tres…»

Durante la mayor parte del día se había concentrado tan solo en detalles superficiales para que la mente no se le fuera por otros derroteros. ¿Qué zapatos elegiría? ¿Qué bolso llevaría? ¿Qué ropa se pondría? Debía de haberse probado cada prenda de su armario antes de que finalmente decidiera el atuendo perfecto: unos pantalones vaqueros ceñidos de color oscuro y un deslumbrante top con cuello de pico algo escotado que apenas le llegaba a la cadera.

Se miró en el espejo del baño para ver cómo le quedaba. ¿Demasiada piel al descubierto? No quería transmitir la impresión de que estaba desesperada, pero tampoco le interesaba esconder sus argumentos. Era la noche en la que Taylor la vería por primera vez. Quería que le gustara el panorama.

Tessa contempló su propio reflejo y se obligó a sí misma a mostrar una sonrisa exagerada. Alegre. Entusiasta.

Así era como se habría sentido una persona normal. Se había enamorado de un chico y él había viajado hasta Texas para estar con ella. El corazón habría tenido que palpitarle de expectación y no de miedo.

«Eric Thorn... Eric cuatro... Eric cinco...»

Tessa se dijo a sí misma que no podía pensar más en qué iba a ponerse. Se le acababa el tiempo. El reloj no se detenía y aún no se había arreglado el pelo ni se había maquillado. Su ondulado cabello castaño había crecido durante los meses de prisión autoimpuestos. Solía hacerse una trenza, pero aquella noche se lo dejó suelto, como una cascada reluciente que le caía hasta muy por debajo de los hombros. Abrigaba la esperanza de que Taylor no se fijara en las puntas descuidadas.

«Eric seis... Eric es una mierda... Eric siete...»

Y quedaba la cuestión del maquillaje. No se había puesto ni una pizca desde que huyó de Nueva Orleans. Los productos de belleza que se había llevado jamás volvieron a casa. Habían quedado abandonados en su habitación de la residencia. Tendría que saquear las existencias de su madre. Tessa se arrodilló y pasó revista a todo lo que había en el pequeño armario bajo el lavabo. Sus ojos fueron a parar a un saquito de cuero negro y lo abrió enseguida, pero lo que había dentro no eran cosméticos. Parecía material médico de repuesto: jeringuillas, tubos de goma, toallitas antisépticas... Su madre debía de haber traído todo aquello del trabajo.

Tessa apretó los labios. Quizá habría tenido que pedirle permiso antes de que su madre se marchara al hospital. Pero eso habría implicado explicarle por qué necesitaba maquillaje.

No le había dicho una palabra a su madre sobre el sorteo, ni le había hablado del chico por el que iba a salir de casa. ¿Un tío que había conocido en Twitter? ¿Un completo desconocido? Sabía que a su madre le parecería mal. De hecho, Tessa había tenido mucha suerte, porque el concierto que había ganado en el sorteo era en Nochevieja. Su madre iba a hacer otro turno doble. Había salido hacía un par de horas en dirección al hospital y no regresaría hasta la mañana siguiente. Para entonces, Tessa habría vuelto y estaría a salvo entre las sábanas, y su madre no se enteraría jamás de que había salido.

Pero Tessa, antes que nada, necesitaba maquillaje. Las manos le temblaron levemente al rebuscar en el desorden que reinaba bajo el lavabo.

«Eric ocho... Eric nueve... Eric diez...»

«Solo son nervios», se decía, y trataba de aliviar con el ritmo de su propia respiración el nudo que la tensaba por dentro. Cualquiera habría estado nerviosa en una noche tan especial.

Aún no se acababa de creer lo que estaba sucediendo. Toda aquella historia del concurso en Twitter... le resultaba irreal. Parecía el argumento de una *fanfic* escrita por ella misma. ¿Cómo podía ocurrir algo tan improbable? Un concierto privado de Eric Thorn allí mismo, en Midland, a veinte minutos de su casa. Ese tipo de cosas no ocurren por casualidad. Tenía que ser una señal. El universo trataba de decirle algo. Aquella reunión con Taylor tenía que ser... el milagro que necesitaba para que su vida volviera a encarrilarse.

—¡Ajá! —Abrió una bolsa de colmado repleta de cosméticos baratos y profirió un grito triunfal. No tenía tiempo para hacerse un maquillaje muy elaborado, pero tampoco lo necesitaba. Su rostro en forma de corazón tenía un cutis liso y sin mácula, aunque algo pálido por la falta de sol. Tessa quería que resaltaran sobre todo sus ojos de color avellana, grandes y almendrados, de pestañas espesas. El rímel era imprescindible. ¿Quizá un toque de lápiz de ojos?

Y luego los labios.

Tessa revolvió los viejos pintalabios agrietados y resecos y arrugó la nariz. Se acercó a la boca uno de color rojo oscuro, pero lo devolvió a su sitio sin haberlo utilizado. Se le habría corrido con demasiada facilidad. Era Nochevieja y Tessa sabía muy bien lo que significaba eso. Solo con pensarlo sentía un cosquilleo en el estómago. ¿Dónde estaría a medianoche? ¿Bailando en brazos de Taylor? Y tal vez, cuando dieran las doce, las bocas de ambos se encontrarían...

Sus labios se curvaron en una secreta sonrisa, y esta vez no era forzada. Decidió no ponerse lápiz de labios. Tan solo una capa de brillo claro. Lo más probable era que tampoco necesitara colorete, porque las mejillas se le habían teñido por sí mismas de intenso color rosado.

Se aplicó el brillo sobre los labios e hizo morritos frente al espejo.

Lista.

Tessa anduvo con brío hacia la escalera. Pasarían a recogerla dentro de un minuto. No podía perder el tiempo con las ansiedades que todavía pudiera sufrir. Emprendió el largo viaje por el pasillo. El cosquilleo nervioso que había notado en el estómago cedió su lugar a una sensación más desagradable.

—Eric. Eric Thorn —susurraba cual letanía mientras daba un paso adelante—. ¿Lo ves? —se decía a sí misma—. El problema está dentro de tu cabeza.

Pero no le parecía que todo se debiera a su imaginación. Más bien se trataba de una sensación física, de una fuerza externa que se volvía más poderosa a cada segundo que pasaba. Como si hubiera llevado una banda elástica atada en torno a la cintura que se estrechara a cada paso. La tensión no tardaría en volverse insoportable. La banda elástica se rompería. Y entonces, ¿qué? Entonces volvería a estar en el punto de partida, tras la puerta de su habitación.

Tessa bajó la cabeza y siguió avanzando. Esta vez no podía detenerse. Aunque sintiera que se desmayaba. Aunque tuviera que bajar rodando por la escalera. Aquella noche era demasiado importante. No podía claudicar una vez más ante sus propias fobias. No claudicaría.

Había llegado a la mitad de la escalera cuando se detuvo. Tessa se palpó los bolsillos de los pantalones y se dio cuenta de que faltaba algo. El móvil. No podía marcharse sin el móvil. ¿Y si Taylor trataba de mandarle un mensaje? Tenía que volver a buscarlo y repetir todo el proceso. Con un débil grito de frustración, Tessa volvió atrás corriendo y cogió el móvil de donde lo había dejado, junto al lavabo. Estaba a punto de metérselo en el bolsillo cuando una notificación iluminó la pantalla.

El corazón se le detuvo por un instante.

¿Taylor? ¿Se habría retrasado por algo? ¿Y si no iba a venir? Sintió un peso enorme en el estómago, el peso de una emoción que ella misma no sabía cómo tenía que llamar: decepción mezclada con alivio.

Pero el mensaje ni siquiera provenía de Taylor. Tessa se encontró con un privado que le mandaban desde una cuenta con la que no había interactuado desde hacía varios meses.

SET: Oye, vas a mandarme fotos del concierto, ¿eh?

Tessa sintió que una oleada de vértigo la invadía y tuvo que agarrarse a la puerta del baño para no caerse al suelo. ¿El concierto? ¿El concierto de Eric Thorn? ¿A qué otro concierto podía referirse SET?

Tessa H: ¿Qué?
SET: ¡El concierto privado en Midland!

¿SET sabía que Tessa había ganado el concurso? ¿Sabía dónde vivía? Pero ¿cómo era posible? Un nuevo privado apareció en la pantalla.

SET: ¿Vas a mandarme fotos o tendré que ir yo misma?
Tessa H: No tengo ni idea de lo que estás diciendo.
SET: Tessa, LO SÉ TODO SOBRE TODO LO QUE OCURRE entre las fans de Eric. ¿Aún no te habías dado cuenta?

Tessa se metió el teléfono en el bolsillo. Bajó de nuevo por la escalera con pasos titubeantes. Unas manchitas negras danzaban frente a sus ojos. El estómago le daba vueltas. Se cubrió los labios con una mano sudorosa. A lo largo de toda la semana se había aferrado a la idea de que el concierto sería privado. No habría nadie más, aparte del escaso número de personas que pintaban algo en su vida.

Taylor.

La doctora Regan.

Eric Thorn.

Se suponía que nadie más sabía nada. Ni siquiera su madre. ¿Cómo se había enterado SET? ¿A cuántas otras personas se lo había contado? ¿Y si Tessa se encontraba con una turba de fans enloquecidas a las puertas del local? ¿Y si los de seguridad las dejaban entrar y Tessa acababa en una sala abarrotada de gente, como sardinas en lata?

Empujones de desconocidas... manos que la toquetearían... los *flashes* de las cámaras...

—¡No!

No podía permitirlo. En estado de frenesí, envió otro privado.

Tessa H: Nada de fotos. La lista de invitados está cerrada. Seguridad SUPERestricta. No pierdas el tiempo.

¡Cómo habían cambiado sus sentimientos por SET en unos pocos meses! Cuando la superfán más popular de Eric había empezado a seguir su cuenta, lo había vivido como un gran honor. Pero en aquellos instantes Tessa habría preferido que la otra chica no hubiera sabido nunca nada de ella. Había una línea que separaba a las fans de las acosadoras y SET la había cruzado hacía tiempo.

Pero Tessa no podía permitir que una desconocida le echara a perder aquella experiencia. Tenía que sacársela de la cabeza. Relajarse. Concentrarse en la respiración: inspiración, espiración, como la doctora Regan le había enseñado...

Tessa oyó el crujido de unos neumáticos sobre la grava que recubría el camino. Abrió la puerta principal y vio el todoterreno ligero de su psicoterapeuta que se acercaba a la casa.

Hora de marcharse.

Tessa respiró hondo por última vez para cobrar ánimos, y entonces traspuso el umbral y cerró la puerta tras ella.

Blair caminaba cansinamente por la cuneta de la carretera vacía y se tambaleaba bajo el peso de la bolsa de lona. Aquello no era viajar ligero. El maldito bulto debía de pesar casi quince kilos. ¿Cuánto faltaba todavía?

Blair había pedido que pararan el autobús delante del local, pero el malhumorado conductor de la Greyhound se había negado. Había terminado por detenerse en una parada desierta, a unos cuatrocientos metros de allí. Tenía que apresurarse si quería llevar a buen término su plan. No le quedaba tiempo para detenerse y redistribuir el incómodo contenido de la bolsa.

¿Por qué pesaba tanto? Blair tan solo había querido llevar unos pocos utensilios: una cámara, un teleobjetivo, un *flash*... que se habían multiplicado de algún modo. La cámara se había convertido en tres o cuatro, pero ya no podía hacer nada al respecto. Todos y cada uno de los artilugios que acarreaba eran esenciales. Su oportunidad había llegado por fin... una segunda oportunidad que no se le ofrecía a casi nadie. Blair no podía arriesgarse a meter la pata de nuevo.

No como la última vez.

Apenas pudo reprimir el momentáneo estallido de irritación que sintió al pensar en ello. Su recuerdo aún le escocía. Había tenido que marcharse sin nada, aparte de las fotos. Un montón de fotos y ninguna de ellas era buena. Una estaba algo desenfocada, otra mal iluminada. Incluso las que eran perfectas desde un punto de vista técnico no le habían resultado satisfactorias. Algo faltaba en todas ellas: la esencia de aquel fuego humano interior tan difícil de capturar en una sola imagen.

En esta ocasión, Blair no quería dejar nada en manos del azar. La utilización del equipamiento adecuado podía marcar la diferencia entre que una foto fuera un éxito o no. Por esa razón había tenido que llevar varias cámaras. Un trípode plegable. Todo un repertorio de filtros y difusores. Varios rollos de cable y cinta aislante. Y no podía faltar un cuchillo bien afilado...

El peso de la bolsa se le clavaba en el hombro, pero valdría la pena. Por fin había divisado el club. Lo único que le quedaba por hacer era mandar unos pocos privados en el momento oportuno. Alguien habría dicho que era una medida excesiva, pero Blair no veía otra alternativa. ¿No es verdad que en el amor y en la guerra todo está permitido? Al final todo daría lo mismo. Se impondría el amor verdadero, y los golpes y rasguños del camino no tardarían en sanar.

Había llegado el momento de llevar a la práctica el plan que había trazado con tanto esmero. Una sonrisa jubilosa iluminó el rostro de Blair en el mismo momento de pensarlo. Aquella noche llegaría la redención. Al cabo de meses y más meses de espera, todo estaría de nuevo en su lugar. Los dos enamorados se mirarían cara a cara, igual que el día en que se habían visto por primera vez. Solo que en esta ocasión las luces del concierto no cegarían los ojos que le devolvían la mirada. Esta noche, sus hermosos ojos verían la verdad.

Pero antes que nada, Blair tenía que eliminar los obstáculos que se interponían en su camino. Aquel romance por Twitter había durado demasiado. ¿Y cómo había empezado todo? ¿Cómo es posible una desorientación tan grande? ¿Cómo es posible que alguien dé la espalda al amor de su vida cuando este lo mira a la cara? ¿Cómo puede volverse hacia otra persona, una persona que no se lo merece en absoluto, y que al final tan solo le hará sufrir?

Blair debía de haberse repetido esas mismas frases en un millón de ocasiones durante los últimos meses, y solo había una respuesta que tuviera sentido. En realidad, era lo mismo que sacar una foto. Ocurría sin cesar, sobre todo con los fotógrafos menos experimentados. A veces, la persona que había que retratar miraba directamente al *flash* y parpadeaba en el momento de abrir el objetivo. Debía de ser eso lo que había sucedido. Un error que tan solo duraba un instante. Los ojos acababan por abrirse de nuevo y recobraban la visión.

Aquella misma noche se iba a arreglar todo. Blair se encargaría de ello.

¿Y aquella otra persona? ¿La que se había interpuesto en su camino? Un *flash* que se había encendido a destiempo. Nada más. Era una desgracia, por supuesto, pero ya no se podía evitar. Blair iba a extinguir su luz aquella misma noche. Para siempre.

22
T-E-Q-U-I-E-R-O

—Espere. Pare. Dé la vuelta. Quiero regresar a casa.

Tessa había hablado en susurros. La doctora Regan le lanzó una rápida mirada desde el asiento del conductor.

—Lo estás haciendo de mil maravillas, Tessa. Ya casi hemos llegado. Acuérdate de respirar profundamente.

Tessa asintió. Dio forma a una O con los labios y aspiró con fuerza para llenarse los pulmones de aire. Antes, mientras se preparaba para salir, se había sentido relajada, pero el turbador intercambio de privados con SET la había sumido en el desconcierto. No servía de nada. Ni todos los ejercicios de respiración del mundo habrían bastado para aquietar el caos que bullía dentro de su cabeza.

—Esto no funciona —dijo. Su propia voz le sonó chillona y forzada.

—No te dejes llevar por la angustia —le respondió la terapeuta con voz tranquila. Habían llegado a la rampa de entrada a la autopista. La doctora pisó el acelerador y Tessa sintió que el coche cobraba velocidad—. Acuérdate de tus otras herramientas.

¿Qué herramientas? Tessa se esforzó por recordar las otras técnicas de relajación que le había enseñado. ¿Meditación? ¿Biorretroalimentación? ¿Yoga?

—¿Hacer una lista? —preguntó en voz alta.

La terapeuta asintió, como para recompensar el acierto.

—Muy bien, Tessa. A veces, solo con ver escritas nuestras propias preocupaciones ya no nos parecen tan insuperables.

Tessa no llevaba encima ningún papel, pero sí tenía el móvil. Abrió la aplicación de Notas y empezó a escribir.

Preocupaciones:
No estoy en mi casa
Estoy a diez minutos de mi casa
Voy a estar a veinte minutos de mi casa
Voy a un concierto
Quizá estará abarrotado
Eric Thorn me verá
Voy a conocer a Taylor

Tessa se detuvo. El dedo le temblaba de tal manera que no podía continuar. Tal vez debiera concentrarse en lo último que había anotado. Era el núcleo de todos lo demás, el pensamiento que le causaba más ansiedad y el motivo por el que sabía que tenía que ir.

Iba a conocer a Taylor.

No podía echarse atrás. Ya no. No después de lo que Taylor le había escrito anoche. Tal vez le bastara con recordarse a sí misma las palabras exactas que le había dicho.

Tessa abrió el Twitter y retrocedió en busca del hilo:

Registro 30/12/16, 23.23 h

Tessa H: Tengo miedo, Taylor. No estoy segura de que pueda con esto.

Taylor: Vale, no te asustes. Habla conmigo. Dime por qué.

Tessa H: ¿Por la agorafobia?

Taylor: Ya lo sé, ya lo sé. Pero todavía no sé qué es lo que te la provocó, Tessa.

Tessa H: No puedo.

Taylor: Tessa, ¿qué te sucedió el último verano?

Tessa H: Creo que es hora de que me vaya a dormir.

Taylor: No, no, espera. Olvídate de mi pregunta. Háblame de otra cosa. No tiene por qué ser eso. Pero no dejes de hablarme.

Tessa H: La verdad es que no estoy de humor.

Taylor: ¿Bailarás conmigo mañana?

Tessa H: Quizá. No lo sé. ¿Qué canción?

Taylor: Tú decides. ¿Qué canciones querrías que tocara Eric?

Tessa no pudo evitar una sonrisa ante el obvio intento de distraerla. En realidad, resultaba gracioso. Taylor aún no entendía del todo por qué había aceptado ir a conocerlo aquella noche. Seguro que pensaba que ella iba por Eric Thorn, que era la perspectiva de ver en persona a su ídolo lo que la había sacado de su casa. Tessa no podía decir que no amara a Eric. En cierto sentido, lo amaba. Pero no lo amaba. Sabía distinguir entre la fantasía y la realidad.

Eric Thorn no era más que una fantasía. Pero Taylor... era real.

Tessa miró por la ventanilla para contemplar el paisaje que iban dejando atrás. Ya era de noche. El sol había desaparecido tras las gruesas nubes que se amontonaban en el horizonte. La doctora Regan encendió los faros del todoterreno para iluminar la carretera. Entonces vieron un cartel: SALIDA 54.

La última oportunidad de volverse antes de llegar a su destino final.

Aún no era demasiado tarde. Las ruedas giraban, pero Tessa habría podido frenar toda aquella historia. Habría podido volver a casa. Dejar de seguir la cuenta de Taylor. Desactivar su propia cuenta. Habría podido desaparecer sin dejar rastro. Probablemente esa habría sido la opción menos peligrosa.

Pero ¿podría hacerlo? ¿Podría vivir el resto de su vida sin haber llegado a conocer el apellido de su amigo? ¿Después de todo lo que le había dicho la noche pasada?

Bajó la mirada hacia el móvil y siguió leyendo donde lo había dejado.

Tessa H: Con tal de que cante Copo de nieve me doy por satisfecha.

Taylor: ¿La nueva canción? ¿Te gusta?

Tessa H: ¿Lo dices en serio? Estoy obsesionada con esa canción. ¿Sabes que nunca había utilizado la palabra «amor» en una canción?

Taylor: ¿Ah, no?

Tessa H: Yo solo quiero ver su cara mientras la canta. Eso es todo.

Taylor: Yo también.

Tessa H: ¿Tú también? Pero si decías que era un cretino creído. ¿Dónde se ha quedado #EricThornEs-UnaMierda?

Taylor: Quiero ver la mirada en tu rostro cuando tú veas la mirada en el suyo.

Tessa H: No sé. Quizá me ponga triste. Si pone cara de estar enamorado de verdad...

Taylor: ¿Qué? ¿Te pondrías celosa?

Tessa H: No exactamente. Es más complicado. Es que me gustaría que alguien escribiera una canción como esa sobre mí.

Taylor: Por Dios... Tessa...

Tessa H: ¿Qué?

Taylor: Tessa...

Tessa H: ¿¿Qué pasa?? Ahora vuelves a asustarme.

Taylor: Quiero decirte algo ahora mismo.

Tessa H: ¿¿¿¿Qué es???? ¿Hay algo que no me hayas contado?

Tessa sintió que el pulso se le aceleraba de nuevo al leer aquello. Se acordaba de que la última noche se había quedado sin respiración mientras el momento se prolongaba... Se había sentido tan segura de que todos sus miedos estaban justificados... Taylor le había ocultado algo desde el primer momento y estaba a punto de hacerle una confesión.

Taylor: Espera tan solo un día. Entonces lo entenderás. Tienes que confiar en mí, ¿vale?

Tessa H: Por favor, dímelo. No puedo esperar tanto tiempo. De verdad que no puedo. Esto me está matando.

Taylor: ¿Quieres que te diga la verdad? ¿Ahora mismo?

Tessa H: DÍMELA.

Taylor: Vale. La verdad es que... no sé nada sobre Eric Thorn y su mierda de canciones cursis, pero sí sé que te quiero.

Taylor: ¿Me has oído, Tessa?

Taylor: T-E-Q-U-I-E-R-O

Taylor: Y quiero que mañana lo recuerdes. Aparte de lo que pueda suceder quiero que recuerdes lo que he dicho y que lo he dicho en serio. Porque es VERDAD.

Taylor: ¿Sigues ahí?

Taylor: Bueno... espero verte mañana.

Tessa H: No, espera. Estoy aquí. Estoy llorando.

Taylor: No llores.

Tessa H: Estoy llorando porque yo también te quiero...

—¿Tessa? ¡Tierra llamando a Tessa!

Los ojos de la chica se habían nublado, pero volvió la cabeza rápidamente al oír la voz de la doctora Regan.

—¿Eh? ¿Qué? ¿Me ha dicho algo?

—¿Qué es lo que estás mirando en el móvil?

—Nada. Yo solo...

—¿Estás preparada para esto? Ya casi hemos llegado.

—No. No. Pare. Espere.

—¿Qué pasa?

—Espere —repitió Tessa —. Frene.

—Puedes hacerlo, Tessa. Acuérdate de la respiración...

Ella hizo un gesto con el brazo indicándole que se callara y le señaló el arcén para que se detuviera allí. Volvía a tener los ojos pegados al móvil, pero no en el mismo punto de la conversación.

Un nuevo mensaje había aparecido en la pantalla y se había añadido al final del hilo.

—Deténgase, por favor —le insistió a la doctora Regan—. Ha sucedido algo. Cambio de planes. Taylor acaba de mandarme un privado.

Eric se frotaba enérgicamente las palmas de las manos. Notaba que los dedos se le estaban entumeciendo. Se puso las manos en torno a la boca y les echó aliento para calentarlas.

El frente frío que se acercaba debía de ser muy potente. La temperatura había bajado unos diez grados en los diez minutos transcurridos desde que el sol se había ocultado tras el horizonte. Un viento recio soplaba sin tregua en el aparcamiento y arremolinaba el polvo.

Eric quería entrar en el local. Tal vez encontrara a alguien que pudiera prestarle una prenda de abrigo más cálida. ¿Quizá Maury? Eric oía el débil sonido de la voz de su mánager al otro lado de la puerta. Estaba pegando gritos al móvil.

Pero no lograba apartar los ojos de la carretera de dos carriles por la que apenas pasaba nadie. No los apartaba ni un instante. Quería estar allí cuando ella llegara.

Volvió a echarse el aliento en las manos y golpeó los pies contra el suelo para calentárselos.

«Frío en los pies.»

Las palabras le vinieron a la mente sin pensarlo, y entonces frunció el ceño y volvió a golpear con los pies en el suelo. Tessa tendría que haber estado allí. Pasaban de las seis.

—Venga, Tessa —susurraba—. No me dejes solo ahora.

Se había pasado todo el día planeando el encuentro, pero no se había planteado en serio la posibilidad de que la chica no acudiera. No después de la charla de la noche anterior.

Nunca tuvo la intención de declararle sus sentimientos con un privado. Hubiera querido decírselo en persona, cara a cara. Pero, al final, no había logrado contenerse. No había tenido fuerzas para seguir callado. Probablemente fue la mención de la canción lo que lo había hecho ceder.

«Con tal de que interprete *Copo de nieve* me doy por satisfecha.»

La excitación había recorrido todo su cuerpo al leerlo... como un reguero de gélido calor que lo cosquilleaba desde la nuca hasta los dedos de los pies. Tessa no tenía ni idea de lo que había significado para él oírla decir que le gustaba la canción. Y no solo que le gustaba. «Es que me gustaría que alguien escribiera una canción como esa sobre mí.»

Eric recordó aquellas palabras y una sonrisa apareció en su rostro.

«Tessa, esa canción la escribí SOBRE TI.»

Había tecleado esas palabras en la barra de mensajes y permaneció sentado un largo instante, mirándolas, con el dedo sobre el botón de Enviar. ¡Qué grande era la tentación de sincerarse y de soltar todo lo que guardaba dentro del pecho!

Después de todo, quizá hubiese tenido que enviar el mensaje.

Quizá, si lo hubiera hecho, la chica habría acudido.

Pero no llegó a enviarlo. Se contentó con decirle lo que sentía... y esa confesión ya le había resultado aterradora. Pero Tessa le devolvió el mismo mensaje: «T-E-Q-U-I-E-R-O».

Por Dios que habría dado lo que fuera por tenerla a su lado en aquel preciso momento. Se habría desprendido de su último centavo, del último aliento de su cuerpo, de la última gota de sangre que corriera por sus venas, con tal de estar en el mismo lugar que ella. Para rodearla con sus brazos y llorar con ella, y no tener que contentarse ambos con lo que habían sido hasta entonces: dos almas solitarias que lloraban en el fulgor artificial de un teléfono móvil.

Tessa había seguido charlando durante varias horas. Los dos pasaron la mitad de la noche sin dormir. Eric encontró, por fin, las palabras mágicas que habían logrado que la chica confiara en él, y entonces Tessa dio, de verdad, un paso adelante. Le contó toda su historia. Su pavorosa historia. Y Eric sintió un deseo aún más vehemente de tomarla entre sus brazos y alejar el horrible recuerdo para que Tessa no tuviera que volver a pensar en él. Se sintió muy impotente, sentado en silencio, leyendo los privados que le enviaba, uno tras otro. Todos los sórdidos detalles de sus cuatro semanas en Nueva Orleans.

Entonces, por fin, lo comprendió todo. Todo tuvo sentido. La fobia y los mecanismos desencadenantes de los que le había hablado a lo largo de aquellos meses...

Las multitudes.

Que la siguieran.

Que unos ojos la observaran mientras dormía.

En ese instante comprendió que quizá lo del concierto no hubiera sido una buena idea. Tal vez no pudiera con ello. Se lo comentó momentos antes de que ambos salieran de la aplicación, y el recuerdo de los últimos mensajes aún le daba vueltas en la cabeza.

Taylor: Tessa, ¿estás segura de que quieres hacerlo? Podríamos pasar del concierto. Si quieres, puedo ir a tu casa.
Tessa H: Pero ¡si no sabes dónde vivo!
Taylor: Eso tiene solución.
Tessa H: No.
Taylor: ¿De verdad? ¿Después de todo lo que me has contado, aún no confías en mí lo suficiente como para darme tu dirección?
Tessa H: No, no, no es eso. Pero es que tengo que hacerlo yo. Es mi buen propósito para el Año Nuevo. Tengo que salir de casa.
Taylor: Pero no es necesario que lo hagas mañana. Quizá mejor ir paso a paso, ¿no?
Tessa H: Paso a paso no llegaré a ningún lado. Si no puedo salir de mi casa por algo tan importante como esto, no voy a salir jamás.

Parecía tan segura... tan resuelta a acudir... Pero Eric se había quedado solo una vez más. Un tío patético, solitario. Una chica decía amarlo, pero no lo suficiente como para mostrarle su rostro.

Eric suspiró y volvió al interior del local. Cuando estaba a punto de agarrar el pomo de la puerta de doble hoja del club, se detuvo. Había visto un reflejo en el cristal. El súbito destello de algo que se movía.

¿Había alguien ahí fuera? ¿Una fan?

Eric escudriñó la penumbra, pero se hallaba demasiado lejos como para poder ver bien qué era. A duras penas llegaba a distinguir la silueta de un cuerpo humano. Altura mediana. Delgado. En realidad, muy enflaquecido, con brazos y piernas de araña, o de mantis religiosa. Había algo raro en su cabeza. ¿No tenía pelo? Eric hizo visera con la mano y se inclinó hacia delante, contra el viento, para ver mejor. En una segunda mirada, reparó en que tampoco se le veía el cuello. Tal vez fuera una capucha. Una sudadera con capucha... ¿Hombre o mujer? ¿De cara hacia él o vuelto de espaldas? Eric no estaba seguro. Tan solo una figura solitaria, que se había detenido con un pie en el aparcamiento y el otro en el arcén.

No podía tratarse de Tessa, ¿verdad?

No. Estaba claro que no. Tessa no habría ido sola ni se habría quedado inmóvil allí. Se suponía que iba a acudir junto con su terapeuta. Y no tenía que llegar a pie. Aquella mañana le había dicho que iría con el todoterreno ligero, de color plateado, de la doctora Regan.

¿Y dónde diablos estarían?

La fan había empezado a moverse, pero aún no se había vuelto de cara hacia el local. Se dirigió al extremo opuesto del aparcamiento y se alejó por la carretera.

Eric estiró el cuello en un intento por verla mejor. No tenía nada claro si debía hacer algo. Era peligroso. Llevaba ropa oscura y si pasaba algún vehículo no la vería. ¿Y si necesitaba ayuda? ¿Tenía que llamarla? Vaciló mientras miraba el lento avance de la figura hasta que su sombra desapareció detrás de una curva.

Después de todo, no parecía que fuera ninguna fan. Aquella noche no creía que nadie tratara de colarse. Aunque no se quejaría por ello. Eric metió las manos en los bolsillos y pateó una piedra suelta haciéndola rodar sobre los adoquines del aparcamiento.

Del aparcamiento vacío...

O más bien casi vacío. El puñado de coches aparcados en él pertenecía al personal del club. También estaba el coche alquilado con el que Maury había ido desde Dallas. El coche del propio Eric no era visible. Pocas horas antes, al llegar, había ido por la entrada de servicio que se encontraba a un lado del edificio, y había dejado allí el Ferrari. No quería llamar demasiado la atención, por si alguna fan agresiva se decidía a acecharlo y lo seguía después del concierto.

Seguirlo. Vaya ridiculez. Aquella noche no había ido ninguna fan. Habría podido dejar el coche a un lado de la carretera con un cartel de SE VENDE en letras rojas colgado en la ventana. Habría dado lo mismo. En todo el rato que llevaba allí no había visto a nadie, salvo a aquel bicho raro.

Eric volvió la cabeza hacia el lugar por el que había desaparecido la chica. ¿O era chico? ¿Y si después de todo resultaba que era un hombre? ¿Y si resultaba que era un vagabundo y buscaba a alguien que lo llevara a la ciudad? Eric no tuvo mucho tiempo para especular. Sus oídos volvían a estar alerta, porque habían detectado el rumor leve, pero inconfundible, de un motor de automóvil.

—Ya estamos. —Sacó las manos de los bolsillos e irguió

el cuerpo. Se colocó de modo bien visible la pata de conejo que le colgaba del cuello.

Aparecieron dos rayos de luz. Eric se inclinó hacia delante expectante, a la espera de que el todoterreno emergiese de las sombras, pero lo único que vio fueron unos faros que se asomaban por la curva. Miró, conteniendo el aliento, hasta que las dos luces volvieron a moverse. Seguían sin acercarse. En cambio, parecía que giraran en un arco muy amplio. Por un instante, el débil fulgor rojizo de las luces traseras reemplazó a la luz blanca de los faros. Y luego volvió a reinar la oscuridad más absoluta.

Tampoco era Tessa. Eric oyó el sonido del motor que se alejaba y el desánimo se pintó en su rostro. El tío de antes debía de haberse marchado en aquel coche. Alguien lo había recogido y había regresado por donde había venido.

—Maldita sea... Tessa... —refunfuñó.

La situación ya era del todo irritante. Había pasado en vilo todo aquel rato, pero el cálido fulgor de la ilusión se había apagado casi por completo. Y entonces, por fin, Eric aceptó la realidad. No iba a suceder nada. Aquella noche no ocurriría nada. Después de todo lo que se habían dicho, Tessa ni siquiera se había presentado. Después de pasarse todo aquel día imaginándose el momento... imaginándose lo que haría y diría, imaginándose el rostro de Tessa.

Y estaba allí, solo en un aparcamiento vacío, con el culo helado.

Eric se protegió el cuerpo con ambos brazos porque lo alcanzó una nueva y potente ráfaga de aire frío. Tal vez si le mandaba un privado aún podría convencerla para que le diera su dirección. Debía intentarlo. Al día siguiente, la gira tenía que proseguir en Santa Fe, y después en Denver.

No importaba lo que ocurriera aquella noche; tendría que marcharse de la ciudad por la mañana. Tenía una sola oportunidad de encontrarse con ella. Solo disponía de aquella noche.

Sacó el móvil y pegó el rostro a la pantalla del Twitter. No vio la banderita azul que avisaba de los mensajes sin leer. Tessa no le había mandado ningún privado. Pasaban ya veinte minutos desde la hora acordada y no le había enviado ninguna explicación.

Entró en mensajes y empezó a escribir uno.

Taylor: ¿Qué te ha pasado? ¿Estás...?

Pero se interrumpió a media frase. Sus ojos entrevieron el último mensaje del hilo y se detuvo, confuso. Un momento. Al ir hacia arriba vio que no había un único privado. Era una conversación entera.

Y eso tan solo podía significar que...

Poco a poco juntó las cejas mientras trataba de hallar un sentido a lo que leía

Taylor: Tessa, aquí debe de haber un millón de fans. Demasiaaaada gente. Frena y recógeme.
Tessa H: Vale. Te recogemos. ¿Dónde estás?
Taylor: Mira hacia delante, so tonta. Soy el tío con la pata de conejo que está caminando hacia el coche.

23
OTROS PECES EN EL MAR

Eric releyó los privados. La cabeza le daba vueltas. Mensajes para Tessa. Los había enviado él. Pero no los había enviado él. Aquello tenía una única explicación...

Nombre de usuario: @EricThornEsUnaMierda
Contraseña: ↖

Una sensación de frialdad le estrujó el pecho y lo obligó a expulsar el aire de los pulmones. ¿Cómo era posible que no lo hubiera previsto? Durante todo aquel tiempo no pudo apartar de su mente lo que le había ocurrido a Dorian Cromwell. ¿Cuántas veces volvió la cabeza para ver si alguien lo seguía? ¡Y alguien lo había hecho! Aunque no hubiera caminado detrás de él por la calle, de todos modos lo había seguido. Una pirata informática se había metido en su Twitter desde algún lugar.

¿Y si ya la tenía vista? ¿Podría ser la misma que había saltado al escenario en Seattle? Ojos verdes. Cabellos oscuros. Debía de medir un metro setenta y cinco... el recuerdo de su voz estridente todavía resonaba dentro de su cabeza: «¡Esperad! ¡Eric me conoce! ¿No me escucháis o qué...? ¡Me sigue en Twitter! Lleva años siguiéndome...».

Deliraba. Estaba convencida de mantener una relación secreta que únicamente existía en su imaginación. ¿Cuántas veces había tratado de advertir a la discográfica? Sabía que tan solo era cuestión de tiempo.

Lo que le había sucedido a Dorian era horrible. Pero aquello... aquello era inimaginable. La fan no había ido a por él. Había ido a por su amada. Había ido a por Tessa.

Y ella no tenía ni idea.

De pronto, Eric se llevó la mano al cuello. ¿Se marcharía Tessa con ella? ¿Caería en la trampa? ¿Llegaría a pensar...?

Recorrió mentalmente conversaciones antiguas, mezcladas sin remedio dentro de su cerebro.

«Quizá haya visto demasiadas veces "Catfish" —le había dicho no hacía mucho tiempo—. Siempre es el mismo argumento. ¿No serás una chica?»

Tessa... ¡no!

La maldita pata de conejo rosada. Solo quedaban dos en el pequeño gancho que colgaba al lado de la caja registradora de la gasolinera. Eric había comprado una aquella misma mañana y había dejado la otra.

Hubiera tenido que comprar las dos. Qué diablos, tendría que haber comprado también las de los otros colores. Vaciar el escaparate. Tendría que haber comprado hasta la última pata de conejo que se vendiera en el estado de Texas. La había dejado allí, colgando al extremo del gancho. Y otra persona la había comprado. Otra persona se la había enseñado a ella. Y Tessa había picado como un pez en el anzuelo.

Entonces, los acontecimientos de los últimos veinte minutos, aparentemente inocuos, cobraron un nuevo significado. La silueta de piernas flacas vislumbrada en el aparcamiento... los faros que se habían detenido antes de tomar la última curva en la carretera...

Debía de ser ella. Eric se había quedado allí y presenciado cómo se cerraba la trampa. El coche se había detenido unos instantes sin parar el motor, el tiempo suficiente para las presentaciones. Luego giró en redondo y se marchó... ¿adónde, exactamente?

Podrían estar en cualquier sitio.

¿Habrían vuelto a la casa de Tessa? Pero ¿dónde vivía? No había llegado a darle la dirección. Y en aquellos momentos debía de encontrarse en algún lugar desconocido en compañía de... de...

Eric sintió que la bilis le subía por la garganta y tragó con fuerza. No podía perder la calma. No en un momento como aquel. Tenía que pensar...

Solo le quedaba una esperanza... una manera de contactar con ella. Pulsó dos veces la tecla de mayúsculas y empezó a disparar privados:

Taylor: ¡DETENTE!
Taylor: ¡NO ERA YO, TESSA!
Taylor: ¡AÚN ESTOY EN EL CLUB!
Taylor: ¡SAL DE ESE COCHE, TESSA!

Ella vería las notificaciones. Tenía que verlas. Siempre las veía. ¿Cuántas veces le había mandado mensajes a cualquier hora del día y de la noche? Siempre le respondía al instante.

—Venga, Tessa —murmuró con voz ronca—. ¡Respóndeme, maldita sea!

Los dedos de Tessa se iban hacia el móvil, pero no quería ser maleducada. Era como un tic nervioso... Difícilmente encontraría algún mensaje que mereciera la pena leer. Ya estaba sentada al lado de la única persona cuyos privados importaban, en el sofá de la sala de estar de su casa.

Una vez más, la conversación había derivado hacia el silencio. Tessa se mordía las uñas y se estrujaba el cerebro por si se le ocurría algo más que pudiera decir. Nunca pensó que su primer encuentro con Taylor pudiera transformarse en una película de terror. ¿Cómo podía costarle tanto? Siempre habían tenido mucho de qué hablar por Twitter. Podían charlar y charlar durante horas. Pero en la vida real era como estar sentada frente a una persona totalmente distinta.

Tessa no habría sabido decir por qué se sentía tan incómoda. Taylor parecía muy gentil. Se corrigió mentalmente a sí misma: Blair. Estas últimas palabras prácticamente resumían toda la conversación que habían tenido mientras regresaban a casa en el coche.

—¿Tú eres Taylor? —le había preguntado Tessa, a pesar de la pata de conejo que confirmaba su identidad.

No entendió la respuesta. Sus ojos se habían encontrado con los del desconocido que se acercaba al coche e hizo que se sintiera muy extraña. No había sido un ataque de pánico, sino una sensación que en cierto sentido era aún más turbadora. Fue como si su cerebro se apagara por un instante. No se desmayó, pero su mente se había quedado como embotada. Un poco como cuando se nos duerme una mano: sabemos que sigue unida al brazo, pero hemos perdido la capacidad de controlarla. ¿Podía ocurrir lo mismo con el cerebro de una persona?

Permaneció como ausente no más de treinta segundos, y entonces la pata de conejo la devolvió a la realidad. Blair debía de habérsela puesto en la mano. En aquel momento ya estaban sentados los dos en el asiento de atrás del coche. Tessa se aferraba al talismán de la suerte que tenía sobre el regazo y pugnaba por descifrar las partes de la conversación que se le habían escapado.

—Espera... Entonces, Taylor...

—No, me llamo Blair. Blair Duncan. Tú ya sabes quién soy, Tessa. —La pata de conejo brilló con luz rosada, como para dar mayor énfasis a sus palabras, al pasar frente a una farola.

—S-sí —tartamudeó Tessa a modo de respuesta—. Claro. Disculpa, es que estoy nerviosa.

Blair se había encogido de hombros, como sin darle importancia.

—¿Esto te parece... bien? ¿Todavía quieres charlar, y tal?

—Por supuesto.

Tessa trató de dedicarle una sonrisa amistosa. Estaba segura de que el nombre que le había dado Blair no era el de verdad, pero tampoco importaba. Podía aceptarlo. ¿Y aquella foto de unos pies de hombre al final de unas pantorrillas musculadas? Qué más daba. No era para sorprenderse. Quizá Blair no fuera exactamente como Tessa se lo había imaginado a lo largo de aquellas noches solitarias en las que se dormía al lado del teléfono. Pero se había propuesto no cerrarse a lo que se pudiera encontrar. Si todo lo que sacaba de aquella historia era un amigo, tampoco estaría tan mal... sería mucho mejor que lo que ya tenía.

—¿Estás seguro de que no quieres ir al concierto? —le preguntó.

—No, desde luego que no. Lo que se ha montado ahí es un circo. Deberíamos ir a un lugar más tranquilo.

Tessa miró hacia su terapeuta, sin acabar de decidirse.

—Demuestras mucha consideración por los sentimientos de Tessa, Blair —manifestó la doctora Regan detrás del volante—. Yo os aconsejaría que fuerais donde Tessa pueda sentirse más cómoda. Estaríais bien en tu casa, Tessa.

—¿En mi casa?

Sintió, en parte, el deseo de negarse. Había tenido que ponerse muy firme para no darle su dirección al desconocido con el que se comunicaba por Twitter. Era la primera vez que salía de su casa en varios meses con el único fin de que ambos pudieran encontrarse en un lugar público. Pero evitó decir nada. Si la terapeuta pensaba que era una buena idea, Tessa debía entender que sus miedos eran irracionales. Y además, ya había salido de la casa. Se había probado a sí misma que era capaz de hacerlo. ¿Qué más tenía que demostrar?

En aquel momento estaba sentada junto a Blair en la sala de estar. La doctora Regan había salido hacía unos minutos y esperaba fuera, en el coche, a pesar de las objeciones que le había susurrado Tessa.

—¿Y si me viene un ataque de pánico?

—¿No tienes las pastillas?

Tessa las había dejado sobre la mesa de centro y la terapeuta asintió para expresar su aprobación. Mientras se dirigía hacia la puerta principal, le dio unas últimas instrucciones a Blair:

—Si se pone a hiperventilar, dale dos pastillas con un vaso de agua. Mándame un mensaje desde el móvil de Tessa y vendré a ayudaros.

—Pero ¿por qué no se queda? —insistió Tessa.

La terapeuta le dijo en voz baja que les convenía tener un espacio íntimo para conocerse mejor. Sin duda, el incómodo silencio le había resultado insoportable a la doctora Regan y la mujer no había podido aguantarlo más de unos minutos. Tessa no podía culparla.

Blair no paraba de moverse en el sofá, y con cada movimiento arrojaba hacia Tessa un vaho de un aroma abrumador. Una especie de fragancia floral tan intensa que la chica sentía como un escozor en las fosas nasales.

Tessa le miró por el rabillo del ojo. Blair se había inclinado para acomodar la enorme bolsa de lona que aún llevaba colgada del hombro.

—¿Quieres que te la guarde? —le preguntó Tessa.

—No. No pasa nada. Prefiero tenerla conmigo...

—Dame —dijo Tessa, y lo ayudó a dejar la bolsa en el suelo—. ¡Anda, cuánto pesa! ¿Qué llevas ahí dentro?

Los ojos de Blair se desviaron un breve instante.

—Bueno... cosas. Quizá sea la colección de CD de Eric Thorn.

—¿De CD? Pero ¡si solo ha sacado tres!

—Sí, así es. Bueno, es que también he traído el reproductor de CD. Hay que estar preparado.

Tessa arrugó la frente sin apartar los ojos de la bolsa. ¿A quién se le podía haber ocurrido lo de viajar con un reproductor de CD? Además, ¿a quién se le ocurría comprar un reproductor de CD?

—¿No tienes iTunes?

—Lo decía en broma, Tessa. Quería que te rieras.

—Ah.

—Bueno, da igual. ¿Puedo ir al baño?

Blair se puso en pie y Tessa exhaló un suspiro de alivio. Debía de ser la conversación más horrorosa de toda su vida. Casi parecía que Blair se estuviera conteniendo, a la espera de algo, de una señal. Tessa no sabía lo que podía significar todo aquello. Los silencios prolongados. Las bromas extrañas. La colonia asfixiante. Y aquella bolsa... debía de esconder un secreto valioso. Algo lo bastante importante como para acarrearlo hasta Texas. No se le escapaba la manera en que Blair había esquivado la cuestión. Lo que consiguió excitar todavía más su curiosidad.

Tessa echó una mirada en dirección a la puerta del baño. Seguía cerrada. Aún no había tirado de la cadena. No pasaría nada porque echara un vistazo, ¿verdad? No le haría daño a nadie. ¿Qué importancia tenía? Sin perder de vista el baño, Tessa se arrodilló junto a la bolsa.

Abrió poco a poco la cremallera e inclinó la cabeza para mirar en su interior.

—¡Dios mío!

Las palabras escaparon de sus labios como un murmullo entrecortado, pero Tessa no oyó el sonido de su propia voz. Su mente había vuelto a descarrilar. Abrió desorbitadamente los ojos, pero sin ver. Su corazón dejó de palpitar, pero no sintió miedo. No sentía nada. No hacía más que susurrar las mismas palabras una y otra vez, como una cantilena sin significado:

—Dios mío. Dios mío. Dios mío. Dios mío. Dios mío...

Taylor: TESSA ME HAN PIRATEADO LA CUENTA.

Eric tenía los ojos fijos en aquellas palabras inútiles y maldecía cada uno de los segundos que pasaban sin recibir respuesta. Ya eran las 18.23. ¿Cuánto hacía que el coche se había ido? Tessa debía de haber apagado el teléfono. Debía de estar ocupada conociendo... conociendo al tal «Taylor». Taylor, el primer desconocido al que permitía entrar en su vida después de todo aquello. El desconocido en quien creía confiar. El desconocido al que creía amar.

Eric estuvo a punto de arrojar el móvil al otro extremo del aparcamiento.

Tenía que hacer algo. Pero ¿qué? ¿Pedir ayuda por teléfono? ¿Llamar a la policía? Eric salió de Twitter y tecleó 911, el número de emergencias. Tenía el dedo sobre el botón de Llamada, pero vaciló. Llamaría al 911 ¿para decirles qué, exactamente? Se estremeció al imaginarse la conversación:

—Está hablando con el 911. ¿En qué podemos ayudarlo?

—Querría denunciar la desaparición de una persona.

—¿Hombre o mujer?

—Mujer.

—¿Edad?

—Dieciocho años.

—¿Cuándo la ha visto por última vez?

—No la he visto nunca.

—¿Disculpe?

—Es que no la he visto nunca. Pero teníamos que encontrarnos aquí hace veinte minutos.

—¿Dónde tenían que encontrarse?

—En un bar llamado Trail Dust Honky-Tonk Saloon.

—¿Una mujer que tenía que verse con usted en un bar? ¿Y que no había visto en su vida?

—Sí, pero es que...

—Disculpe, pero ¿esta llamada era para denunciar que tenía una cita a ciegas y le han dado plantón?

Eric pulsó la tecla para salir. No se veía capaz de explicarle la situación a un telefonista que probablemente no habría oído hablar en toda su vida de Eric Thorn, ni del *catfish*, y quizá tampoco de Twitter. Habría tardado horas en hacerle entender de qué iba la historia. Y aunque lograra explicárselo, aunque lograra hacerle entender que Tessa corría peligro, ¿qué pasaría entonces? ¿Qué podrían hacer? ¿Adónde podían mandar el coche patrulla? No tenía ni la más remota idea de dónde podía haber ido, ni de dónde vivía. Ni siquiera sabía su apellido.

Pasó otro minuto de valor incalculable. 18.24. Eric se apoyaba ahora en un pie, ahora en el otro, y no apartaba los ojos del móvil. Había empezado a respirar hondo, pero no se decidía a hacer nada. ¿Qué habría podido hacer? Estaba a punto de enviar otro privado inútil cuando una mano se posó sobre su hombro.

—Eh, chaval, acabo de hablar por teléfono con...

—¡Ahora no, Maury! —Eric sacudió violentamente los hombros para que su mánager apartara la mano.

—¿Vuelves a intercambiar mensajes de texto con la chica misteriosa? Has perdido el culo por ella, muchacho.

—¡Te he dicho que ahora no! —Eric se alejó por la acera, desesperado por apartarse de los ojos rapaces de Maury, pero oyó los pies del mánager arrastrándose a su espalda.

—¡Chaval! ¡Espera! Confía en mí. Esto te va a interesar.

Eric se volvió sobre sus talones y le lanzó una mirada asesina a Maury.

—Sea lo que sea, puede esperar.

—¿Qué te pasa? —preguntó el mánager, y señaló con la cabeza el móvil de Eric—. ¿Has descubierto que la señorita te engañaba con otro?

—Maury, te juro por Dios que...

—¡Vale, vale!, no te pongas así. Esto te va a gustar. Acabo de hablar con los de publicidad. El concierto de esta noche está cancelado.

Eric parpadeó.

—¿Qué quieres decir?

—Cancelado —respondió Maury—. Una noche libre para ti. Ya puedes volver a tus mensajes de texto. Pasa la Nochevieja como te parezca bien. Lo único que se te exige es que mañana llegues a tiempo a Santa Fe para las pruebas de sonido.

Eric negó con la cabeza, confuso.

—Pero ¿y el concierto? ¿Qué ha pasado con Tessa?

—¿Quién?

—¡La ganadora del concierto! ¡Tessa!

—¿La fan esa de Twitter? —Maury enarcó una ceja—. ¿Desde cuándo te preocupas por...?

—¡Sí que me preocupo, ¿vale?! ¿Dónde está? —Eric dio

un paso adelante. Tuvo que hacer un gran esfuerzo para resistirse al impulso de agarrar al mánager por el cuello y sacudirlo hasta que le diera toda la información—. ¡Por favor, Maury, ¿vas a parar de bromear por una vez en toda tu vida?!

—¡Eh, cálmate! —Maury retrocedió tambaléandose—. ¿Qué quieres que te diga? Se ha rajado. No se ha atrevido. No ha venido. Yo pensaba que te daría una alegría.

—Pero ¿has hablado con ella?

—No te lo tomes como algo personal, muchacho. Tienes fans de sobras. —Maury quiso darle una palmada en el brazo, pero se detuvo al notar la respiración agitada de Eric.

—¡Maldita sea, Maury! ¡¿HAS HABLADO CON ELLA?!

—¡No! —le gritó este a su vez, poniéndose a la defensiva—. ¡Ahora no me hagas pagar el pato a mí! No hemos sabido nada de ella. No responde al teléfono.

EL INTERROGATORIO (FRAGMENTO 8)

31 de diciembre de 2016, 21.17 h.
Caso n.º: 124.678.21-001
TRANSCRIPCIÓN OFICIAL DEL INTERROGATORIO POLICIAL

—INICIO PÁGINA 8—

INVESTIGADOR:	Tengo que darte una mala noticia, Tessa. Mi compañero acaba de hablar con tu terapeuta, la doctora Regan.
HART:	¿Va a tardar mucho?
INVESTIGADOR:	Lo siento, pero no va a poder venir.
HART:	¿Qué? ¡No! Pero ¡si venía detrás de nosotros! Los agentes me trajeron en un coche de policía y dijo que nos seguiría hasta la comisaría. ¿Se ha perdido o ha tenido algún problema?
INVESTIGADOR:	Parece ser que ha cambiado de idea.
HART:	¿Qué quiere decir?
INVESTIGADOR:	El detective Newman ha hablado con ella. La doctora Regan le ha dicho que contactara con su abogado y no ha querido hablar más.
HART:	No lo entiendo. ¿Para qué necesita un abogado?
INVESTIGADOR:	Un abogado especializado en malas prácticas profesionales.
HART:	¿Teme una denuncia por malas prácticas? Será una broma, ¿no? El mayor de mis miedos se ha

	hecho realidad ¿y ella se preocupa por si la denunciamos?
INVESTIGADOR:	Le ha dado al detective Newman un número de emergencia al que puedes llamar si sufres una crisis.
HART:	¿Quiere que hable con un desconocido en una línea de emergencia? ¿Se ha olvidado del dosier que decía que siento un pánico irracional ante los desconocidos?
INVESTIGADOR:	¿Quieres que llame a tu madre? Estoy seguro de que el hospital podrá encontrar a alguien que la sustituya durante su turno.
HART:	¡No!
INVESTIGADOR:	¿Alguna otra persona?
HART:	No me puedo creer que me ocurra todo esto.
INVESTIGADOR:	¿Quieres una taza de té, o de café? ¿Hay algo que pueda hacer para que te encuentres más a gusto?
HART:	Sí, ¿sabe qué?, hay algo que sí puede hacer. Puede arrestar a ese animal, meterlo en una celda y hacer desaparecer la llave.

24
ÉL

Los ojos de Tessa iban de un extremo a otro de la sala de estar, incapaces de comprender el entorno.

Las sillas... el sofá... la mesa de centro... el mobiliario familiar de la casa donde había transcurrido su infancia. Y, sin embargo, había algo que no funcionaba. Algo que no lograba recordar...

Su mirada se detuvo sobre un objeto que reposaba en el suelo. Negro y sin forma. Pesado, sabía que era pesado aunque no hubiera tratado de levantarlo.

Una bolsa. Una bolsa de lona. ¿De quién era la bolsa de lona?

No pertenecía a la casa. Tessa, por lo menos, sabía eso. Pertenecía a... pertenecía a...

De pronto lo entendió. Una náusea le recorrió el cuerpo como una oleada y el aire de los pulmones escapó de su pecho. Pero el alarido murió en la garganta. El sonido que salió no era más que un gemido.

Su boca... tenía algún problema en la boca. Solo podía respirar por la nariz. Los músculos de sus mejillas se tensaron y sintió un chasquido en la articulación de la mandíbula, pero los labios siguieron prietos.

Se dio cuenta de que estaban sellados. Sellados del todo.

Entonces, de repente, supo la verdad..., el momento de puro pánico antes de que el mundo se volviera borroso y gris. La doctora Regan la había dejado sola en la sala de estar con Blair. Tessa se había agachado para mirar dentro de la bolsa y lo había entendido todo en el momento de abrir la cremallera.

Cámaras, lentes, trípodes. Un rollo de cable blanco y grueso. Uno o dos rollos de cinta aislante.

El cable —lo vio al mirar hacia abajo— le sujetaba las muñecas. Largas secciones de cable se enrollaban en torno a su torso y sus antebrazos y la ataban con fuerza a una silla de madera de respaldo rígido. Y la cinta aislante... sentía su tacto pegajoso en los labios. Se la había pegado sobre la boca, de mejilla a mejilla.

Los ojos de Tessa volvieron a recorrer la habitación a gran velocidad y un leve sollozo escapó de su interior, a pesar de la mordaza. Su captor se había marchado no sabía adónde. Oía sus pisadas. Se desplazaban de un lado para otro por el piso de arriba. Si prestaba atención, lo oía ir de habitación en habitación: cerraba las ventanas, echaba las persianas...

Tessa recordó que la había sorprendido por la espalda. La pilló con las manos en la masa, mirando en el interior de la bolsa de lona. Abrió la boca para chillar, pero Blair se la había cubierto con la pesada palma de una de sus manos. La otra rebuscaba en el interior de la bolsa, y la sacó empuñando una hoja metálica larga y lisa: un cuchillo de carnicero. Lo había blandido frente a su rostro.

Tessa tan solo recordaba algunos retazos de lo que había ocurrido después. Su mente se desconectaba una y otra vez, se concentraba y se volvía a desconcentrar. No recordaba que la hubiera atado y amordazado... solo que la había levantado para sentarla en la silla. Sintió que le metía la mano en el bolsillo delantero de los pantalones y pateó con todas sus fuerzas. Pero Blair no dejó la mano allí dentro durante mucho tiempo. Volvió a sacarla y Tessa sintió un objeto que se deslizaba contra su muslo: el móvil. Debía de habérselo metido en el bolsillo antes de que Blair la atara.

Tessa dobló los brazos e hizo fuerza hacia delante con el pecho. Tenía que escapar de allí antes de que él regresara. Si lograba llegar a la puerta principal... Sabía que la doctora Regan aún debía de hallarse en el coche. Tessa impulsaba su peso hacia delante, pero el cable no cedía. Se le clavaba dolorosamente en la carne de los brazos y en las costillas. No tenía ninguna posibilidad de aflojarlo lo suficiente como para escapar. Quizá, si volcaba la silla... podría tratar de arrastrarse...

El crujido de las tablas del suelo la interrumpió. Ya era demasiado tarde.

Tessa cerró los ojos al oír las pisadas que bajaban por la escalera.

Eric se quedó desconcertado al darse cuenta de lo que implicaban las últimas palabras de su mánager. «No hemos sabido nada de ella. No responde al teléfono.»

—Espera un momento —dijo Eric. Sus ojos, de pronto,

se abrieron como platos—. ¿Tienes su número de teléfono?

—¡Por supuesto! He tratado de llamarla y... —Maury probó a darle una palmada en el brazo—. Es una fan entre otras muchas. Detrás de ella hay otros catorce millones de chicas.

—Pero... ¿tienes su número de móvil? ¿Y su apellido?

Maury asintió.

—Sí, desde luego, y también una copia de su carnet de conducir. Tuvimos que comprobar sus datos. Todo lo necesario. Sé muy bien que te gusta quejarte por la falta de seguridad, pero no te creas que son tan lerdos como para programar un concierto sin saber...

—Espera —lo interrumpió Eric—. Espera espera espera. ¿Tienes su dirección?

—¿Por qué estás tan obsesionado con eso?

—¡Respóndeme de una puta vez a la pregunta, Maury! ¿Tienes su dirección?

Maury se encogió de hombros y se puso a buscar por los bolsillos de la chaqueta.

—Sí, claro. Debo de tenerla por alguna parte. Está en el campo, a unos veinte minutos en coche de aquí.

Eric sintió una sensación nueva en el pecho. No propiamente alivio, pero sí un rayo de esperanza. Dio media vuelta y corrió hacia el costado del edificio donde había dejado el coche.

—¡Mándame un mensaje de texto con esa dirección! —gritó mientras se marchaba—. Voy para allá.

No se detuvo a escuchar la voz de su mánager, que seguía hablando a su espalda.

—¡Espera, Eric! ¿Piensas dar el concierto allí? Oye... te

agradezco la iniciativa... no me interpretes mal. Pero no es eso lo que habíamos acordado. Por lo menos llévate la guitarra... o yo qué sé. ¿Y qué pasa con el pelo y el maquillaje? ¡Eric!

Este había agarrado la manija de la puerta del coche cuando le vino a la cabeza otro pensamiento. Volvió la cabeza hacia Maury, que había doblado la esquina del edificio y se acercaba con sus andares de pato.

—¡Llámala de nuevo! —le gritó Eric—. ¡No te canses de intentarlo! ¡Dile... dile que esa chica no es quien dice ser!

—¿Qué? ¿Quién dices que no es no sé qué?

—¡Llámala de una vez y díselo!

Maury dejó de correr y miró, totalmente perplejo, como Eric se sentaba al volante.

Eric volvió a intentarlo.

—¡La chica que hace *catfish*! ¡La que lleva la pata de conejo! ¡Está mintiendo! ¡Dile a Tessa que no muerda el anzuelo!

—La que hace *catfish*...

—¡La chica! —chilló Eric—. ¡No yo! ¡La chica que hace *catfish*!

—La chica... Oye, Eric, ¿has vuelto a engancharte a la MTV?

Pero Eric no oyó la pregunta. Ya había cerrado la puerta del coche. Las confusas palabras de su mánager desaparecieron tras el chirrido de los neumáticos en el mismo instante en que pisó el acelerador y se alejó a toda velocidad.

—¿Todavía duermes?

Tessa se quedó helada al oír la voz de su captor. Este había llegado al pie de la escalera y entraba en la sala de estar. Al darse cuenta de que se acercaba, la chica cerró los ojos. No se atrevía a abrirlos de nuevo.

—¡Hala!, qué dormilona eres, Tessa. Tendrías que descansar más. Esto es lo que les ocurre a los que se pasan la noche despiertos mandándose privados con un desgraciado en Twitter.

Hizo un chasquido con la lengua para expresar su desaprobación, pero Tessa creyó reconocer un deje de humor en su voz. ¿Acaso bromeaba acerca de sí mismo? Se imaginó que sí. Debía de parecerle todo muy divertido. Se había quedado despierta hasta muy tarde todas las noches durante varios meses, y todo ese tiempo hablaba con... ¿Cómo era posible? ¿Por qué motivo no la había advertido ninguno de sus instintos? ¿Cómo no se le había ocurrido nunca —ni una sola vez en todo ese tiempo— que la persona con la que hablaba era él?

Él.

Tessa cerraba con fuerza los párpados. No podía soportar la simple idea de mirarlo.

—No pasa nada, amor mío. Puedes dormir. Pero no te muevas, ¿de acuerdo? Voy a sacarte unos primeros planos.

Tessa oyó el sonido, apenas audible porque la voz de Blair lo ocultaba, pero para sus oídos era como el retumbar de un trueno. El clic clic clic del obturador. Durante todo aquel tiempo en Nueva Orleans había estado oyendo su débil y rítmico chasquido. Durante semanas llegó a pensar que solo era su imaginación..., que estaba alucinando, que oía sonidos imaginarios. No fue hasta la última noche cuando descubrió la verdad.

Los ojos de Tessa se abrieron al venirle a la cabeza el horrible recuerdo, y entonces la cegó el súbito resplandor de un *flash*.

—¡Maldita sea! —exclamó Blair—. ¡Has parpadeado! ¡Te dije que no te movieras! ¿Por qué siempre tienes que estropearlo todo? Te lo juro, Tessa, si por una sola vez me escucharas... —Dejó la frase a la mitad, encolerizado, e hizo algunos ajustes en la parte de atrás de la cámara.

Tessa pugnaba por recobrar el aliento. Reconoció la sensación familiar que la asaltaba de nuevo: el puño de la ansiedad que se cerraba en torno a su pecho. El truco habitual de respirar hondo no le serviría de nada. No ahora que una tira de cinta aislante le cerraba la boca. No podía tomar suficiente aire solo con la nariz.

—Lo siento, Tessa —le dijo Blair sin mirarla. Levantó la cámara y probó a sacar una foto de la pared. Entonces, con un gruñido de satisfacción, se puso a dar vueltas por la sala y la enfocó desde distintos ángulos.

Tessa echó una mirada por el rabillo del ojo. No era tal como solía verlo en sus pesadillas. No era guapo, pero tampoco lo que se diría un monstruo. Tenía un aspecto ordinario, piel pálida y unos cabellos grasientos de color castaño claro, que tal vez habrían parecido rubios si hubieran estado limpios. Tessa notaba el olor a suciedad que emanaba de su ropa, disimulado con una colonia muy fuerte.

Se desplazaba por la sala y al mismo tiempo hablaba con voz baja y monótona.

—No he venido hasta aquí para pelearme contigo. No

me mires así. Sabes muy bien por qué he tenido que hacer esto. No me has dejado ninguna otra opción.

Tessa luchaba por seguir el hilo de sus divagaciones. La respiración se le había acelerado a pesar de todos sus esfuerzos por controlarla. Sentía cómo se le dilataban las fosas nasales.

—Si quieres, puedes hacerte la indignada, amor mío, pero sabes muy bien que tengo razón. Lo que me hiciste no estuvo bien. No es manera de tratar a alguien. —Se detuvo para examinar la foto que acababa de sacar, pero negó con la cabeza—. Trata de no hacer eso con la nariz, si no te importa. No te favorece.

Tessa a duras penas lo entendía. El zumbido había empezado a llenarle los oídos. No tardarían en aparecer gruesas nubes negras en la periferia de su visión. ¿Volvería a desconectar de la realidad? Y entonces, ¿qué? ¿Qué le haría Blair cuando terminara de sacarle fotos? Parpadeó vigorosamente y aspiró todo el aire que pudo. La voz del chico sonaba más enérgica, más agresiva, pero Tessa estaba demasiado preocupada con su propia respiración como para hacer mucho caso de sus palabras.

—¡Mujeres...! ¿Por qué las mujeres sois tan imbéciles? ¿Eh? ¿Sabrías explicármelo? Sois todas iguales. Todas tenéis el mismo ridículo objetivo: un capullo que os trate como si fuerais basura. ¿Verdad que tengo razón? Que os insulte. Y vosotras habláis con él. Decís que lo queréis a él. ¡A un tío que no se merece ni lameros las plantas de los pies! Y entonces aparece el chico bueno, una persona que es buena de verdad, que solo quiere amaros y mimaros como os merecéis, y, ¿cómo lo tratáis? ¿Eh, Tessa?

Tessa parpadeó de nuevo. ¿Un capullo? ¿Que la insultaba? ¿De quién estaba hablando? ¿De Scott? Pero si hacía meses que había roto con Scott...

Movió la cabeza de lado a lado sin entender nada, y fue entonces cuando sus ojos se posaron en la mesa de centro, justo a su izquierda.

—Te dice que eres una sanguijuela sedienta de sangre y no dejas de seguirlo. Te enamoras de él. ¿Y yo? Ni siquiera sigues mi cuenta. ¿Cómo puedes llegar a ser tan imbécil?

Tessa ni siquiera comprendía sus palabras. Toda su atención se había dirigido hacia el frasco que estaba sobre la mesa. De pronto recordó las últimas instrucciones que le había dado la doctora Regan antes de marcharse:

«Si se pone a hiperventilar, dale dos pastillas con un vaso de agua.»

Si hubiera podido llegar hasta el frasco del medicamento... Tessa se movió sin levantarse de la silla. Extendió torpemente la pierna hacia la izquierda, hasta donde pudo. Estaba muy cerca. Tan solo unos centímetros más...

—¿Qué haces? —exclamó él—. ¡Basta! Deja de inclinarte. ¡Vas a estropear la foto!

Tessa bajó la pierna y volvió a quedarse erguida sobre la silla. Apoyó ambos pies en el suelo. Se detuvo un instante para volver a inspirar con fuerza por la nariz. Entonces se impulsó hacia un lado con todo el peso de su cuerpo. Las patas de la silla chirriaron contra el suelo de la sala de estar. Se había desplazado unos tres centímetros hacia la izquierda.

—¡Basta, Tessa! ¿Qué te ocurre?

Dio un paso hacia ella, pero la chica no le prestó atención. Volvió a estirar el pie. En esta ocasión, la punta del dedo gordo logró alcanzar la mesa de centro. El frasco se cayó de lado y se oyó el repiqueteo de su contenido sobre el tablero, y Blair se volvió para ver qué ocurría. Todo su rostro se transformó de una manera que habría resultado cómica en otras circunstancias. La ira se esfumó y en su lugar apareció una mirada de adoración más propia de un cachorrillo.

—¿Necesitas pastillas? —le preguntó en voz baja—. ¡Dios mío!, ¿estás bien, mi amor? ¿Estás hiperventilando? —Dejó la cámara en el suelo, corrió a su lado y agarró el frasco de medicamento que estaba encima de la mesa—. ¿Sufres un ataque de pánico, Tessa? Si es así, dímelo. Si necesitas las pastillas, asiente con la cabeza.

Ella asintió vigorosamente.

—Trastorno de ansiedad —murmuró—. ¿Sabes?, si hubieras querido salir conmigo no habrías llegado a padecer ese problema.— Tessa se estremeció ante el destello de desaprobación que había brillado en su rostro, pero el chico le dio unas palmadas tranquilizadoras en la rodilla—. No te preocupes. No tienes por qué dejarte llevar por el pánico, Tessa. Me trataste mal, pero te perdono. Te quiero. Y estoy aquí para ser un buen novio. —Abrió el frasco y lo inclinó para hacer caer unas pocas pastillas sobre la mesa—. Te las tomas con agua, ¿verdad?

Tessa asintió de nuevo. Él se puso en pie y se marchó a la cocina. Ella se hundió sobre la silla, aliviada.

¿Y ahora qué? Dentro de su cabeza no había más que pensamientos dispersos. Tenía que trazar un plan. No le quedaba mucho tiempo. Blair se vería obligado a quitarle la cinta aislante que la amordazaba para darle las pastillas. ¿Trataría de chillar? ¿La doctora Regan la oiría desde el coche?

Tessa negó con la cabeza. No podía arriesgarse de ese modo. Si chillaba y nadie la oía...

Exhaló un leve gimoteo. No, no podía chillar. Allí dentro no habría servido de nada. Hacía esfuerzos desesperados por concentrarse, pero a duras penas lograba hacer el acopio de energía necesario para formular un pensamiento con sentido. La mente se le iba contra su voluntad, como un nadador que intenta avanzar contracorriente. Se le escapaba hacia ese otro momento... aquel momento de junio.

Aquella otra noche tampoco había chillado. De algún modo tuvo la presencia de ánimo suficiente para tragarse su propio terror. Había despertado en la habitación oscura, desconocida, y supo que no estaba sola. Sintió la presencia del chico. Este se había movido y Tessa le susurró palabras tranquilizadoras, casi tan silenciosas como su propia respiración:

—Chsssst... vuelve a dormir.

El otro se revolvió sobre la cama y Tessa no le quitó los ojos de encima mientras caminaba a ciegas, torpemente, hacia la puerta.

EL INTERROGATORIO (FRAGMENTO 9)

31 de diciembre de 2016, 21.17 h
Caso n.º: 124.678.21-001
TRANSCRIPCIÓN OFICIAL DEL INTERROGATORIO POLICIAL

—INICIO PÁGINA 9—

INVESTIGADOR:	Tessa, ahora tienes que estar tan tranquila como te sea posible, para que te pueda tomar la declaración completa. Vamos a hablar sobre Blair Duncan.
HART:	Si lo que quiere es que le explique lo que ocurrió el último verano, no puedo. Lo que sea menos eso. No puedo hablar de eso.
INVESTIGADOR:	Está bien, Tessa. Tenemos una explicación completa en los privados que mandaste anoche por Twitter. Los he estado leyendo. Si quieres, puedo leer los mensajes en voz alta para que quede constancia. Todo lo que tienes que hacer es escuchar y confirmar que quieres que formen parte de tu declaración oficial. ¿Podrás hacerlo?
HART:	Creo que sí.
INVESTIGADOR:	Que quede constancia de que tengo a la vista una serie de mensajes privados procedentes de la cuenta de Twitter @TessaAmaAEric, enviados a la cuenta de Twitter @EricThornEsUna

Mierda. El registro de tiempo del primero de dichos mensajes corresponde al 30 de diciembre, a las 23.56 horas, y los mensajes prosiguen sin interrupción hasta las 00.17 horas. Cito literalmente los primeros mensajes:

«No tengo muy claro cuándo empezó esto. Creo que fue el primer fin de semana durante el curso». Fin del mensaje.

«Era un curso de verano de Bellas Artes patrocinado por la universidad. Era muy difícil entrar. Vino gente de toda la región para cursar varias materias. Escritura creativa, música, pintura, cine, fotografía...» Fin del mensaje.

«Nos alojábamos en una residencia. Yo no dormía mucho... ni tampoco practicaba mucho la escritura creativa. Estábamos de fiesta todas las noches.» Fin del mensaje.

«Salimos mucho el primer fin de semana. Íbamos de local en local. Creo que fue allí donde me vio por primera vez. En uno de los locales.» Fin del mensaje.

Tessa, voy a hacer una pausa. ¿Los acontecimientos que describes tuvieron lugar en Nueva Orleans?

HART: Sí.

INVESTIGADOR: ¿Recuerdas el nombre del local donde viste por primera vez a ese individuo?

HART: No lo sé. Fuimos a muchos sitios. Podría visualizar el aspecto del local, pero no recuerdo cómo se llamaba.

INVESTIGADOR: En la medida en que puedas recordarlo, ¿podrías decirme si era una discoteca? ¿O más bien una sala de conciertos?

HART: Más bien una sala de conciertos. Un bar con un grupo que tocaba en directo.

INVESTIGADOR: Muy bien, gracias. Voy a continuar con los mensajes del hilo. El registro de tiempo corresponde a las 23.59 horas. Leo:

«Estaba superabarrotado y me di cuenta de que el tío no paraba de mirarme». Fin del mensaje.

«Entonces no hice caso, pero después empecé a tener sensaciones raras. Como la impresión constante de que alguien me seguía.» Fin del mensaje.

«Me dije a mí misma que todo eran paranoias, pero fue cada vez peor. Empezó a pasarme también en mi habitación de la residencia.» Fin del mensaje.

«Tenía la extraña sensación de que alguien me miraba por la ventana. Pero cuando me asomaba, no veía a nadie.» Fin del mensaje.

«Entonces empecé a perder los nervios. Tenía las persianas siempre bajadas, pero no me sirvió de nada.» Fin del mensaje.

«Me iba a la cama y me despertaba con la sensación de que alguien me había observado mientras dormía.» Fin del mensaje.

«Aquello me provocó problemas para dormir. Entonces empecé a beber mucho. Solo para calmar la angustia.» Fin del mensaje.

«Creo que fue un error. Lo de beber tanto. Todavía no sé si lo de aquella noche fue el alcohol o si me echó algo en el vaso.» Fin del mensaje.

HART: Basta. Basta ya.

INVESTIGADOR: Vale, Tessa. Ya casi hemos terminado. Tan solo quedan unos pocos mensajes.

HART: ¿De verdad tiene que leer el resto en voz alta? Tanto usted como yo sabemos lo que dicen.

25
RECALCULANDO

—Está hablando con el 911. ¿En qué podemos ayudarlo?

Eric agarraba el volante con tanta fuerza que los nudillos se le habían puesto blancos. Había acelerado el Ferrari hasta el límite, pero rebajó un poco la velocidad al inclinarse sobre el altavoz.

—¡Envíen a la policía! ¡Es por una chica...! ¡Un allanamiento! Alguien está tratando de entrar en una casa.

No era del todo cierto, pero tampoco quedaba muy lejos de la realidad. No tenía tiempo para contar la verdad. Ya lo aclararían en cuanto llegasen allí. En ese momento tenía que decir lo que fuera necesario para que la policía se presentara en casa de Tessa. El texto de Maury había llegado hacía tan solo unos instantes.

—Camino de los Sicomoros número 3 —dijo Eric al teléfono—. ¡Dense prisa!

—¿Ha visto al sospechoso? ¿Podría describírmelo?

—Es una chica. ¡Una chica adolescente!

—¿Una mujer? ¿Está actuando en solitario?

—Sí, pero... pero está armada. No me cabe ninguna

duda de que es peligrosa. Creo que podría llevar una pistola. ¡Dense prisa, por favor!

—La policía ya está en camino. ¿Podría darme más detalles sobre el aspecto de la sospechosa?

—Debe de medir un metro setenta y cinco. Ojos verdes. Cabello oscuro. Piernas muy delgadas. Sudadera oscura con capucha.

Pulsó el botón para poner fin a la llamada y enfiló la carretera desierta, esforzándose por no pensar. No lo consiguió. Se decía a sí mismo, para tranquilizarse, que Tessa estaba acompañada por la terapeuta. No iba a quedarse sola.

¿O sí? ¿Tessa se habría marchado con ella al ver que era una chica? Quizá no. Tal vez fuera todo una falsa alarma. Se estaba asustando por nada. Tessa estaba demasiado paranoica como para dejar entrar en su casa a una desconocida.

Pero entonces, ¿por qué no respondía a los privados, ni contestaba al móvil? Maury le había enviado un mensaje de texto con el número de Tessa, pero cada vez que llamaba le respondía el contestador. Debía de tener algún problema. Un problema grave.

Un problema peligroso.

Eric echó una mirada al reloj del salpicadero. Habían pasado nueve minutos desde que se había marchado del local. Tenía que concentrarse en conducir. No podía entretenerse pensando en todas las horribles posibilidades. No podía si quería tener alguna expectativa de encontrarla a tiempo. Con un esfuerzo, logró concentrarse en las instrucciones que le daba el GPS.

«Ochocientos metros más adelante salga por la derecha...

»Prosiga en la misma dirección...

»Gire a la izquierda...

»Recalculando...»

—Mierda —exclamó, y los neumáticos chirriaron. Se había saltado una curva en la oscuridad. ¿La gente de allí no sabía lo que eran las farolas? Volvió la cabeza y trató de distinguir alguna silueta que pudiera pasar por una señal de tráfico. A lado y lado de la carretera mal iluminada no había más que largas extensiones de hueca negrura salpicada por unas pocas casas dispersas.

Tessa se encogió en la silla. Los insoportables recuerdos chocaban contra ella en oleadas. No tardaría en quedar cubierta hasta el cuello por el *flashback*. No podía permitirlo. Blair estaba a punto de regresar y aún no había trazado ningún plan. Tenía que concentrarse... concentrarse en salir de allí. Ya permitiría luego que el terror se apoderase de ella. Cerró los ojos y sus pensamientos derivaron hacia el refugio habitual.

«Eric. Eric Thorn.»

—No —gimoteó bajo la mordaza. No era momento para proyectar, aunque con ello se apaciguara su pánico. ¡No tenía tiempo para eso! Pero no podía librarse de la imagen ya familiar que veía con los párpados cerrados: el rostro de Eric que miraba con la cabeza vuelta hacia atrás, helado de terror.

Los ojos de Tessa se abrieron de pronto.

—Eric —trató de susurrar a pesar de la cinta que le cubría la boca. Acababa de asaltarla un nuevo pensamiento.

La respuesta a una pregunta que la había perseguido a lo largo de varios meses. Una pregunta que su terapeuta le había planteado una y otra vez:

«No entiendo por qué lo elegí a él. ¿Por qué Eric Thorn, y no otra persona?»

«Dímelo tú misma. ¿Por qué te parece que tienes esa fijación con él?»

La respuesta era obvia. ¿Cómo era posible que no se hubiera dado cuenta hasta entonces? Sabía muy bien por qué estaba obsesionada con Eric. No porque lo encontrara guapo, ni porque le gustara el sonido de su voz. Sino porque se sentía identificada con él. Cada vez que miraba su foto y veía el miedo en su cara se reconocía a sí misma. No se trataba de una mera proyección. Sabía, por experiencia propia, de dónde procedía su angustia. Tenía el mismo origen que los peores miedos de la propia Tessa.

Las fans.

Si lo pensaba bien, Blair era lo mismo. Un fan. Un seguidor fanático que la quería demasiado, como las fans que acechaban todos los movimientos de Eric. No una de las fans ocasionales que se quedaban satisfechas con pagar por su música y responder a sus tuits. No, era lo mismo que las fans peligrosas, lo mismo que las chicas desesperadas por lograr que su ídolo las amara, que se convencían a sí mismas de que las amaba.

Entonces oyó una voz distinta dentro de su cabeza. No la de la doctora Regan. El recuerdo de la voz de un reportero en la televisión:

«Qué clase tiene ese chico. En una situación que podría haberse puesto muy fea...»

«Se nota que ya ha tenido muchos otros enfrentamientos con fans sobreexcitadas...»

¿Cómo lidiaba Eric con las obsesas? Tessa sabía la respuesta. Lo había visto con sus propios ojos. Recordó toda la escena. Lo que había visto en la pantalla de su televisor, en vídeos borrosos grabados con un móvil.

Eric había mirado a lo más hondo de los ojos de la chica y sus labios formaron las palabras mágicas, palabras que Tessa no pudo oír pero que sí podía entender. Las palabras que su perseguidor quería oír por encima de todo. Las mentiras que toda fan sueña que pronuncien los labios de su ídolo:

«Estoy viéndote... me doy cuenta de que estás aquí... sé que existes... te quiero... yo también te quiero a ti...»

Tessa oyó que el grifo de la cocina se cerraba y a continuación los pasos acelerados de Blair. Estaba volviendo, pero sintió que el miedo ya no la atenazaba. Se enderezó en la silla e irguió los hombros. Sabía lo que tenía que hacer.

—Bueno, Tessa... ¿estás a punto?

«Sí, estoy a punto», confirmó mentalmente.

—Voy a quitarte la cinta, pero tienes que prometerme que no harás ninguna idiotez. Que no chillarás. ¿Me lo prometes? —Tessa asintió sin alterarse—. Buena chica. —Dejó el vaso de cristal sobre la mesilla de café y le arrancó la cinta con una mano. Su otra mano empuñaba con fuerza el cuchillo de carnicero—. Ya está —dijo después de haberle sacado la mordaza—. Siento que se pegue con tanta fuerza, Tessa. ¿Te he hecho daño?

—No —respondió ella en cuanto pudo mover los labios. Obligó a su propia boca a curvarse en una sonrisa—. Gracias. Ahora estoy bien. Me siento mucho mejor.

—¿De verdad? —Arrugó la frente, preocupado—. ¿Ya no sufres el ataque de pánico?

—No, no —le respondió con una sonrisa todavía más resplandeciente—. Creo que era la cinta lo que me hacía hiperventilar. No estaba asustada. ¿Por qué había de asustarme?

Blair echó la cabeza a un lado y contempló el rostro de Tessa.

—Hace un momento, cuando te he pillado husmeando en mi bolsa, estabas a punto de chillar. He tenido que taparte la boca con la mano. No me mientas. —El cuchillo centelleó frente al rostro de la chica. Tessa tuvo que contener un respingo y se obligó a sí misma a reír.

—Por supuesto que estaba a punto de chillar, Blair. ¡Acababa de darme cuenta de quién eras! Estaba emocionada. Eso es lo que hacemos todas las chicas cuando nos emocionamos. ¡Nos ponemos a chillar! —Se rio de nuevo—. Qué divertido eres; no me puedo creer que me hayas atado. No te tengo miedo. Te quiero.

Blair clavó la mirada en ella. Tessa se quedó sin aliento.

—Entonces, ¿por qué huiste de mí este verano? —preguntó—. ¿Por qué me dejaste de ese modo en plena noche, Tessa? Te marchaste sin más. Ni siquiera me dijiste adiós.

La sonrisa de Tessa se desdibujó ligeramente. Su mente buscaba a toda prisa una explicación que pudiera convencerlo.

—Es verdad —reconoció—. Cuando estábamos en Nueva Orleans me asusté. Me sentí demasiado presionada por ti. Pero todo eso fue antes... antes de conocerte de verdad. Entonces todavía eras un desconocido. ¡Ahora te conozco mucho mejor!

—¡Gilipolleces!

La palabra la golpeó como un directo al estómago. No le estaba saliendo bien. Tessa parpadeó y bajó la mirada a sus rodillas.

—Todo eso son gilipolleces y tú lo sabes —dijo él con voz baja e intensa—. ¿Antes de conocerme de verdad? ¿Y qué se supone que quieres decirme con eso, Tessa? ¡Estuvimos juntos! Yo te amaba, te traté bien. Y tú... tú también me amabas. —A medida que hablaba, su voz se volvía más y más aguda—. Y entonces, de pronto, como si nada... ¡puf! Desapareciste. Sin decirme ni una sola palabra, sin ninguna explicación. Como si no hubiera significado nada para ti. ¡Como si no hubiera existido!

—Blair... —susurró—. No fue así.

Entonces Tessa comprendió su error... un pequeño error de cálculo. No había entendido hasta dónde llegaba el autoengaño. Blair debía de haberse creado una aventura amorosa ficticia y se había convencido a sí mismo de que era real. Había ido demasiado lejos como para volver atrás. La única salida que le quedaba a Tessa era entrar en el juego. Seguirle la corriente, como le vio hacer a Eric, que tomó en brazos a la muchacha y bailó con ella por el escenario, y la chica se dejó llevar hasta los brazos de los guardias de seguridad.

Tessa ya no se esforzó por sonreír y obligó a los rasgos de su rostro a hacer un mohín coqueto.

—Dices que me amas, Blair, pero sé que no es verdad. No me mientas.

Blair abrió los ojos como platos, con incredulidad.

—¡Por supuesto que te amo! ¿Cómo puedes decir eso?

Tessa negó con la cabeza.

—Lo que importa son las obras, no las palabras. Esto tenía que ser una noche especial para nosotros dos y me has atado a una silla. ¿Cómo quieres que me sienta? —Levantó los ojos y lo contempló a través de sus pestañas maquilladas. El rostro de Blair se transformó al oír la acusación. Bajó el cuchillo.

—Lo siento, Tessa.

La chica le lanzó una mirada de furor e indignación, pero no reflejaba el asco que sentía en realidad. Más bien el tipo de mirada que solía lanzarle a Scott en medio de una discusión absurda.

—Tessa... —intentó justificarse Blair—. No te enfades conmigo. Me veo obligado a hacer esto por la manera como me trataste... porque huiste. Lo entiendes, ¿verdad?

La joven asintió con un movimiento lento, como si estuviera de acuerdo.

—Lo entiendo. Siento haber actuado de esa manera. Por favor, Blair... —Alzó los ojos hacia él, implorante—. Todo era estupendo cuando estábamos juntos... y yo solo quiero que todo vuelva a ser igual que antes.

—¡Eso es lo que quiero yo también! —Se dejó caer de rodillas frente a ella y le sujetó las piernas con los brazos. Apoyó el rostro en su regazo—. Eso es lo único que quiero, Tessa. Que todo vuelva a ser como antes.

Ella hizo caso omiso del sabor amargo que le ascendía por la garganta. Acercó torpemente sus manos atadas a la cabeza de Blair y le acarició con los dedos los mechones de pelo grasiento.

—No es demasiado tarde —dijo con voz afable—. ¿No recuerdas lo que decíamos anoche?

—¿Anoche? —Blair levantó la cabeza que hasta entonces había permanecido recostada en su regazo—. ¿Quién? ¿Yo? ¿Cuándo?

—¡Por privado! —exclamó ella—. Me dijiste que bailaríamos. ¿Te acuerdas?

—No, eso se lo dijiste a...

Pero Tessa insistió antes de que el otro pudiera protestar. Ya faltaba muy poco. Sentía que la firmeza de Blair se agrietaba con cada nueva mentira que le decía.

—Quiero bailar contigo, Blair. Solo tú y yo. No es demasiado tarde. Desátame para que podamos bailar.

EL INTERROGATORIO (FRAGMENTO 10)

31 de diciembre de 2016, 21.17 h
Caso n.º: 124.678.21-001
TRANSCRIPCIÓN OFICIAL DEL INTERROGATORIO POLICIAL

—INICIO PÁGINA 10—

INVESTIGADOR: Ya casi hemos terminado, Tessa. Voy a leer el siguiente mensaje del hilo. ¿Podemos continuar?

HART: Por favor, termine cuanto antes.

INVESTIGADOR: Iré tan rápido como pueda. Ya sé que esto no te resulta fácil. El registro de tiempo del mensaje siguiente es a las 00.09 horas. Cito literalmente lo que dice:

«Lo último que recuerdo. Estaba bebiendo en una fiesta y desperté en una habitación que no conocía». Fin del mensaje.

«No sé cuánto tiempo había pasado echada en aquel lugar. Estaba muy oscuro y no encontré el interruptor de la luz. Aún estaba muy aturdida.» Fin del mensaje.

«Pero sentí la presencia de... él. Sentí su presencia. No había llegado a tocarme. Creo que no. Pero sí sentía su respiración a mi lado. Lenta y regular. Me di cuenta de que dormía.» Fin del mensaje.

«Tenía un olor muy característico. Como de productos químicos. Difícil de describir.» Fin del mensaje.

«Eso es lo que más recuerdo de él. Su olor. Cuando tengo *flashbacks*, siempre aparece ese olor.» Fin del mensaje.

INVESTIGADOR: Tessa, ¿podrías darme más detalles sobre el olor que describías? ¿Dices que era de productos químicos?

HART: No sé. Puede que fuera de los productos químicos que se utilizan para revelar fotos, pero eso no lo entendí hasta más tarde. Después de encontrar el interruptor de la luz.

INVESTIGADOR: Entonces despertaste en una habitación de la residencia y encendiste la luz, y viste...

HART: No quiero hablar de lo demás. De verdad. De verdad, no quiero.

INVESTIGADOR: Faltan algunos mensajes de los que tiene que quedar constancia. Voy a pasar a los más importantes. Voy a leer el mensaje con registro de tiempo de las 00.15. Cito literalmente:

«Hasta el último centímetro cuadrado estaba cubierto de fotos. Solo fotos por todas partes, del suelo al techo. No sabría decir cuántas. Millares de fotos». Fin del mensaje.

«Fotos mías.» Fin del mensaje.

«Bailando en locales...» Fin del mensaje.

«Caminando por la calle...» Fin del mensaje.

«Y también en mi habitación. En mi propia habitación. En ropa interior. Dormida.» Fin del mensaje.

«No me lo había imaginado. Era él. Todo el tiempo había sido...»

HART: ¡Basta! Basta. Por favor. Por favor, basta. No quiero seguir escuchando.

INVESTIGADOR: De acuerdo. Ya tengo casi todo lo que necesito. Respira hondo. Todavía vas a tener que confirmarme algunos detalles. ¿Es verdad que después de ver las fotografías huiste del edificio?

HART: Sí.

INVESTIGADOR: No llegaste a verle bien la cara, ¿verdad?

HART: No. Quiero decir que no... no, creo que no. Quizá. No lo sé, ¿vale? No me acuerdo.

INVESTIGADOR: ¿No acudiste a las autoridades?

HART: Por favor, ¿podríamos dejarlo? No me encuentro bien.

INVESTIGADOR: Ya casi hemos terminado, Tessa. ¿Estás segura de que ese individuo de Nueva Orleans es la misma persona que esta noche te ha retenido contra tu voluntad?

HART: ¡Sí!

INVESTIGADOR: Pero esta noche, al verlo, ¿no lo has reconocido?

HART: Como llevaba la pata de conejo... no sé... no se me ha ocurrido... ¿Cómo es posible? ¿Cómo es que no me he dado cuenta?

INVESTIGADOR: Nadie te echa la culpa por lo ocurrido, Tessa. Tú eres la víctima. No lo olvides.

HART: Lo sé. Intento no olvidarlo.

26
NOS VEMOS LUEGO

Blair sujetó a Tessa por el codo para que no perdiera el equilibrio al levantarse de la silla. Había cortado con el cuchillo la cuerda que le sujetaba el torso, pero seguía teniendo las muñecas atadas. Tessa levantó los ojos para mirarlo a la cara. Había empezado a planear el siguiente movimiento.

Podría haber tratado de huir, pero dudaba de que hubiera podido llegar a la puerta. No, tendría que tomarse su tiempo, aguardar el momento oportuno. Si Blair se daba cuenta antes de tiempo de que le estaba mintiendo, tal vez se desquiciaría por completo. Y aún tenía el cuchillo de carnicero en la mano.

—Blair —dijo, con los ojos puestos en el filo de veinte centímetros—, ¿no te parece que podrías dejar eso? Es muy grande.

El rostro de Blair se había suavizado poco antes, cuando Tessa le había dicho que quería bailar, pero ahora la chica vio que se ponía tenso y se apartaba de ella.

—Creo que no, Tessa.

No se había ganado su confianza. Todavía no. Tessa no podía bajar la guardia. Siguió hablándole con voz animada y alegre, y dio un pequeño paso hacia él.

—Bueno, pues procura no pincharme sin querer, por favor. Mi madre me matará si le manchamos de sangre el tapizado.

Blair soltó una risita, pero siguió sosteniendo el cuchillo con la misma firmeza.

—Yo nunca te haría daño, Tessa. Lo sabes muy bien.

Ella asintió y se obligó a sí misma a sonreír. ¿Y ahora qué? Quizá podría hacerse de alguna manera con el teléfono. Blair debía de habérselo guardado después de quitárselo. ¿Era eso lo que abultaba en el bolsillo delantero de sus pantalones? Pero entonces la única manera de apoderarse de él sería... Ni hablar. No pudo ni terminar el pensamiento. La mera idea de bailar con él hacía que se le pusiera la piel de gallina.

—¿Y si ponemos música para bailar? —preguntó Blair, y la contempló con una sonrisa juguetona—. Un pajarito me ha dicho que te encanta *Copo de nieve.*

—¡No! —Tessa retrocedió solo de pensarlo. «*Copo de nieve,* no», rogó en silencio. No podría soportar que le estropeara la canción asociándola a aquel recuerdo. Pero de todos modos, si no lograba ayuda inmediata, tampoco se hallaría en posición de recordar nada.

Si no lograba quitarle el teléfono tendría que chillar para pedir ayuda. Pero no allí dentro. En algún lugar donde estuviese segura de que la doctora Regan iba a oírla. Donde fuese, pero fuera. ¿Cómo podía convencerlo para que salieran?

Blair le echó una mirada escéptica.

—Yo creía que te gustaba esa canción.

Alargó una mano para tocar las de Tessa, y esta, a pesar de todos sus esfuerzos por contenerse, retrocedió.

—Lo siento —dijo, y dio un traspié hacia atrás—. Sí me gusta, es solo que... que... ¡creo que voy a estornudar!

Entonces se le ocurrió una nueva idea, inspirada por la abrumadora fragancia que le llenaba la nariz. Tessa se cubrió el rostro con las manos y fingió un estornudo. Y luego otro, y otro.

—¿Estás bien?

—Creo que es una alergia —dijo, sorbiendo por la nariz—. Puede que sea la colonia.

—¿La colonia? ¡Si me la he puesto para ti! —Blair levantó ambas manos con frustración y el cuchillo centelleó peligrosamente—. Fui a comprar una botella entera de esta cosa. ¡La verdad es que no consigo tenerte contenta con nada!

—¡No, no! —exclamó Tessa, en un intento por arreglar la situación sin perder de vista el cuchillo—. Pero ¡si me encanta! Has sido tan dulce y considerado... Lo único que pasa es que es un poco fuerte. —Volvió a estornudar—. Pienso que el aire fresco me ayudaría. ¿Y si salimos a bailar al aire libre? Bajo la luz de la luna. ¡Ay, Blair, qué romántico sería!

Tessa suspiró y agitó las pestañas como una princesa de cuento de hadas con su príncipe azul... siempre atenta a las reacciones de Blair. ¿Caería en la trampa? ¿Habría perdido el contacto con la realidad hasta el punto de olvidar que la doctora Regan esperaba fuera? Tessa no tenía muy claro por qué, pero lo dudaba. Sin embargo, ya le daba igual que Blair se negara a salir. Ella ya planeaba el siguiente paso.

—No —dijo él por fin—. Si quieres, podemos subir al piso de arriba. Pero fuera no. Esta noche vamos a necesitar privacidad.

Tessa hizo como que no veía la sonrisa lúbrica que se dibujó en su rostro.

—¡No quería decir que saliéramos delante de la casa, tonto! ¡Podemos ir detrás! A la galería de atrás. Queda totalmente resguardada. ¡Ven, quiero enseñártela!

Eric dio marcha atrás y contempló por la luna trasera del coche la compacta negrura que quedaba a su espalda. El GPS debía de estar mal. Ya había recorrido tres veces en ambas direcciones aquel trecho de carretera y no había visto ni rastro del desvío que conducía hasta el lugar donde vivía Tessa.

«Ochocientos metros más adelante salga por la derecha...

»Recalculando...»

—¡Mierda! ¡Mierda! ¡Mierda! —Eric le arreó un puñetazo al salpicadero—. ¡Qué mierda inútil!

Había ido muy rápido desde el local hasta allí. No había prestado mucha atención a los molestos semáforos ni a los límites de velocidad... pero luego había perdido cuatro preciosos minutos buscando la curva final.

El Camino de los Sicomoros. ¿Dónde diablos estaba el Camino de los Sicomoros?

No podía quedar muy lejos. Quizá estuviera más adelante. Frenó y tiró de la palanca de cambios para avanzar un poco más.

«Gire a la derecha...

»Recalculando...

»Cambie de sentido cuando le sea posible...»

Eric tomó aliento de golpe al oír la última instrucción del GPS. Que cambiara de sentido, ¿eh? ¿Dónde lo había oído antes? Por el motivo que fuera, le hizo pensar en otra voz que le murmuraba inútilmente al oído... unas palabras algo distintas. Pero el significado era el mismo:

«¡ERIC! ¡ERIC, DATE LA VUELTA!»

Había hecho todo lo posible por olvidar aquel incidente. Su mánager le había asegurado que la situación se hallaba bajo control. Seguridad introduciría los cambios necesarios. En los próximos conciertos, la barandilla sería más alta y habría el doble de guardias en torno al escenario. La barrera sería tan inexpugnable que se necesitaría un grupo de operaciones especiales del ejército para franquearla. En cualquier caso, la chica que había subido aquella noche era inofensiva. Maury lo había repetido tantas veces que Eric empezaba a creérselo.

Inofensiva. Una simple fan.

Tendría que haber escuchado a sus propios instintos. Supo que la chica era peligrosa con tan solo mirarla a los ojos. A primera vista no eran más que unos ojos verdes. Pero cuanto más tiempo los miraba, más se dilataban las pupilas... hasta que, al finalizar la danza, los ojos que le devolvían la mirada se habían vuelto negros del todo.

Unos ojos malignos. No era inofensiva en absoluto. En aquel momento lo supo, pero permitió que otras voces sembraran la semilla de la duda. Y mira lo que había ocurrido. Sin duda había vuelto. La figura que vio en el borde del aparcamiento tenía que ser la misma fan. Volvía a acosarlo. Había *hackeado* de alguna manera su teléfono y descubierto su segunda cuenta en Twitter, y esa cuenta era lo peor que podía haber visto. La serie de privados que Eric intercambiaba a menudo con Tessa la arrastraban con más fuerza a la violencia... Había visto las palabras de amor, que quería para sí misma, dirigidas a otra chica.

Tendría que haber manejado de otra manera la situación en Seattle. En aquel momento se daba cuenta. Se había dejado llevar por su intuición, sin otro propósito que el de salvar su propia vida. Condujo a la muchacha a una pose de baile de salón para que dejara de agitar los brazos. Pero eso no fue lo peor. La había mirado a los ojos. Durante unos breves instantes, mientras bailaban por el escenario, le dedicó toda su atención. No solo contacto ocular. También habló con ella. Lo que fuera con tal de ganar tiempo. Le dijo las mentiras que tanto ansiaba oír, y ella se las había tragado, como un tiburón que huele sangre en el agua.

—Tienes que tranquilizarte —le había dicho—. Tranquilízate, cariño.

—¡Te quiero!

—Yo también te quiero a ti.

¿Cómo podía haberle dicho esa frase? ¿Cómo? ¿Acaso albergaba un deseo de morir? Eric trató de expulsar el recuerdo de su cerebro, de concentrarse en la carretera, pero el eco de aquella conversación fugaz todavía resonaba en su interior.

—Yo también te quiero a ti —le había dicho.

—¿Me quieres? ¿De verdad?

Eric había asentido con gesto serio.

—Eres especial. Se nota. Tienes los ojos verdes más bonitos que haya visto jamás.

—¡Dios mío! ¿Lo piensas de verdad?

—Son hermosos. Pero ahora deberías marcharte. Tengo que terminar el concierto para toda esa otra gente. Nos vemos luego, ¿vale?

—¿Lo ves, Blair? —decía Tessa con voz suave—. ¿Verdad que este lugar es tranquilo y agradable?

Tessa expulsó el aire de los pulmones con una exhalación larga y controlada. La noche había refrescado desde la puesta del sol y un viento constante le revolvía los cabellos contra el rostro, pero a la chica no le importaba el frío. El aire fresco le convenía para agudizar sus sentidos y templar su resolución. Antes, al levantarse de la silla, las piernas parecían habérsele vuelto de goma, pero ahora las sentía bien sólidas. No le importaba que unos gruesos nubarrones de tormenta hubieran cubierto el cielo y los privaran de la luz de la luna. La única fuente de iluminación era el mortecino resplandor amarillo que se filtraba por las cortinas de la sala de estar.

Allí estaba muy oscuro y era imposible ver más allá de unos pocos metros. Las sombras mantenían en penumbra la mayor parte del patio trasero. Cualquiera que no estuviese familiarizado con el lugar no habría podido saber que, bajo la galería, el suelo descendía en una empinada pendiente. Hacía siglos que la propia Tessa no había estado allí. Solo sabía lo que su madre le había dicho hacía unos meses... la última vez que le propuso salir a la galería de atrás:

«Hace años que nadie sale a esa galería. La barandilla

está podrida. Es cuestión de tiempo que alguien se caiga desde allí y se parta el cuello.»

Solo por un instante, Tessa miró hacia abajo, hacia sus propias manos, que seguían hechas un ovillo, atadas por las muñecas. Reposaban contra el pecho huesudo de Blair. Este le sacaba varios centímetros, pero sus hombros parecían demasiado estrechos para un hombre. Esmirriados. A juzgar por lo que Tessa palpaba bajo la amplia sudadera, Blair no tenía mucho músculo en ninguna parte de su cuerpo. Incluso su rostro parecía demacrado. Los ojos hundidos y las mejillas chupadas hacían que recordara todavía más a un lobo hambriento que acecha a su presa.

Se estremeció y los brazos de Blair estrecharon su cintura.

—¿Tienes frío, amor? —le preguntó el joven mientras se mecían torpemente. Tessa se dio cuenta de que no tenía mucha experiencia en bailar. No se podía decir que compartiera la gracia con la que Eric Thorn había dado vueltas sobre el escenario. El cuchillo que llevaba en la mano le oprimía la espalda—. ¿Tessa? ¿Quieres que volvamos a entrar?

—No —dijo ella, que tenía que esforzarse por mantener el cuerpo erguido—. No, bailemos. Esto es muy bonito.

—Es lo que yo había querido siempre —le susurró Blair—. Tenerte en mis brazos como ahora.

—Eso es lo que quiero yo también.

Los ojos de Blair se cerraron. Tessa vio que sus labios se separaban y sorbían aire con un leve rumor de succión. Se inclinó hacia ella para besarla. «No —pensó, y todo su cuerpo se puso rígido—. No puedo.» No podría soportarlo. En los labios, no. Ni siquiera Eric había llegado tan lejos...

Tessa apartó su rostro y apoyó la cabeza sobre el hombro de Blair. Su boca le rozó la oreja y el aliento le hizo cosquillas. Tessa apretó los dientes. El baile ya había durado demasiado. No podría fingir durante mucho tiempo más. Él acabaría por comprender la verdad.

—Blair —dijo Tessa, apoyando todo su cuerpo contra él—. Blair, estoy mareada.

—¿Qué te pasa?

—Es la medicación —respondió ella con voz temblorosa—. Las pastillas contra la ansiedad. A veces me dan mareos.

Tessa notó que Blair negaba con la cabeza y se encogió al darse cuenta de su error. Las pastillas...

—Pero si no te has tomado ninguna —repuso él en tono suspicaz—. Decías que no las necesitabas.

«Nos vemos luego, ¿vale?»

Eric se había atragantado con el regusto amargo de aquellas palabras. La frase definitiva con la que entregó a la agresora a los de seguridad. En aquel momento no llegó a pensar en las consecuencias. Tan solo podía culparse a sí mismo de que hubiera vuelto. Al fin y al cabo, él mismo la había invitado a volver. «Nos vemos luego.» Entonces sus mentiras la apaciguaron, pero a la larga no hicieron más que alimentar su obsesión.

Lo veía tan claro mientras su coche avanzaba por la carretera y sus ojos escrutaban el paisaje oscurecido de Texas...

No debería haber confiado en que los de seguridad se

encargaran de ella. Tendría que haber prescindido de los guardias y resolverlo él mismo. Eric tenía muy claro lo que habría hecho si hubiera podido pulsar el botón de Rebobinar... y repetir aquella noche. Probablemente no habrían pasado el vídeo en las tertulias de la mañana. Y si lo hubieran hecho, los telespectadores no lo habrían despachado con un LOL. Probablemente habrían exigido el arresto de Eric. Habrían exigido que lo metieran en la cárcel para siempre. Pero Eric lo habría hecho igualmente, sin pensarlo dos veces, si hubiera tenido la oportunidad.

La oscura fantasía se desarrollaba dentro de su cabeza. Una vez más, sostenía a la muchacha en sus brazos y bailaba con ella por todo el escenario. Y le seguía hablando. Le repetía las mismas palabras, salvo las de despedida. Tan solo introducía una pequeña alteración. No le decía: «Nos vemos luego». Esta vez, no.

Esta vez clavaba los ojos en sus ojos negros como el carbón, hasta lo más profundo de su alma engañada.

—Nos vemos luego en el infierno, ¿vale?

Luego la llevaba hasta el borde del escenario y le daba un empujón.

Hacía que se cayera y que se rompiera el cuello frágil y delgado.

Tessa parpadeó. Casi la había pillado.

«Pero si no te has tomado ninguna. Decías que no las necesitabas.»

Apretó la cara contra el hombro de Blair para disimular su propio estremecimiento, pero no perdió el coraje. Quizá fuese el aire frío de la noche, o quizá la adrenalina que circulaba por sus venas, pero su mente se mantenía clara y serena. Una nueva mentira salió de sus labios:

—Es que antes había tomado un puñado. En el coche, mientras iba hacia allí. ¡Me sentía tan nerviosa por reunirme contigo!

Blair resopló.

—Si serás burra. Has tomado demasiadas, ¿verdad? —Su voz rezumaba desaprobación, pero Tessa reconoció un deje de cariño mientras sus brazos la estrujaban. Sintió que la punta del cuchillo le pinchaba la piel de la espalda—. Niña tonta —decía—. ¿Qué voy a hacer contigo? ¿Crees que se te pasará pronto?

Tessa apoyó la cabeza sobre su pecho y siguió respirando de manera entrecortada para resultar más convincente.

—Claro —dijo—. Pero ahora estoy muy mareada. ¿Podríamos apoyarnos un segundo en la barandilla?

Alzó la cabeza y señaló hacia el otro extremo de la galería.

—Por supuesto. —Blair sonrió con condescendencia y le apartó de la cara un mechón de cabellos revueltos—. Tranquilízate y apóyate en mí.

Anduvo de espaldas hacia la barandilla, arrastrando los pies mientras llevaba a Tessa agarrada por la cintura. Ella apoyaba la frente en el cuerpo de Blair, como para expresar confianza. No la levantó hasta que se imaginó que ya estarían muy cerca. Notó que Blair volvía la cabeza para ver hacia dónde iban, y entonces cerró los ojos para cobrar mayor coraje.

Era el momento. No tendría ocasión de pensarlo dos veces. Sería su única oportunidad. Rezó lo que le pareció que eran cien plegarias a la vez: por que tuviera fuerza suficiente para luchar... por que el cuchillo de Blair no llegara a herirla... por que la barandilla estuviera tan podrida como le había dicho su madre...

La barandilla. Sintió que la espalda de Blair ya se había apoyado contra ella. Había llegado el momento de actuar.

Con un ágil movimiento, Tessa echó el cuerpo hacia atrás y le arreó un fuerte pisotón.

Sintió que los brazos de Blair perdían fuerza. Había retrocedido un paso y levantaba la cabeza para mirarla, sorprendido. Tessa se acercó a él sin apartar los ojos de su pecho. Lo golpeó con ambos puños en el estómago, canalizando todo su miedo y su ira, su odio y su asco en el golpe.

Blair se tambaleó y agitó los brazos.

Tessa oyó el estrépito del cuchillo al caer al suelo y el crujido de la madera al quebrarse.

La chica lo miró a los ojos por última vez. Blair los abrió, desorbitados, presa del pánico, al sentir el vacío detrás de su espalda.

Entonces, de pronto, desapareció. El monstruo que la había perseguido, el recuerdo que la había tenido presa durante tanto tiempo, desapareció en la vacía negrura que se hallaba a sus pies. En el lugar donde había estado no quedó más que un agujero.

27
PENUMBRA

—¡Allí!

Eric se inclinó hacia delante porque sus ojos habían visto lo que parecía un camino estrecho. Tenía que ser allí. El Camino de los Sicomoros. Pisó el acelerador y el motor del Ferrari rugió, y el coche salió disparado por la intersección sin señalar.

«Prosiga por la ruta actual. Le queda poco para llegar a su destino...»

Bueno, por lo menos la señora del GPS parecía estar de acuerdo. Eric no compartía del todo su entusiasmo. Aquella carretera estaba todavía más oscura que la que acababa de abandonar. Eric no veía nada más allá del arco de luz de los faros delanteros. ¿Era una calle de verdad? El asfalto terminó al cabo de unos pocos metros y entonces empezó el crujido de la grava bajo los neumáticos. No había ni rastro de edificios. Tan solo una arboleda a un lado del camino.

Eric le rogó a Dios que fuesen sicomoros. Si no era el lugar donde vivía Tessa, tendría que rendirse al temor que le había atenazado el estómago. No poder llegar a tiempo. Estar perdido.

Blair aún yacía en la oscuridad. No se atrevía a abrir los ojos por miedo a que se desvaneciera el cálido fulgor que sentía en lo más hondo del estómago. Había hecho realidad su sueño más preciado.

¿Qué había ocurrido en realidad? Empezaba a olvidar los detalles. Tan solo recordaba la sensación... el delicioso hormigueo del deseo, el presentimiento de la dulce consumación. ¿Cómo era que el sueño había terminado antes de que empezara su mejor parte? Era para volverse loco, la verdad. Cuando ya tenía a la víctima a su alcance...

Suspiró y abrió los ojos, y parpadeó para despejar su visión. No veía nada. Empezó a tantear con las manos bajo el soplo de un viento frío. En algún lugar recóndito de su mente esperaba encontrar la superficie astillada de la galería de madera, pero sus dedos tan solo hallaban un suelo helado. Unos pocos manojos de hierba. Sobre todo rocas y tierra endurecida.

Blair se apoyó sobre los codos sin prestar atención a su propio aturdimiento. Debía de haberse golpeado en la cabeza. Sus ojos se acostumbraban poco a poco a la penumbra de una noche sin luna y unos pocos recuerdos dispersos se filtraron a través de la bruma de sus pensamientos. Había soñado que estaba en una galería. Una galería de madera. Por lo menos le parecía que había sido un sueño. Entonces miró hacia arriba y distinguió en lo alto el contorno de los listones de la barandilla. Debía de haberse caído. Pero ¿por qué había subido allí arriba? Tenía el vago recuerdo de estar de pie y... mecerse. Bailar. Bailar lento. Bailar lento con...

Tessa.

De pronto, Blair se incorporó de medio cuerpo y se quedó sentado en el suelo. La casa de Tessa. La galería de Tessa. ¿Dónde estaba Tessa? ¿También se había caído? ¿Se habría hecho daño?

Se puso de rodillas y recorrió a tientas un amplio círculo, en busca de otro cuerpo. Sintió un estallido de dolor en el hombro izquierdo, pero no hizo caso.

—Tessa —susurraba con voz ronca—. Tessa, ¿dónde estás?

Al cabo de un instante, se rindió. Si Tessa estaba allí abajo, era incapaz de encontrar ni rastro de ella. Había desaparecido de nuevo. Igual que la última vez.

Blair soltó un gañido... el grito de un animal herido, enfermo de rabia y dolor. ¿Por qué siempre desaparecía? ¿Por qué no podía quedarse donde él la había dejado? Parecía no poder lograr que se mantuviera quieta, por mucho que lo intentara. A pesar de todas las fotos, Blair nunca tenía suficiente. Nunca quedaba satisfecho. No se contentaba con dejar congelada su imagen. Quería que su cuerpo y su alma siguieran el mismo camino, se quedaran clavados para siempre en un sitio, para disfrutar de ella a placer.

¿Había vuelto a abandonarlo? Si era así, Blair haría que lo lamentara. Podía perdonarle un solo error, pero ¿dos... tres veces? No. Tendría que pagar por ello...

Se puso en pie y se meció inseguro sobre la pendiente mientras estudiaba el lugar. No podría volver a trepar a la galería desde allí. Con el hombro lesionado, no. Tendría que encaramarse cuesta arriba y dar la vuelta a toda la casa para llegar a la puerta principal. Blair recogió el brazo herido contra el pecho e inició el dificultoso ascenso.

Eric creía haber oído una sirena, aunque muy débil. Redujo la velocidad del coche y bajó la ventanilla para escuchar. Volvió a oír el sonido, esta vez más claro y fuerte que antes. Sus ojos divisaron la luz trémula de unos faros.

Pisó el acelerador y el coche se tambaleó sobre una elevación del camino. Por fin pudo ver lo que ocurría más abajo. ¿Tres automóviles? ¿Cuatro? Se habían dispuesto en semicírculo en torno a una casa blanca de madera, que se teñía de rosa con el reflejo del fulgor de los faros de los coches patrulla.

La casa de Tessa. Tenía que ser la casa de Tessa. ¿Habían llegado a tiempo?

Clavó los ojos en la lejanía y se esforzó por distinguir más detalles. No vio la forma oscura que iba hacia él hasta que se halló a pocos centímetros del guardabarros delantero.

—¡Dios mío! —Eric pisó el freno.

La figura se había plantado frente al coche con un brazo levantado para protegerse del resplandor de los faros. Los ojos de los dos se encontraron a través del parabrisas... y entonces Eric lo entendió todo.

Estatura media. Sudadera con capucha. Brazos y piernas muy delgados. Era la misma figura que Eric había visto acechando en aquel aparcamiento amplio y vacío. Pero los ojos que le devolvían la mirada no eran verdes.

Ojos castaños. Nariz torcida. Mejillas hundidas, sombreadas por la barba incipiente de un día. Estaba claro que no se trataba de una de las jóvenes que tenía por fans.

Eric se quedó boquiabierto. ¿Cómo no se había dado cuenta antes? Tessa le había contado la historia entera en sus privados de la noche anterior. Sabía muy bien quién era la persona que tenía enfrente.

Entonces, la cara del otro muchacho también dio a entender que lo había reconocido. Se apartó del coche y echó a correr.

—¡Ah, no, ni lo sueñes! —Eric paró el motor y abrió violentamente la puerta.

Casi había llegado a la carretera principal, jadeando y resoplando, cuando por fin lo pilló. Si no lo hubiera oído resollar, Eric podría haber pasado de largo en aquella noche negra como el carbón. Pero saltó sobre él y lo derribó.

—¡Ummmf!

Eric había contado con imponerse fácilmente a aquellos miembros flacos como palillos, pero su oponente lo sorprendió con su fuerza y su nervio. No tenía nada que hacer contra el cuerpo más musculado de Eric, pero de todos modos este tuvo que pelear para imponerse. Ambos rodaron por el suelo, aferrándose el uno al otro, y Eric sufrió arcadas al sentir el hedor abrumador que emanaba de las ropas del chico: una mezcla putrefacta de sudor y esencias florales.

En cuanto pudo tomar aliento, volvió la cabeza y gritó:

—¡Aquí! ¡Socorro! ¡Policía!

Eric se encaró de nuevo a la figura que tenía sujeta y sintió que algo duro le rozaba la sien. Una roca. Un golpe sesgado. Si hubiera llegado a golpear más hacia la izquierda habría podido abrirle el cráneo. La situación se le estaba escapando de las manos. Eric hizo acopio de fuerzas por última vez y golpeó con el puño a su adversario en pleno rostro. Luego le dio la vuelta y lo agarró por ambas muñecas.

—Hijo de puta asqueroso —mascullló, al tiempo que lo aplastaba con su propio cuerpo y le impedía levantarse.

El chico respondió con un mero gimoteo. Había cesado de forcejear. ¿Acaso lo había dejado inconsciente? ¿Y si solo estaba fingiendo con la esperanza de que el otro aflojara?

Eric le aferró las muñecas todavía con mayor firmeza y volvió de nuevo la cabeza para pedir ayuda:

—¡Policía! ¡Aquí!

Por fin oyó unos pasos. No era capaz de ver nada en el camino a oscuras, pero al poco los dos agentes se acercaron por la elevación con las linternas encendidas. Sus haces de luz le resbalaron sobre el hombro e iluminaron la forma que tenía debajo.

Eric se volvió de nuevo y se encontró con un par de ojos desconcertados que le devolvían la mirada. El otro empezó a murmurar. Solo se entendía a medias lo que decía. Eric apenas si logró comprender unas pocas palabras inconexas:

—Es mía... lo ha dicho... ha dicho que me ama... Tessa...

Al oír ese nombre, Eric sintió que algo se rompía en su interior. Por un instante, el mundo entero se volvió de color negro, y luego de brillante carmesí. Apenas podía oír los gritos de los agentes de policía, como si procedieran de un lugar lejano.

—Tessa... —sollozaba aquella voz bajo su cuerpo—. No permitiré que se marche jamás... no dejaré que olvide...

Eric aferró una roca llena de aristas y la sostuvo en alto.

EL INTERROGATORIO (FRAGMENTO 11)

31 de diciembre de 2016, 21.17 h
Caso n.º: 124.678.21-001
TRANSCRIPCIÓN OFICIAL DEL INTERROGATORIO POLICIAL

—INICIO PÁGINA 11—

HART:	Dios mío, voy a vomitar.
INVESTIGADOR:	Esta noche has demostrado un ánimo encomiable, Tessa. Deberías estar muy orgullosa de la manera como te has portado.
HART:	Pero es que todo ha ocurrido por culpa mía. He sido yo quien lo ha provocado todo.
INVESTIGADOR:	Mira, Tessa, he oído una y otra vez a víctimas que me salen con disparates de ese tipo. Lo que dices no es cierto.
HART:	¡Sí, sí lo es! ¡Yo lo invité a venir! ¿No lo entiende? ¡Estuvimos mandándonos privados durante meses enteros!
INVESTIGADOR:	No, Tessa...
HART:	¡Meses y meses! Y en ningún momento se me ocurrió que pudiera ser él.
INVESTIGADOR:	Tessa, el individuo con el que hablabas en Twitter no era el sospechoso.
HART:	¡Sí, sí lo era! Ahora estoy segura. ¡Estoy segura de que era él!

INVESTIGADOR:	Mira, no dudo que Blair Duncan sea el mismo individuo que te acosaba en Nueva Orleans. Estaba matriculado en el mismo curso de verano. Su especialidad era la fotografía. Encontramos un gran número de fotos tuyas en su teléfono móvil. Tenemos pruebas suficientes para declararlo culpable de vigilancia ilegal y secuestro. No me cabe duda de que irá a prisión por mucho tiempo.
HART:	Pero si acaba de decir...
INVESTIGADOR DOS:	No creo que sepa con quién ha estado hablando todo este tiempo, Chuck.
INVESTIGADOR:	¿No lo ha visto en el escenario de los hechos?
INVESTIGADOR DOS:	Creo que los agentes ya habían introducido a la señorita Hart en el coche patrulla cuando él llegó. El muchacho los ha seguido hasta comisaría con su propio vehículo.
HART:	No, no. Había venido en el coche de la doctora Regan. No tenía vehículo.
INVESTIGADOR DOS:	No, Tessa, ahora no me refiero a Blair Duncan, a él lo han arrestado en el escenario de los hechos.
HART:	Pero entonces... ¿de quién están hablando?
INVESTIGADOR:	La persona con la que hablabas en Twitter no era Blair Duncan, Tessa. Pensamos que Duncan empezó a seguir tu cuenta de Twitter mientras te espiaba. Y que aún te seguía cuando te marchaste de Nueva Orleans, cuando eliminaste el usuario @TessaHart y adoptaste el de @TessaAmaAEric. En un determinado momento cambió su propio usuario a @ElVerdaderoEricT, y te escribió tuits repetidamente en un intento de conversar contigo.
HART:	Lo recuerdo. Una cuenta rara de un impostor que quería hacerse pasar por Eric. La bloqueé. ¿Era él?

INVESTIGADOR:	Al parecer, se frustró porque no quisiste seguirlo, y se enfureció todavía más al ver que seguías a @EricThornEsUnaMierda. Sin embargo, la cuenta @EricThornEsUna Mierda no era suya.
HART:	Pero si estaba al corriente de todo lo que decíamos... sabía muchos detalles.
INVESTIGADOR:	Creemos que tuvo noticia de tus mensajes privados con @EricThornEsUnaMierda en septiembre. Recordarás que el día 20 de septiembre, a las 23.25 horas, @EricThor nEsUnaMierda tuiteó públicamente… cito de forma literal: «Te juro que no soy mal tío. Háblame. Por favor». Entonces intercambiasteis varios tuits públicos, que culminaron con otro tuit de @EricThornEsU naMierda que declaraba... cito literalmente: «@TessaAmaAEric ¿¿¿Qué ha pasado??? Vuelve a seguirme para que podamos mandarnos privados».
HART:	Y entonces volví a seguir su cuenta.
INVESTIGADOR:	Según parece, ese intercambio público puso a Duncan sobre la pista de tu correspondencia privada con @EricThornEsU naMierda. Entonces Duncan pirateó la cuenta de @EricThornEsUnaMierda.
HART:	Pero... un momento... ¿por qué... por qué no pirateó directamente mi cuenta?
INVESTIGADOR:	Logró adivinar la contraseña de la cuenta @EricThornEsUnaMierda. ¿Sabes?, deberías tener una charla sobre ciberseguridad con tu novio. Una persona en su situación debería andarse con más cuidado...
HART:	¿De qué me están hablando? ¿Qué novio? ¿Se refieren a Scott?
INVESTIGADOR:	Disculpa. Él nos ha dicho que vuestra relación es de naturaleza romántica.
HART:	¿Quién? ¿Blair? Pero ¡si está loco!

INVESTIGADOR:	No, perdona, me refiero a...
HART:	Estoy muy confusa. Ahora me están diciendo que Taylor existe. ¿Taylor existe de verdad? ¿Han hablado con él?
INVESTIGADOR:	Está aquí, en comisaría. ¿Quién crees que ha avisado a las autoridades esta noche? De hecho, estamos en deuda con él por haber atrapado a Blair Duncan cuando huía del escenario de los hechos. Le ha dado una buena paliza, seguramente más de lo necesario, pero...
HART:	Un momento... ¿Aún está aquí? ¿Ahora mismo? ¿Está en la comisaría?
INVESTIGADOR:	Sí. Ha hecho una larga declaración. Está deseoso de hablar contigo.
HART:	¿Se llama Taylor de verdad?
INVESTIGADOR:	No.
INVESTIGADOR DOS:	No la agobies, Chuck. Ha tenido un día difícil.
INVESTIGADOR:	Bueno, pero es que esto va a ser interesante.
HART:	¿El qué? ¿Qué es lo que va a ser interesante?
INVESTIGADOR:	Tessa, ¿quieres que lo hagamos venir para que lo conozcas?
HART:	¡Sí!
INVESTIGADOR:	Muy bien. Voy a buscarlo. Pero creo que tendrías que sentarte, Tessa.

—FIN DE LA TRANSCRIPCIÓN—

28
LO QUE HARÍA UNA FAN

Tessa estaba sola, sentada en la sala de interrogatorios. Con la cabeza repleta de preguntas sin respuesta. Uno de los policías le había dado una manta de lana gris y rasposa, y la chica la estrechaba en torno a sus hombros. Se preguntaba cómo era posible que el pánico no la abrumara. Acababa de verse cara a cara con su depredador. ¿Cómo era posible que no se hubiera desplomado, ni se hubiera quedado como una masa de gelatina temblorosa?

Tal vez no sintiera la conmoción hasta más tarde. Probablemente no habría tenido que quedarse sola... pero no iba a estarlo mucho rato. Tessa sentía mariposas en el estómago con solo pensarlo. Taylor, o como se llamara, no tardaría en llegar. En realidad, su nombre no importaba. Lo que sí importaba era que existía.

La pierna de Tessa se movía nerviosamente bajo la mesa. Había alguna otra cuestión que aún la carcomía. En la historia que le había contado el policía algún detalle no acababa de encajar. No habría puesto la mano en el fuego por ello, pero sentía el cosquilleo de la duda mezclado con el de la ilusión. Algo que se les había pasado por alto. Lo sabía. Pero ¿qué? ¿Qué podía ser...?

Ahogó un grito al darse cuenta de lo que era.

—Dicen que Taylor envió a la policía a mi casa, pero eso es imposible. ¡Yo no le había dicho dónde vivía!

Oyó una voz a su espalda y Tessa se dio la vuelta sin levantarse de la silla.

—Sí, creo que ese capullo contaba con que yo no tendría tu dirección.

En cuanto los ojos de Tessa se posaron sobre el rostro del que había pronunciado aquellas palabras, la fuerza con que sus manos agarraban la manta se relajó. Su boca se abrió y entonces articuló unas palabras sin sonido: «Dios mío».

—Me la dio mi mánager. Tenía tu información de contacto.

—Tú eres Eric Thorn —murmuró Tessa a modo de respuesta.

El chico se había quedado en el umbral de la puerta, sin saber qué hacer, aguardando a que Tessa dijera algo. Tenía una mano dentro del bolsillo de la chaqueta de cuero y con la otra se apartaba su mata de pelo greñuda de la frente. Dio un paso vacilante hacia ella.

—Hola, Tessa.

—Tú…tú eres Eric Thorn —dijo de nuevo, con voz algo más fuerte.

—Eric *Taylor* Thorn —la corrigió, con algo semejante a una sonrisa pretenciosa en los labios—. Una superfán como tú tendría que saberse mi segundo nombre.

—¿Qué... por qué... por qué estás...? No lo entiendo.

Eric acercó una silla de metal a la de la chica y se sentó

junto a la mesa de interrogatorios. Tessa lo miraba, aún confusa. Buscó algo dentro del bolsillo de la chaqueta. Por fin lo sacó y lo dejó sobre la mesa.

Una pata de conejo de color rosa.

Al verla, Tessa sintió la presión ya familiar de la ansiedad que le atenazaba la garganta. Se envolvió todavía más con la manta y sus pensamientos se descoyuntaron. ¿Por qué tenía la pata de conejo? ¿Se la había dado la policía? ¿Había ido allí para hacerse publicidad? ¿Todavía estaba con lo del sorteo?

—¿Aún no lo has entendido, Tessa? —Su mano se posó sobre su hombro—. Yo soy Taylor. Soy el tío con el que has estado hablando durante todo este tiempo.

—No, no lo eres —replicó la chica—. Tú eres Eric Thorn.

—Me presenté con mi segundo nombre.

—¡No! —Tessa hizo un movimiento con el hombro para alejar la mano de Eric. La sensación de ahogo le había llegado al pecho y se obligó a sí misma a respirar.

«Eric uno... Eric Thorn...»

Tessa hizo que no con la cabeza. El ejercicio no funcionaba.

—Tú eres Eric Thorn. No eres una persona de verdad.

La sonrisa de Eric se torció.

—¿Qué significa eso?

—¿Dónde está el Taylor de verdad? Me habían dicho que hay un Taylor de verdad.

Se volvió hacia la entrada de la sala, con la esperanza de ver a alguien, pero en la puerta no había nadie. Empezó a mover los ojos de un lado a otro de la sala en busca de respuestas a las preguntas que se agolpaban en su cabeza. Entonces, ¿todo había sido un juego? ¿No había estado hablando con un tío de verdad? ¿Un tío que quisiera estar con ella? ¿Tan solo con una estrella del pop que se divertía tomando el pelo a sus fans desprevenidas?

—No, Tessa. No me estás escuchando...

Dejó de escuchar al mirarlo a la cara. Las comisuras de los labios se le contraían nerviosamente. ¿Acaso se estaba riendo?

—No —susurró—. No es verdad. Por favor, dime que esto es una broma.

—No es ninguna broma —dijo Eric al tiempo que se ensanchaba su sonrisa.

—Te estás riendo. ¿Tú te crees que esto es divertido?

—¡No! —La sonrisa desapareció de sus labios, pero sus ojos aún danzaban, alborozados—. Bueno, un poquito sí —confesó—. Tessa, tienes que reconocerme que si esto llega a salir en «Catfish» ya no se les habría ocurrido sacar nuevos episodios.

Ella clavaba los ojos en él, incapaz de creerse lo que estaba oyendo. Todo aquel tiempo en Twitter... todos aquellos meses y más meses...

Cuando se dio cuenta de la verdad, el pánico se esfumó, ahuyentado por el amargo sabor de la ira.

—¿No? —continuó Eric, aún con su sonrisa burlona—. ¡Por favor! Tienes un póster mío colgado sobre la cama. ¡Escribiste una historia sobre mí que se titulaba *Obsesión*! Y ahora resulta que habías estado hablando todo el tiempo conmigo.

Tessa echó la cabeza hacia atrás y se puso en pie bruscamente, y la silla de metal rechinó contra el suelo. Contempló con incredulidad cómo Eric le sonreía abiertamente.

Soltó la manta y le arreó un bofetón en plena cara.

29
LO QUE NO HARÍA UNA FAN

Eric se llevó una mano a la mejilla, más por la sorpresa que por el dolor que pudiera haberle causado el bofetón. No había esperado aquella reacción. Desde el momento en el que entró en la sala, aguardó con paciencia a que asimilara plenamente los hechos. Sabía lo que ocurriría luego... por lo menos creía saberlo. El alarido ininteligible de las fans. Como cuando la había seguido en Twitter y ella había tuiteado en respuesta: «¡¡¡¡¡DIOSSSSSSSSSSSSSSSSSSSS SSSSSSSSSSSSSSSSSSSSSSSSSSSSSS!!!!!».

Pero la expresión de su rostro no parecía la más propia de una fan. Más bien tenía aspecto de estar a punto de vomitar. Eric hizo todo lo posible por poner cara de preocupación, pero no lo conseguía. Las comisuras de sus labios parecían haber cobrado vida propia.

Era incapaz de evitarlo. ¿Cómo habría podido no sonreír? Por fin había conocido a Tessa. Estaba viendo a Tessa. Y desde luego que había merecido la pena esperar a contemplarla. No le veía el cuerpo, oculto bajo la manta enorme que le había dado la policía, pero le bastaba y le sobraba con su rostro en forma de corazón y ojos almendrados que parecían cada vez más grandes a medida que la miraba.

Por supuesto que tenía la apariencia de una persona que acababa de salir de una pesadilla. Se había recogido los cabellos largos y castaños de cualquier manera en una cola de caballo para que no le cayeran delante de la cara. El maquillaje se le había corrido sin remedio. Le habían quedado manchas oscuras de rímel en torno a los ojos. Pero nada de eso importaba. Nada de eso bastaba para ocultar lo que estaba viendo.

Era hermosa. Mucho más hermosa de lo que se había atrevido a esperar.

Pero los ojos de la chica se entrecerraban peligrosamente y todo su cuerpo se estremecía como el de un felino a punto de saltar. Eric se puso una mano sobre la mejilla dolorida. Todo su buen humor se había esfumado.

—¿Qué diablos te ocurre, Tessa?

La chica se dejó caer de nuevo sobre la silla y ocultó el rostro entre las manos.

—Quiero al Taylor de verdad. ¿Dónde está el Taylor de verdad? —Sus hombros ya no temblaban, sino que sufrían verdaderas sacudidas—. ¡Decían que había un Taylor de verdad!

—¡Estoy aquí! —exclamó él—. Te lo juro. ¡Estoy aquí!

Eric trató de rodearla con un brazo. Quiso atraerla hacia su cuerpo, pero Tessa se giró sobre la silla y le dio un fuerte empujón en el pecho.

—¡No me toques!

—¡Disculpa! —La soltó y levantó ambas manos—. Lo siento. ¿Estás bien? ¿Quieres que vaya a buscar a alguien...?

Por fin, Tessa le devolvió la mirada, con los ojos teñidos de tal decepción que lograron que Eric quisiera meterse en un agujero oscuro y profundo.

—Taylor no existe, ¿verdad que no? —preguntó en un susurro.

—Tessa —se dispuso a responder con voz afable—. Tendría que habértelo dicho antes. Pero es que... quería decírtelo cara a cara. Eso es todo. Por eso estoy aquí. Organicé un falso concurso para poder venir aquí y conocerte. —Se deslizó de la silla y se agachó a su lado, y la obligó a mantener el contacto ocular cuando trataba de mirar hacia otro lado—. Soy yo, Tessa. ¿Me oyes? Existo. Y tú existes. Y lo que nos une también existe. Tú eres la única persona en todo el mundo que puede hacerme sonreír, y eso existe. Eso es lo único que existe. Es el resto de mi vida la que es falsa.

Tessa no respondió. Las lágrimas le resbalaban en silencio por las mejillas. Se frotó los ojos, pero lo único que consiguió fue que se le corriera todavía más el rímel. Eric se metió la mano en el bolsillo —habría dado la vida por un pañuelo de papel—, pero volvió a sacarla vacía.

—Tessa —empezó de nuevo, desesperado por hacerla reaccionar. Tomó las manos de ella entre las suyas—. Escúchame, Tessa. Tú me conoces. Antes de que empezáramos a charlar ya me habías entendido mejor que los demás. Notaste que había algo que no marchaba bien. No sé muy bien cómo lo hiciste. Quizá porque estábamos sufriendo lo mismo. O tal vez porque tienes mucha intuición. Pero me entendiste enseguida. Y me escuchaste. Tú eres la única que escucha lo que yo tenga que decir. La única, Tessa. Y yo también te escuché a ti. También te conozco. Sé el miedo que has pasado esta noche.

Tessa retiró bruscamente las manos.

—Tú no tienes ni idea.

—Tessa...

—¡Tú no tienes ni idea de lo que he sentido esta noche! ¡No tienes ni idea de lo que he tenido que pasar!

—Está bien. —Eric no insistió y volvió a sentarse en su silla—. No, tienes razón. No tengo ni idea. A duras penas llego a imaginar...

—¿Tú te creías que ahora me emocionaría? —Ella resopló con acritud—. ¿Tú te creías que me pondría a gritar, y a llorar, y a hacer de fan, y que todo terminaría bien?

Eric bajó bruscamente la mirada.

—No lo sé. Creo que esperaba... No sé lo que esperaba. Sí, seguramente es eso lo que creía. Un poco sí. Y está claro que me he equivocado. Y lo lamento.

Tessa volvió a inclinarse hacia delante y apoyó la cabeza en sus manos. Eric habría querido tenderle las suyas y consolarla, pero no osaba tocarla de nuevo. Miró al otro extremo de la habitación, al espejo horizontal de la pared opuesta. No le cabía ninguna duda de que sería de doble vista. Había visto suficientes películas de policías como para saberlo. ¿Estarían los detectives observándolos desde el otro lado? ¿Se estarían divirtiendo?

Sus ojos se encontraron con su propio reflejo. Eric Thorn en carne y hueso... aunque hecho polvo. Vio el moretón oscuro que se le estaba formando en la frente, donde había recibido el golpe cuando rodaba por el suelo con el acosador. Y tenía la mejilla enrojecida donde Tessa acababa de abofetearlo.

Lo había abofeteado. Después de todo lo ocurrido. No se lo podía creer.

Tomó aliento y cuadró los hombros.

—Siento haberte decepcionado, Tessa. Lo siento de verdad. Pero creo que no me merecía la bofetada.

Tessa levantó los ojos, sorprendida por la firmeza con que le hablaba.

—Lo siento —susurró.

—Gracias.

Una vez más, ella trató de enjugarse los ojos sin conseguirlo.

—Mira, no debería haberte dado ese bofetón. Estoy segura de que no eres mala persona —dijo, al tiempo que sorbía ruidosamente por la nariz—. Me encanta tu música. Eso ya lo sabes. Pero hoy debe de haber sido el peor día de toda mi vida y no estoy... no estoy para relaciones sociales...

—¡Esto no son relaciones sociales!

—Es que creía que al final de toda esta historia iba a encontrarme con alguien que de verdad quisiera estar conmigo.

—¡Yo quiero estar contigo! —Eric echó la cabeza hacia atrás y contempló el techo con impotencia e incredulidad.

Tessa evitaba mirarlo a los ojos. Habló como si se dirigiera a la mesa, con la frente apoyada en la mano.

—Ya, pero no sé, pensaba que ahora entraría un chico y que sería mi novio. Una persona normal. Me daba igual su aspecto físico. Solo quería a un chico... un chico simpático que me quisiera, y me hablara, y estuviera conmigo. Eso era todo lo que quería. Pero todo el mundo se ha marchado. Todo el mundo me ha abandonado una vez más. Incluso la doctora Regan...

Eric se volvió hacia ella.

—¿Cómo? ¿Qué quieres decir con que la doctora Regan te ha abandonado?

—No importa. Siento lo de ese bofetón, ¿vale? —Tessa empujó la silla hacia atrás para alejarse de la mesa—. Ahora quiero irme a casa.

Eric se quedó abatido. No tenía sentido tratar de volver a discutirlo con ella. Fue consciente de la respuesta desde el momento en el que la palma de su mano le había tocado la mejilla.

—Está bien —asintió tristemente, y se levantó—. Vámonos. Te llevaré a casa.

—No.

—Tengo el coche aquí enfrente.

—Me llevará la policía.

—Te llevaré yo —insistió. Se sacó la chaqueta y cubrió el cuerpo de la chica con ella—. Tápate. Fuera hace frío.

Tessa negó con la cabeza, pero agarró la chaqueta y se la estrechó con fuerza en torno a los hombros. Sus ojos se encontraron durante un largo instante. La pena que sentía Eric se reflejaba en el pesar que él mismo veía en el rostro de Tessa.

«Esta historia se acaba así», pensó. La noche que había estado esperando durante tanto tiempo, que tantas veces se había representado mentalmente... jamás habría imaginado que pudiera terminar de aquel modo. Con el rechazo más absoluto. Con una decepción total y completa. Había vivido en una especie de reino de los sueños. En una tierra de fantasía en la que Tessa caía en sus brazos y se transformaba en su chica durante una noche mágica, y luego volvía a charlar con él por Twitter todas las noches hasta que se dormía.

Pero esa era la fantasía de Eric, no la de Tessa. Ella no quería a Eric Thorn. No en la vida real. No lo quería para nada que no fueran vídeos musicales y *fan-fics*.

No podía echarle la culpa. Tessa deseaba algo normal. ¿Cuántas veces había deseado lo mismo el propio Eric? Un trabajo normal. Unos amigos normales. Una casa normal. Facturas normales que pagar. Una chica normal, con la que saldría para hacer cosas normales. Algún día, una esposa normal. Quizá unos críos normales con los que saldría a pasear en un monovolumen normal. Habría podido tener todo eso si no se hubiera empeñado en alcanzar la fama. Quizá incluso habría podido tener a Tessa.

—Solo te llevaré a casa —dijo con una voz que era poco más que un susurro—. Ni siquiera bajaré del coche. No te insistiré, ¿vale? Podrás decirme adiós, y marcharte, y sacarme de tu cuenta de Twitter, y seguir con tu vida. Podrás olvidarte de que existo. Lo acepto si eso es lo que quieres de verdad. Pero Tessa, por favor... —Calló unos instantes y tragó saliva con fuerza, porque se le estaba haciendo un nudo en la garganta—. Por favor, solo por esta vez, déjame ser el chico que te acompaña de vuelta a casa.

30
UNA NOCHE FRÍA EN EL INFIERNO

Eric se acurrucó tras el volante del coche aparcado en la calle y se rodeó el cuerpo con los brazos para darse calor. ¿Qué temperatura debían de haber alcanzado aquella noche? A juzgar por el vaho que formaba su aliento, habría caído por debajo del punto de congelación.

Su cuerpo se sacudió con un violento temblor y los ojos se le fueron hacia el botón rojo de arranque. Habría podido poner en marcha el motor y dejar que se calentara el habitáculo durante unos minutos... Sus dedos empezaron a moverse, pero se resistió a la tentación. Solo le quedaba un cuarto de depósito y tenía que conservarlo hasta el final de la noche.

Eric echó una mirada al móvil para saber qué hora era: las once y media pasadas. Estaba convencido de que a medianoche aún estaría allí sentado. Que estaría solo cuando llegara el Año Nuevo. Había pasado una hora desde que acompañó a Tessa a su casa. No dijo ni una sola palabra hasta que el coche hubo aparcado en la entrada, pero entonces, antes de que saliera, Eric le hizo una pregunta.

—¿A qué hora va a llegar tu madre?

Tessa miraba en dirección opuesta, pero Eric notó que sus hombros se contrajeron al oír su voz.

—¿A ti qué te importa mi madre?

—No deberías quedarte sola en casa —le respondió Eric—. Esta noche, no.

Tessa abrió la puerta.

—Gracias por acompañarme.

—¡No me voy a ir! —le gritó cuando ya se había dado la vuelta para marcharse.

—Si tú te crees que voy a invitarte a entrar en mi casa...

—Me quedaré aquí fuera —la interrumpió Eric, que tuvo que hacer un esfuerzo para que su voz no delatara la desesperación que sentía—. Por si acaso. Voy a vigilar hasta que tu madre regrese.

—Bueno, pues va a regresar mañana a las nueve.

—Entonces voy a tener que dormir en el coche.

Tessa se marchó sin responderle.

Eric temblaba de frío y soltaba palabrotas en voz baja. Estaba pensando que antes, cuando la esperaba a las puertas del local, ya había sido duro, pero mientras tanto la temperatura debía de haber bajado otros diez grados. Soltó una bocanada de aliento helado y jugueteó con el móvil para distraerse de la amenaza de hipotermia, y el dedo pulgar acabó en su destino habitual.

Twitter.

La policía había congelado su segunda cuenta —la necesitaban como prueba—, pero la de @EricThorn seguía activa. Eric contempló su propio perfil. En la comisaría le dijo a Tessa que se desapuntara como seguidora, y no podía dejar de preguntarse si lo habría hecho. ¿También lo habría bloqueado? ¿Habría desactivado su propia cuenta? No se sentía capaz de comprobarlo.

En cambio, por alguna razón incomprensible, Eric pulsó el botón y empezó a escribir un nuevo tuit.

No sabía lo que quería lograr con ello. Tessa no entraría en Twitter aquella noche. Después de todo lo que había sucedido, era imposible. Eric no se preocupó por dirigirle el mensaje a ella, ni a nadie en particular. Catorce millones de seguidores menos una lo verían. De todos modos escribió, impulsado por una fuerza que no habría sido capaz de explicar. Sentía dolor en el pecho. La última ascua de un fuego que no se había apagado del todo. Tenía que intentarlo una vez más, antes de que la llama se extinguiera para siempre.

Pulsó el botón de Tuitear y la lista de notificaciones se incendió con la inevitable lluvia de respuestas. En el pasado, habría visto los mensajes con menosprecio, pero en aquel momento tan solo era capaz de contemplarlos con sorda indiferencia.

Porque, después de todo, ¿quién era él para juzgar? Tampoco era tan distinto de todas aquellas fans. Al fin y al cabo, quería lo mismo que ellas. Un «me gusta». Una respuesta. Quizá que lo siguieran. Algún signo de reconocimiento de una cuenta que probablemente no lo leería. Un pequeño gesto que le transmitiera las palabras que tanto ansiaba: «Estoy viéndote... me doy cuenta de que estás aquí... sé que existes... te quiero... yo también te quiero a ti...». Lo que fuera con tal de saber que alguien había oído su mensaje y que no lo había gritado en el vacío.

Eric apoyó la frente contra el volante y contempló el inútil teléfono, pero un fuerte golpe en la ventanilla lo sacó de su ensimismamiento. Levantó los ojos, sobresaltado, y la temperatura de su cuerpo se elevó unos pocos grados al ver a Tessa, con las manos en torno a la cara, que lo miraba a través del cristal. Después de todo, no lo había abandonado. Abrió la puerta del coche.

—¿Te has congelado ya? —le preguntó la chica.

Eric no pudo evitar una sonrisa al verla. Ya no era la misma que hacía un rato. Se había duchado, tenía el pelo recogido en una gruesa trenza y no llevaba maquillaje Se había puesto dos piezas de pijamas distintos y encima de todo un albornoz de franela bastante ajado. Y en los pies, por supuesto, unas zapatillas de color rosa claro con cara de conejo.

—Qué zapatillas más bonitas —dijo, señalándolas con la cabeza—. En persona son todavía más seductoras.

Tessa lo miró con el ceño fruncido y subió al asiento del copiloto. Escondió los pies debajo del cuerpo, donde él no pudiera verlos.

—Toma —le dijo, y le pasó una gruesa manta de lana.

La agarró con avidez y se la echó sobre los hombros. Era tan grande que habría podido envolverse dos veces con ella, pero dejó que la parte sobrante colgara del lado de Tessa. Una oferta silenciosa. Por un instante pensó que la chica lo rechazaría. Los ojos de Tessa se clavaron en su rostro y volvieron a apartarse. Luego se le acercó unos pocos centímetros y se cubrió los brazos con la parte de la manta que quedaba a su lado.

Eric se aclaró la garganta. ¿Habría visto el tuit? No lograba armarse del valor suficiente para preguntárselo. Hubiera querido decirle un millón de cosas distintas, pero no se atrevía a hablar. Sabía muy bien que si se equivocaba en una sola palabra ella volvería corriendo a la casa.

Fue Tessa la que rompió el silencio, y Eric se atragantó al oír el tema de conversación que había elegido.

—No pienso acostarme contigo.

—Qué manera más sutil de decírmelo —respondió con una risa áspera—. Puedes creerme que tampoco lo buscaba.

Tessa bajó la mirada hacia su propio regazo.

—Solo quería que te quedara totalmente claro.

—Mensaje recibido. —Eric sabía que lo mejor sería no añadir nada más, pero no logró morderse la lengua—. Por favor, Tessa... me he pasado los últimos cinco meses mandándome mensajes de texto con una chica que ni siquiera quería enviarme una *selfie*.

—¿Y qué? —Levantó de pronto la cabeza y un desafío centelleó en sus ojos—. ¿Y por eso estoy obligada a acostarme contigo?

—¡No! Solo quiero decirte que si lo que me interesara fuera el sexo encontraría chicas sin necesidad de tomarme tantas molestias.

Tessa apretó los labios. No apartaba los ojos de él, y Eric volvió el rostro hacia ella para que pudiese verlo mejor. Aunque estuvieran a oscuras, se dio cuenta de que Tessa se ruborizaba cuando la miraba a la cara. ¿Empezaba a ablandarse con él? ¿Aunque solo fuera un poco? Se acercó y quedaron hombro con hombro.

—Eh, fíjate, has vuelto a salir de tu casa. ¡Ya van dos veces en un día!

Tessa se deslizó en la dirección opuesta para que sus hombros no se tocaran.

—Ya no me siento segura ahí dentro —dijo—. No ahora que él ha estado en mi casa.

Eric se rascó la nariz, sin saber muy bien qué decirle.

—¿Quieres que te lleve a algún otro lugar?

—No —dijo, y se encogió de hombros—. En realidad, no tengo adónde ir. —Hablaba como si todo aquello no hubiera tenido importancia, pero Eric no lograba descifrar la expresión de su rostro.

Permaneció en silencio, a la espera de que Tessa dijera algo más.

Ella resolló.

—¿No debería encontrarme mejor ahora? —Torció los labios y su voz se llenó de frustración—. Tenía miedo de salir de casa, y es lógico, porque presentía que ese tío me esperaría fuera. En algún lugar. De algún modo. Me daba cuenta de que todavía me observaba. Ahora que está encerrado, ya no debería tener miedo. Parece que esa es la conclusión natural, ¿no?

Eric alzó una ceja. Algo le decía que las fobias no funcionan así. Las fobias son temores irracionales. No responden a la lógica. No se basan en conclusiones naturales. Y veía en la cara de Tessa que ella también lo sabía. Habría querido cogerle la mano y estrechársela, pero no quería asustarla. Se contentó con aventurar una sonrisa dubitativa.

—Entonces me imagino que podrás venir mañana a mi concierto en Santa Fe.

—Si piensas que voy a ir, entonces eres tú el que tiene problemas mentales.

Tessa buscó sus ojos y trató de lanzarle una mirada feroz, pero no lo consiguió. Eric sonrió y vio que las mejillas de la chica volvían a encenderse. Se volvió, pero no lo bastante rápido como para evitar la sonrisa involuntaria que afloró a su rostro en respuesta.

—¿Eras tú de verdad? —le preguntó. Seguía mirando hacia el otro lado y arrancaba los hilos que asomaban por las costuras deshilachadas de la manta—. ¿Siempre? ¿Eras tú el que enviaba los mensajes? ¿No era un publicista ni nada parecido?

—No. Siempre era yo.

—Todavía estoy tratando de procesarlo.

—Tómate tu tiempo.

Tessa le echó otra mirada furtiva y Eric obligó a su propio rostro a ponerse serio. Se habían acabado las sonrisas presuntuosas. La chica lo observaba con la frente arrugada.

—Dime la verdad. ¿Con cuántas otras fans hacías lo mismo?

—Con ninguna otra, Tessa. Ya te he dicho que no era así. Solo hablaba contigo.

Negó con la cabeza.

—Eso no puede ser —replicó—. Para empezar, ¿qué interés podías tener en charlar conmigo?

Eric se acordó de la mañana en la que había visto por primera vez su cuenta. Aquel día estaba hecho polvo, embargado por una furia que no podía contener y por la angustia mal disimulada que la furia ocultaba. Aún no había aprendido a controlarla. Tan solo la apaciguadora influencia de Tessa le permitía hacerle frente.

Se encogió de hombros. De repente se sentía cohibido. Apartó el rostro y miró por el parabrisas.

—Hablar contigo me ayudaba, Tessa. Me ayudaste a soportar muchas cosas.

—Pero ¿por qué? —preguntó la chica, incrédula—. Tú eres Eric Thorn. ¿Cómo ibas a necesitar la ayuda de una persona como yo?

—Tú ya lo sabes todo, Tessa. No es nada que no hayamos hablado.

—¿Cuándo? ¿En la comisaría de policía?

—¡No! Tessa, tú me conoces. —Se inclinó hacia ella. Clavaba los ojos en la chica con cada vez mayor intensidad—. No soy un desconocido. Hemos hablado una noche tras otra durante meses. —Tessa abrió los labios para responder, pero el chico prosiguió antes de que pudiera decirle nada—. ¿Recuerdas todas esas veces que hablamos sobre Eric Thorn y te conté una teoría sobre él, y tú me acusaste de estar proyectando? ¿Lo recuerdas? Pues resulta que no estaba proyectando, Tessa. Te estaba hablando sobre mí mismo. Te contaba la verdad. Te contaba lo que no podía contarle a nadie más.

—¿Como qué?

—No lo sé. ¿Que no soporto mi trabajo? ¿Que me siento atrapado? ¿Que estoy atado por un mal contrato que firmé con una discográfica y que me obligan a trabajar casi como si fuera un *stripper* masculino? ¿Todo esto no te suena?

Tessa asintió lentamente con la cabeza, pero no le respondió. Por un instante, sus ojos se fueron muy lejos, y Eric pensó que quizá había conseguido hacerla entender. Entonces ella volvió a juguetear con las costuras de la manta.

—Pero ¿y todo lo demás? —quiso saber—. Me explicaste que habían acosado a una persona que hacía el mismo trabajo que tú. ¿Qué era eso? ¿Un cuento que me soltaste para hacerme creer que teníamos algo en común?

—¡No! —Eric acercó la mano al brazo de la chica, pero se detuvo antes de llegar a tocarla—. Tessa, yo entonces ni siquiera conocía tu historia con Blair. Lo que te conté era cierto. Todo era cierto.

Tessa levantó los ojos e hizo un rápido pestañeo.

—Dorian Cromwell —explicó Eric—. El verano pasado me quedé hecho polvo cuando mataron a Dorian.

—¿Lo conocías?

—¡No, no se trata de eso! —Eric levantó la voz y respiró hondo para controlarla—. Me sentía como si la siguiente víctima tuviera que ser yo. Habría bastado con una sola imitadora, ¿sabes? Era cuestión de tiempo que volviera a ocurrir lo mismo.

Tessa puso unos ojos como platos, pero entonces contempló el rostro de Eric y sus facciones se suavizaron.

—Esa fan de Seattle... —dijo—. Me contaste que después de aquello no habías podido dormir en toda la noche. ¿Era verdad?

Eric contuvo el aliento y asintió. Tenía que llevar al extremo su propia capacidad de autocontrol para no levantar la mano y tocarle la cara. Por fin había aparecido... la chica sensible de la que se había enamorado en Twitter, no la princesa de hielo que había acompañado a casa en su coche. Aún estaba allí, bajo la superficie. Solo tenía que lograr que se ablandara un poco más...

Tal vez sería buena idea enseñarle el tuit que había enviado poco antes. Era obvio que no lo había visto. Eric tomó el móvil que se había dejado en el regazo, pero lo distrajo algo que se movía fuera. Se enderezó y señaló en dirección al parabrisas.

—¡Mira!

31
COPOS DE NIEVE

Tessa, desconcertada, vio como el rostro de Eric se transformaba. En un abrir y cerrar de ojos, la expresión del chico había pasado de lúgubre y sombría a una especie de júbilo infantil. Miró en la dirección que Eric le señalaba y descubrió el motivo. El cielo nocturno estaba plagado de copos de nieve que danzaban en todas direcciones.

Eric acercó la mano al parabrisas y tocó el cristal en el lugar donde se había adherido uno de los copos de nieve. Luego volvió a mirar al rostro de Tessa, con una pregunta callada en los ojos. La chica sabía muy bien qué era lo que le estaba preguntando. La misma pregunta de anoche en el privado. Había releído la conversación tantas veces que se la sabía de memoria.

Taylor: ¿Qué canciones querrías que tocara Eric?
Tessa H: Con tal de que interprete Copo de nieve me doy por satisfecha.

Se le hacía extraño pensar que le había escrito aquello al propio Eric. Tenía la sensación de estar al lado de un extraño... pero, en cierto modo, lo conocía bien. Hacía un momento, cuando le había hablado de Dorian Cromwell, experimentó de súbito cierta familiaridad. Conocía bien la expresión que había aflorado al rostro de Eric: aquel destello de temor. Lo había visto antes en sus vídeos. Había congelado un millar de veces aquella imagen. Por lo general, Eric lo disimulaba con una sonrisa falsa, o con miradas insinuantes a la cámara. Pero en aquel instante no se molestaba en ocultarlo detrás de una máscara. Permitía que la chica viera la verdad.

Tessa recordó de pronto la otra frase que le había escrito la pasada noche. «Es que me gustaría que alguien escribiera una canción como esa sobre mí.» Pero no la había escrito sobre Tessa, por supuesto. No habría podido...

No tuvo tiempo para pensar más en ello. Ahogó un respingo al oír el sonido de su voz... tan extraña y al mismo tiempo dolorosamente familiar. Eric se saltó el inicio de la canción y fue directo a la segunda estrofa.

El viento empezó a soplar,
cerró de golpe mi ventana.
Mi copo se volvió lágrima.
Para él no había mañana.

Pero no olvidaré a mi copo de nieve.
En mi recuerdo no se fundirá.
Contemplaré junto a mi ventana
todo el amor que dejó atrás.

Tessa escuchaba su voz de tenor, potente y llena de matices, pero no osaba mirarlo. Seguía con los ojos clavados en su propio regazo. Sintió la suave presión de la mano de Eric en el codo y se estremeció al sentir que la tocaba. A pesar de todas las capas de franela sentía sus dedos helados.

¿Qué hacía allí fuera? No había pensado en quedarse charlando. Ni siquiera tenía intención de meterse en el coche. Tan solo darle la manta y marcharse.

Antes, al dejarla en casa, le dijo: «Voy a vigilar». Tessa debía reconocer que, a su modo, era gentil. Ella ni siquiera le había dirigido la palabra en todo el camino de vuelta a casa. No era el comportamiento que se podía esperar de un famoso del pop que conoce a una fan. Eric hizo por ella lo que un chico habría hecho por su novia después de una pelea.

Tessa rechazó esa idea. «No es tu novio —se recordaba a sí misma en silencio—. Es Eric Thorn.»

Pero ¿qué hacía con el coche aparcado a la puerta de su casa durante todo aquel tiempo? ¿Qué era exactamente lo que trataba de demostrar?

Eric tomó aliento antes de empezar con el estribillo y Tessa volvió los ojos hacia él. El joven le devolvió la mirada con una ardiente firmeza que hizo que la muchacha sintiera oleadas de calor por todo el cuerpo. No podía soportar que la observaran. Lo interrumpió bruscamente antes de que pudiera emitir una nota más.

—¿Qué quieres de mí? —susurró.

—Quiero estar contigo.

—¿Por qué?

—Porque estoy enamorado de ti.

Al oír esas palabras, la pequeña chispa se avivó. Tessa presionó con la mano debajo de las costillas para apagarla. Se negó a mirarlo a los ojos. Pero Eric la agarró por la muñeca y tiró de ella hacia sí.

—Tessa, anoche me dijiste que tú también me querías.

Ella dio un tirón y Eric tuvo que soltarle el brazo.

—Se lo dije a Taylor. Anoche hablaba con Taylor.

—Pero ¡es que yo soy Taylor!

—No, pero...

—Mira, Tessa.

Cogió el teléfono y la chica cerró los ojos para protegerse de la súbita luz azul.

Twitter.

¿De verdad? ¿Después de todo lo que había ocurrido? Tessa no soportaba verlo. El detective le había bloqueado la cuenta mientras se hallaban en comisaría y ella no puso ninguna objeción. No quería volver a poner los ojos en el diminuto logo con el pajarillo.

—Mira. —Oyó la voz de Eric que le hablaba al oído, débil y ronca—. Por favor, mira. Quiero que veas esto, Tessa. Por favor.

Se dio cuenta, por el tono de su voz, de lo importante que era para él. No sabía qué quería decirle... qué era lo que estaba tan desesperado por mostrarle. Respiró hondo y obligó a sus párpados a separarse. Eric había entrado en su perfil, y los ojos de Tessa se posaron en su tuit más reciente.

Eric Thorn @EricThorn
Te quiero, copo de nieve. Esto es de verdad.

Todo se difuminó ante sus ojos. Volvió a cerrar los párpados con fuerza y se los cubrió con una mano.

—Tessa —dijo el chico, al mismo tiempo que tiraba de su muñeca—. Venga... no me hagas esto. Lo lamento, ¿vale? Lamento ser Eric Thorn. Pero ¿tiene que cambiar todo solo por eso?

Tessa no sabía cómo explicárselo. Habían intercambiado tantas palabras, todos aquellos meses de privados sin cuento, y al final tenía que verlo todo bajo una nueva luz. Fragmentos de sus conversaciones le venían una y otra vez a la cabeza, y ya se había rendido y no trataba de impedirlo. Lo único que hizo fue decir en voz alta unas palabras que se sabía de memoria desde hacía tiempo: «¿Sabes lo que vería Eric Thorn si se diera cuenta de que existo?».

Eric le cogió la mano y la apartó de sus ojos, y Tessa echó una rápida mirada al rostro de él. No tenía claro si Eric había reconocido la cita. La recordaría cuando dijera la siguiente frase:

—¿Cómo lo expresaste exactamente? —preguntó—. ¿Una sanguijuela? ¿Sin nada que hacer en mi porquería de vida sin sentido aparte de chupar?

—No, Tessa... —Eric se irguió sobre las rodillas y la agarró por los dos hombros, obligándola a volverse hacia él—. No lo decía en serio. ¡En aquel momento ni siquiera te conocía!

Tessa se encogió entre sus brazos.

—Pero de todos modos era cierto. Soy una fan. Tengo millares de fotos tuyas en el teléfono. Si hasta empecé un *hashtag* sobre ti que se llamaba #ObsesionadaConEricThorn.

—Es cierto —asintió él con voz pausada, perforándola

con los ojos—. Y entonces interpreté que... ya me entiendes... no sé... ¿que estabas colgada por mí?

La chica apartó la mirada.

—Estoy pasando vergüenza. Imagínate cómo te sentirías tú.

—¿Por qué pasas vergüenza? ¿Porque estás colgada por mí?

—No —dijo ella, encogiéndose aún más—. ¡Porque sé lo que piensas de las fans! Dime la verdad. Tú no nos quieres. No nos ves como a copos de nieve. Nos ves como a sanguijuelas.

Eric se inclinó hacia delante y se frotó la cara con las manos. Durante un largo instante, Tessa pensó que no se molestaría en responderle. Pero el chico suspiró y se volvió de nuevo hacia ella.

—Está bien —dijo con voz inexpresiva—. Ya lo entiendo.

—¿Lo entiendes?

—Sí. Está muy claro. —Asintió con resolución—. Eres una fan. Estás pasando vergüenza. Ahora tienes que superarla.

—Es que no puedo...

—Vale —la interrumpió—. Dame el móvil.

—¿Qué? ¿Por qué?

Eric le tendía la mano.

—Dámelo. Confía en mí. Aunque solo sea una vez.

Tessa ni siquiera estaba segura de llevarlo encima, pero metió la mano en el bolsillo del albornoz y sus dedos se cerraron sobre la forma familiar del teléfono. Se lo entregó sin mirarlo a los ojos. Lo único en lo que podía pensar era en la imagen de pantalla, lo primero que vería en cuanto lo encendiera. La noche pasada la había cambiado por la cubierta de su nuevo sencillo, *Copo de nieve*: Eric Thorn en motonieve, desnudo de cintura para arriba.

—Por favor, no mires las fotos —le susurró.

—Pero ¡qué más da! Ya sé cómo soy.

Tessa no lo miraba, pero sintió su sonrisa burlona. Esperaba que hiciera algún comentario sarcástico. En cambio, se encontró con que le ponía algo en las manos. Bajó la mirada y no vio más que la funda de cuero rojo del teléfono. Estaba vacía.

—¿Qué significa esto? —preguntó con el ceño fruncido.

Eric no le respondió. Lo único que hizo fue abrir de golpe la puerta de su coche y arrojar el móvil a la negrura, tan lejos como pudo.

Tessa se quedó con los ojos como platos.

—¡El móvil! Pero ¿qué has hecho?

—Ya está. —Se frotó las manos una y otra vez, como para borrar todo rastro—. Ya no lo tienes. Se acabaron las fotos.

—Pero ¡es que ese móvil es mío!

—Ya te compraré otro.

Tessa lo contemplaba en silencio, demasiado aturdida como para responderle.

—Tessa —dijo entonces él, muy serio—. En realidad, no es tan complicado. Si pasas vergüenza porque eres mi fan, entonces deja de ser fan. Mejor que seas otra cosa.

—¿Como qué?

—No sé... Por ejemplo, podrías ser mi novia.

Volvió a cogerla de la mano.

—Te quiero, Tessa. ¿Lo entiendes? Estoy enamorado de ti. Me estoy congelando el culo en la entrada de tu casa por ti. Estoy cantando una canción de amor extraazucarada que compuse para ti. Solo para ti. Y para nadie más. La canción no se titula *Copos de nieve,* en plural. Se titula *Copo de nieve*. Un solo copo de nieve. ¿De cuántas maneras tendré que decírtelo?

Tessa bajó la cabeza. Eric le estrechó la mano.

—Mírame.

—No puedo —dijo ella. Sentía los fuertes latidos de su propio corazón. La garganta empezaba a cerrársele. Sabía que tenía que hacer los ejercicios de respiración, pero contar hasta Eric cinco no iba a producir el efecto deseado.

No quería sufrir un ataque de pánico mientras estuviera sentada frente a él, ni —todavía peor— el aterrador estado de ausencia en el que se había encontrado antes con Blair. Aquella nada en la que se hallaba cuando su mente se apagaba, como un teléfono móvil cuando se le acaba la batería. Tessa no sabía adónde se marchaba exactamente cuando aquella sensación la invadía, pero solo con pensarlo su cuerpo quedó empapado de sudor. Se clavaba las uñas en la palma de la mano y se concentraba en aquella sensación para mantenerse en el aquí y el ahora.

—Estoy fatal —dijo—. Tú no sabes ni la mitad.

—Sí, sí lo sé. —Eric hablaba con voz fuerte, resuelta—. Mírame, Tessa. Yo te conozco. Conozco tus debilidades y tú conoces las mías. —Se fue acercando mientras le hablaba—. Y también sé lo especial que eres. Eso es lo que recuerdo de la primera conversación que tuvimos. Aún no te conocía, pero ya me di cuenta de que eras especial. Y cuanto más te dejas conocer, mayor es mi deseo de seguir conociéndote. Porque lo que he visto dentro de ti solo puede ser... —Su voz se quebró, pero no dejó de hablar—...

solo puede ser la persona más valiente, más fuerte, más hermosa que haya conocido jamás.

Tessa se tapó el rostro con las manos. Sentía un nudo en la garganta, pero no era el pánico el que se lo provocaba. Reconoció el dolor que se siente al contener las lágrimas.

—Basta —le rogó—. ¡Por favor, basta!

—¿Por qué? ¿Estás pasando vergüenza?

—No.

—Pues entonces ¿qué te pasa?

Susurró la respuesta, casi tan inaudible como su aliento:

—Tengo miedo.

El rostro de Eric se relajó. Tomó la mano de Tessa y la acunó con dulzura. Cantó de nuevo:

Un único copo de nieve.
Creías que nadie te quería.
Mi copo de nieve perfecto,
voy a abrazarte, te haré mía.

Tessa sabía que no debía mirarlo, pero no pudo evitarlo. Sentía la necesidad de verlo. Contempló, indefensa, sus ojos azules como el hielo, su mandíbula que parecía esculpida, sus labios perfectos... conocía la cara de Eric aún mejor que la suya propia, pero en su rostro se dibujaba una expresión que no había contemplado jamás. Los pómulos parecían habérsele oscurecido. Miraba con ojos entrecerrados pero dulces. Jamás lo había visto de aquel modo. Ni una sola vez en todas las imágenes que guardaba de él.

Sabía lo que significaba: la respuesta a todas las preguntas que no se atrevía a formular. Eric Thorn no se había mostrado nunca de aquel modo frente al objetivo de una cámara. Sus fans jamás llegaron a ver su cara de enamorado.

Eric alargó un dedo y le tocó la comisura de los labios. Tessa no se dio cuenta de que una lágrima le resbalaba por la mejilla. Pero entonces él tocó su piel humedecida. Se inclinó hacia ella y la besó suavemente. Sus labios tan solo se rozaron.

Tessa jadeó ante aquella sensación. Los dedos de Eric estaban helados, pero sus labios llegaron hasta el gélido corazón de la chica. Tessa sintió que su exterior entumecido se agrietaba, que una fisura se abría camino hasta que toda su resistencia se vino abajo.

Se separaron y Tessa levantó los ojos. El rostro de Eric estaba a pocos centímetros del suyo. El aliento gélido de ambos se entremezclaba.

—Te vas a morir de frío aquí fuera —susurró.

Eric la ciñó con fuerza por la cintura y sus labios volvieron a buscar los de ella.

—Puede ser —susurró a su vez—. Pero voy a morir feliz.

Tessa sintió su violento temblor. Se apartó de él y abrió la puerta del copiloto.

—¿Adónde vas? —oyó que decía la voz de Eric.

Tessa volvió la cabeza y lo miró, con la sombra de una sonrisa en los labios.

—Ven —le dijo, señalando con la cabeza en dirección a la casa—. No pasa nada. Puedes entrar conmigo.

DEPARTAMENTO DE JUSTICIA DE ESTADOS UNIDOS DEPARTAMENTO FEDERAL DE INVESTIGACIÓN (FBI)

MEMORÁNDUM OFICIAL

FECHA: 03/01/2017

DE: Agente especial Donald J. Peterson, FBI
PARA: Teniente Charles D. Foster, Departamento de Policía Municipal de Midland

El FBI establece su autoridad para investigar en lo relacionado con el caso n.º 79-SA-1337, de acuerdo con el Código Legal de Estados Unidos, Título 28, Sección 540A0. Confirmamos por la presente la recepción de un total de once (11) extractos de los interrogatorios efectuados por el Departamento de Policía Municipal de Midland en la noche del 31 de diciembre de 2016. De acuerdo con lo propuesto, también se ha obtenido el historial completo de las cuentas de Twitter @EricThornEsUnaMierda y @TessaAmaAEric. En el momento actual, los forenses están analizando el escenario del crimen y los resultados se harán llegar a su departamento en cuanto sea posible.

Puede consultar una transcripción de la conversación

que sostuvimos recientemente en la oficina local del FBI en San Antonio. Queremos expresar nuestra gratitud por la rápida y plena colaboración de su departamento en la investigación en curso.

Caso n.º 79-SA-1337
TRANSCRIPCIÓN DE UNA ENTREVISTA REGISTRADA POR MEDIOS ELECTRÓNICOS
Fecha: 2 de enero de 2017, 00.17 h

—INICIO PÁGINA 1 —

AGENTE: Le agradezco que haya venido, teniente Foster. Como ya sabe, esta entrevista se debe a que es usted la última persona conocida que habló con la víctima. La entrevista quedará grabada.

FOSTER: Entiendo.

AGENTE: Para que quede constancia, soy el agente especial Donald Peterson, de la oficina local del FBI en San Antonio. Estamos a 2 de enero de 2017. ¿Podría identificarse, por favor?

FOSTER: Soy el teniente Charles Foster. Trabajo como investigador en el Departamento de Policía de Midland, Texas.

AGENTE: Gracias, Charles. Usted actuó como investigador principal en la investigación abierta por su departamento en torno al caso de acoso Blair Duncan — Tessa Hart. Por favor, dígame cuándo fue la última vez que vio a la señorita Hart.

FOSTER: Después de interrogarla, la dejé en una sala junto con el señor Thorn.

AGENTE: ¿En la comisaría de policía de Midland?

FOSTER: Sí, en una de las salas de interrogatorio. Actuamos así de puro acuerdo. Grabamos un vídeo de la interacción entre ambos por medio del espejo de doble vista, pero, por desgracia, no pudimos grabar sus voces. Les he mandado una copia de la cinta.

AGENTE: Sí, la he visto. ¿Podría aportarnos alguna consideración sobre el estado mental de la señorita Hart que nos ayude a entender por qué lo golpeó en la cara?

FOSTER: No sabría qué decirle. No tengo un fundamento sólido para opinar. En el momento del incidente, me imaginé que se debía a su propia agitación.

AGENTE: ¿El señor Thorn le indicó de algún modo que tuviera algo que temer de Tessa Hart?

FOSTER: No, pero se lo veía paranoico en general. Sin lugar a dudas, temía que una fan pudiera mostrar comportamientos violentos. Habló con cierta amplitud sobre el caso de Dorian Cromwell y expresó su preocupación ante la posibilidad de que una fan enloquecida quisiera repetir el crimen.

AGENTE: ¿Una fan, pero no específicamente Tessa Hart?

FOSTER: No. Había entrado en una dinámica extraña. No veía a la señorita Hart como a una fan. En mi opinión, el propio señor Thorn se dejó llevar hasta cierto punto por sus fantasías. Hablaba como si hubiera existido una relación entre ambos. La veía en el papel de novia. Sin embargo, al entrevistarla a ella, vi que no tenía ni idea de que la persona con quien había estado conversando fuera el señor Thorn.

AGENTE: ¿En algún momento le pareció que la señorita Hart pudiera suponer algún tipo de peligro para el señor Thorn?

FOSTER: La verdad es que no. La entrevistamos en tanto que víctima del caso que investigábamos. En ningún momento pensamos que pudiera cometer un crimen. No sé, Don, todo esto no me parece muy convincente.

AGENTE: Hemos encontrado pruebas materiales en su lugar de residencia.

FOSTER: ¿De qué tipo de pruebas materiales estamos hablando?

AGENTE: Huellas de pisadas en la nieve, huellas digitales en los teléfonos móviles de ambos, un cuchillo de carnicero que pudo ser el arma asesina y múltiples manchas de sangre en el dormitorio de la señorita Hart.

FOSTER: ¿Sangre de Eric Thorn?

AGENTE: Todavía estamos esperando los resultados definitivos del análisis de ADN, pero el grupo sanguíneo que figura en el análisis inicial es el de Thorn.

FOSTER: ¿Y el cuerpo?

AGENTE: No lo hemos encontrado. Por las huellas que hemos visto frente a la casa, parece que la sospechosa logró arrastrarlo hasta el vehículo de la víctima. Probablemente aparecerá cuando la nieve se derrita.

FOSTER: No podemos estar seguros de que haya habido homicidio si no encontramos el cuerpo.

AGENTE: Por ahora aún se trata de un caso de desaparición. Nos llamó la Policía Estatal de Nuevo México, porque Thorn no se presentó para un concierto que tenía programado en Santa Fe.

FOSTER: Si le interesa mi opinión, creo que ni siquiera se puede garantizar que se haya cometido un delito.

AGENTE: ¿Piensa que todo esto podría ser un montaje de Thorn?

FOSTER: Depende. ¿Qué comenta Tessa Hart al respecto?

AGENTE: Nada. Ha desaparecido. Pensamos que la señorita Hart podría haber llegado a la frontera con México. El coche de la víctima ha aparecido esta mañana en un taller de desguace en las afueras de Del Río. Nuestros analistas lo están examinando.

FOSTER: Bueno, pues todo esto no pinta nada bien para ella. A nosotros nos dijo que no podía salir de su casa. Que era agorafóbica.

AGENTE: Tenemos motivos para cuestionar la veracidad de algunas de las declaraciones que les hizo.

FOSTER: Nunca se sabe lo que se puede uno encontrar. Hace veinticinco años que me dedico a esto y jamás se me habría ocurrido que pudiera ser una asesina. Parece que Thorn tendría que habérselo imaginado, con lo obsesionado que estaba con el caso de Cromwell.

AGENTE: El amor es ciego, ¿verdad?

FOSTER: Eso es cierto.

AGENTE: Una última pregunta, Charles. ¿Podría echarle una ojeada a esto y decirme si para usted significa algo?

FOSTER: ¿Qué es lo que tenemos aquí?

AGENTE: Los últimos tuits que el señor Thorn envió desde su cuenta en Twitter. Había tuiteado justo antes de la medianoche del 31 de diciembre. Cito literalmente: «Te quiero, copo de nieve. Esto es de verdad». Y luego tuiteó esto el 1 de enero por la mañana...

FOSTER: Es imposible. Habíamos bloqueado esa cuenta como consecuencia de nuestra investigación.

AGENTE: No, no me refiero a la cuenta @EricThornEsUnaMierda. Esto lo tuiteó desde @EricThorn.

FOSTER: Disculpe. Me lo había imaginado, a causa de la referencia.

AGENTE: ¿Qué quiere decir?

FOSTER: Es una referencia a un privado que Eric Thorn le envió a Tessa Hart desde la cuenta @EricThornEsUnaMierda. Un momento, voy a buscarlo... [pausa] Supongo que querrán introducir el hilo entero como prueba, Don. Este tuit podría ser decisivo.

AGENTE: Que quede constancia que estamos hablando de un tuit enviado el 1 de enero a las 7.26 horas, desde la cuenta con nombre de usuario @EricThorn. Cito literalmente: «Si te acuestas con una sanguijuela, no te dejará ni una sola gota de sangre».

AGRADECIMIENTOS

Querría expresar mi gratitud a todos y cada uno de los usuarios de Wattpad que leyeron en internet la primera versión de esta historia. Vuestros comentarios me animaron a seguir escribiendo cuando estaba a punto de rendirme. De no ser por el aliento que siempre me habéis dado, este libro no habría llegado a existir.

Gracias a Lydia Shamah, mi agente, que supo ver el potencial que tenía esta historia. Gracias por tu intuición y tus sabios consejos. Gracias, también, a mi maravillosa encargada de edición, Kate Prosswimmer, y a todo el equipo de Sourcebooks: a Elizabeth Boyer, Alex Yeadon, Katy Lynch y Annette Pollert-Morgan. Os estaré agradecida toda la vida por la fe que habéis tenido en mí y por vuestro infatigable esfuerzo en mi favor.

Gracias, también, a Caitlin O'Hanlon, I-Yana Tucker, Aron Levitz, y a todas las personas increíbles que trabajan en la sede de Wattpad y que se esfuerzan tanto en ayudar a los autores noveles. Muchas gracias por todo lo que hacéis. Estoy orgullosa de formar parte de esta extraordinaria comunidad que habéis creado.

Para terminar, unas palabras de gratitud para mi familia, que siempre me ha brindado todo su amor y su apoyo: Helene, Alex, Ted, Debbie, Allan, Gail, Jeanne, mis hijos, y, por encima de todo, David. Gracias por vuestra paciencia, por las horas de esfuerzo con las que habéis contribuido a esto, y por haberme seguido en este alocado viaje hacia lo desconocido. Sabéis que yo siempre os seguiré a vosotros.